EDITION 211

Roland Spranger

ELEMENTARSCHADEN

Roman

EDITION 211

Alle Akteure des Romans sind fiktiv, Ähnlichkeiten mit lebenden oder verstorbenen Personen wären rein zufällig und sind vom Autor nicht beabsichtigt.

1. Auflage
Lektorat: Eva Weigl
Satz/Layout: Martina Stolzmann
Covergestaltung: Nele Schütz Design, München
Druck: CPI – Clausen & Bosse, Leck
Made in Germany
ISBN 978-3-937357-96-6
www.bookspot.de

When shall we three meet again?
In thunder, lightning, or in rain?

Macbeth, William Shakespeare

Erdbebensicher

Ein Büro mit viel Glas. Getönte Scheiben. Aussicht auf eine unspektakuläre Straße, zu der man sich kein Ereignis vorstellen kann. Nicht mal einen Ehestreit möchte man in so einer Straße führen.

Passt zu einer Versicherung, dachte Thorsten, als er an Doktor Fleischers Schreibtisch Platz genommen hatte. Apathische Gegend ohne erhöhtes Risiko.

In mehreren kleinen Glasvitrinen schwebten an fast unsichtbaren Nylonfäden detailgetreue Flugzeugmodelle. Die gut aussehende Sekretärin hatte zu dünnen Kaffee gebracht. Aber nur einen Hauch zu dünn. Und die Sekretärin eine Nuance zu blond.

»Warum lässt die Versicherung das gerade jetzt überprüfen?«, fragte Thorsten. »Jeder weiß, dass es aufgrund des Klimawandels viel mehr Gewitter gibt als früher.«

Doktor Fleischer lehnte sich entspannt in seinem repräsentativen Chefsessel zurück. Dabei schaute er Thorsten durch eine Designerbrille an, die sicher so viel kostete wie ein Kleinwagen.

»Stimmt«, sagte Doktor Fleischer. »Die Elementarschäden nehmen zu. Genau genommen hat sich die Zahl der Blitzeinschläge in den letzten fünfzehn Jahren fast verdoppelt. Zwanzig Prozent am Gesamtschadenaufkommen in der Hausratversicherung entfallen auf Überspannungsschäden durch Blitzeinschlag.«

»Na also.«

»Allerdings waren fünfzig Prozent der Schadensmeldungen bei Blitz- und Überspannungsschäden nicht plausibel. Wahrscheinlich liegt die Dunkelziffer weitaus höher.«

»Und jetzt kommen die Herren in den erdbebensicheren Versicherungshochhäusern auf die Idee, dass bei den Körperschäden der unentdeckte Versicherungsbetrug ebenfalls relevant sein könnte«, kombinierte Thorsten.

»Ehrlich gesagt weiß ich nicht, ob unser Gebäude erdbebensicher ist.«

»Ich würde es wissen wollen.«

Thorsten sah sich das Modell eines Airbus A 320 an, der sich in einer der Glasvitrinen in einem bedenklichen Sinkflug befand.

Doktor Fleischer legte seine Handflächen auf den Schreibtisch und neigte sich nach vorn. Seine Augenbrauen hoben sich. »Tatsächlich ist die Bearbeitung eines Blitzunfalls mit Personenschaden sehr anspruchsvoll. Viele Opfer weisen keine oder kaum äußerliche Anzeichen auf. Hautverbrennungen werden beispielsweise nur in einem Drittel der Fälle beobachtet. Wegen des hohen Hautwiderstands durchdringt ein Großteil der Energie nicht den Körper, sondern wird an der Oberfläche in den Boden weitergeleitet. Am gefährlichsten ist der direkte Treffer: Der Strom fährt häufig durch den Kopf und hinterlässt Wundmale an den Füßen, aber nicht immer. Außer dem direkten Treffer unterscheidet man nach derzeitigem Wissensstand noch vier weitere Energieübertragungsmechanismen. Ebenso vielseitig sind die Verletzungen, die durch einen Blitzschlag verursacht werden. Es kommt vor, dass Gelenke aus den Pfannen gehebelt werden, weil sich die Körpermuskulatur krampfartig zusammenzieht, aber selten sind die Auswirkungen so eindeutig. Schmerzen. Lähmungen. Konzentrationsstörungen. Persönlichkeitsveränderungen. Viele Beeinträchtigungen tauchen erst nach Wochen oder Monaten auf.«

»Ich verstehe schon. Angesichts dieses unübersichtlichen Szenarios haben Sie Angst vor der Fantasie Ihrer Versicherten.«

Doktor Fleischer drückte die Fingerspitzen gegeneinander und lehnte sich gelassen an die nach modernsten ergonomischen Erkenntnissen geformte Lehne des Chefsessels. »Wissen Sie, wie viel ein Mensch statistisch wert ist?«

Thorsten zuckte vorsichtig mit den Schultern.

»Nach dem klassischen Humankapitalansatz liegt man schnell im sechs- oder sogar siebenstelligen Bereich.«

»Humankapitalansatz?«

»Man berechnet, was ein Mensch bis zum Renteneintritt noch verdient hätte. Also, nach seinem bedauerlichen frühzeitigen Ableben. Oder der Erwerbsunfähigkeit.«

»Ist das nicht zynisch?«

»Es ist die positivere Variante. Zerlegt man einen Menschen in seine chemischen Bestandteile, erhält man einen Materialwert von deutlich unter fünf Euro.«

»Tatsächlich?«

»Sauerstoff. Kohlenstoff. Stickstoff. Alles andere nur in Spuren enthalten. Unser Körper ist nichts Besonderes. Ein ausrangiertes Handy ist mehr wert.«

»Ich habe mein altes Handy zum Recycling gegeben.«

Doktor Fleischer schaute Thorsten in die Augen und wurde offiziell: »Ich möchte, dass Sie eine Reihe von Personen überprüfen, die wir des Versicherungsbetrugs verdächtigen.«

Thorsten nahm einen sehr entspannten Schluck Kaffee. Sein Gesprächspartner sollte die Entspanntheit spüren können.

»Und warum übernehmen nicht Ihre hauseigenen Schadenregulierer die Untersuchungen?«

»Ich sage Ihnen vermutlich nichts Neues, Herr Kulik, aber Sie haben ein paar Möglichkeiten der Wahrheitsfindung, die unsere Angestellten nicht nutzen können.«

»Ich gehe mal davon aus, dass Sie an nichts Illegales denken. Folter lehne ich auch persönlich ab.«

»Gut, dass Sie sich trotz Ihres Gewerbes den Sinn für Humor bewahrt haben«, antwortete Doktor Fleischer trocken. »Im fortgeschrittenen Stadium Ihrer Ermittlungen, wenn es um gerichtsverwertbare Erkenntnisse geht, erhalten Sie von unseren Mitarbeitern die nötige Unterstützung.«

Thorsten sah sich das Modell einer Cessna an. Die Fäden, an denen das zweimotorige Flugzeug aufgehängt worden war, konnte man kaum erkennen. Thorsten nickte. »Ich nehme den Auftrag gerne an. Zu meinen üblichen Konditionen.«

»Sehr gut. Die relevanten Unterlagen übergibt Ihnen meine Assistentin. Und jetzt entschuldigen Sie mich. Ich habe noch einen Termin.«

Während sie sich die Hände schüttelten, fragte Thorsten mit einem Blick auf die Vitrinen: »Sammeln Sie Modellflugzeuge?«

»Nur die abgestürzten Maschinen, für die wir versicherungstechnisch aufkommen mussten«, antwortete Doktor Fleischer.

Bevor Thorsten die Modellflugzeuge zählen konnte, wurde er von der blonden Sekretärin nach draußen gebracht. Sie verabschiedete ihn mit einem Lächeln, für das sie sich auf jeden Fall eine Gehaltserhöhung verdient hätte. Es war ein übertarifliches Lächeln mit zur Seite geneigtem Kopf und viel Zahnschmelz. Thorsten fragte sie nicht nach ihrer privaten Telefonnummer. Auf jeden Fall professionell. Er war stolz auf sich.

AHA, dachte ich mir

Thorsten beobachtete Grubers Anwesen mit einem Fernglas, das nach den Angaben des Herstellers wegen seiner Vielseitigkeit keine Wünsche des anspruchsvollen Sport- und Naturfreunds offenließ. Er selbst hatte keine besonderen Anforderungen bezüglich der Vielseitigkeit eines Fernglases. Ihm genügte es, größer zu sehen, was weit weg war. Um beim Blick durch die Linse nicht seekrank zu werden, stützte Thorsten seine Ellbogen auf einem Felsen ab, auf dem Goethe sich schon einmal niedergelassen hatte. Angeblich hatte der Dichterfürst hier sogar eine Zeichnung angefertigt. Landschaft vermutlich. Goethe waren Fotoapparate unbekannt gewesen. Thorsten schoss eine Fotoserie von Gruber, während dieser minutenlang nackt mit ausgebreiteten Armen im Garten stand. Dann ging Thorsten einen gewundenen Pfad nach unten. Einer Befragung entgegen. Er selbst bevorzugte die Bezeichnung *Interview*.

Vorsichtig öffnete Thorsten ein wackliges Gartentor, das sich mit einem widerwilligen Quietschen über den Eindringling beschwerte. Wie stille Wächter ragten mannshohe Disteln bis weit in den Fußweg zu Grubers Haus. Um dem stachelbewehrten Griff der Blätter zu entgehen, arbeitete sich Thorsten unter Verrenkungen den Pfad entlang. Der Wunsch nach einer Machete kam in ihm auf. Erschwert wurde die Expedition zur Haustür durch die vielen auf dem Pflaster verstreuten Fotos. Thorsten versuchte, auf keines der Bilder zu treten. Auf Zehenspitzen sprang er in einem Meer aus Fotopapier von einer kleinen Insel zur nächsten. Als Kind hatte er eine Zeit lang versucht, sich auf dem Pausenhof fortzubewegen, ohne die Fugen zwischen den Pflastersteinen zu berühren. Ein paar seiner besonders fiesen Klassenkameraden hatten das schließlich mitbekommen und ihn zum bevorzugten Ziel ihrer Erniedrigungsanstrengungen auserkoren. In den folgenden Wochen hatte er sich während der Pausen in einer wenig benutzten Toilette neben dem Werkraum eingesperrt. Natürlich war das Versteck irgendwann aufgeflogen. Ab diesem Zeitpunkt mied er die Toilette, weil er gerade dort seinen Mitschülern schutzlos ausgeliefert war. Einmal machte er sich in die Hose und seine Mutter war daraufhin zu einem Gespräch von seiner Klassenlehrerin eingeladen worden. So ein Scheiß fällt einem immer ein, wenn man es nicht brauchen kann, dachte Thorsten. Man konnte den Scheiß aus der Kindheit nie brauchen.

Die Bilder auf dem Gehweg zu Grubers Haus waren anscheinend achtlos hingeworfen worden, jedenfalls konnte Thorsten kein Muster erkennen. Landschaften, Aktfotos von Männern und Frauen, Sonnenuntergänge, exotische wie einheimische Flora und Fauna sowie Schnappschüsse, die offensichtlich vom Fernseher abfotografiert worden waren. Auf keinem der Fotos war Gruber zu sehen. Ein fragmentarisches Lebenspuzzle ohne den Hauptdarsteller. Seltsam für einen Typen, der gerne nackt im Garten steht. Auf dem Rückweg würde er die Bildmotive noch einmal genauer in Augenschein nehmen, nahm Thorsten sich vor. Vor der Eingangstür des alten Bauernhauses drehte er sich noch einmal um. Eine Berufskrankheit. Dann klingelte er.

Gruber trug mittlerweile einen pinkfarbenen Trainingsanzug. Der Reißverschluss der Jacke war offen. Darunter lugte ein blaues Grateful-Dead-Shirt hervor. Gruber hatte seine wenigen verbliebenen grauen Haarsträhnen zu einem Pferdeschwanz gebunden. Vermutlich sollten die ruinösen Überreste einer irgendwann mal vorhandenen Frisur das Hippie-Image des Fünfundsechzigjährigen unterstreichen.

»Thorsten Kulik. Die Versicherung schickt mich, um Ermittlungen in Ihrem Versicherungsfall durchzuführen«, sagte Thorsten ohne Umschweife.

Mürrisch bat Gruber Thorsten herein. Als Erstes fielen Thorsten die Fressnäpfe mit Katzenfutter auf. Sofort musste er niesen. Außerdem stellte sich Juckreiz an den Unterarmen ein. In der Küche schenkte Gruber Kaffee ein und stellte eine Tasse mit Comic-Motiv vor Thorsten auf den Tisch. Sesamstraße. Das orange Gesicht Ernies auf knallgelbem Untergrund. Der Kaffee schmeckte nicht mal schlecht.

»Warum sagen Sie mir überhaupt, dass die Versicherung Sie schickt?«, fragte Gruber.

»Fair Play«, antwortete Thorsten.

»Fair Play?«

»Ja, ich bin dafür. Sie nicht?«

»Ich finde, Detektive sollten verdeckte Ermittlungen durchführen.«

»Wer sagt, dass ich das nicht gemacht habe?« Thorsten zog Fotos einer früheren Observation aus der Jackentasche und schob sie über den Küchentisch.

Gruber legte die Abzüge wie eine Patience vor sich ab. Er kratzte sich am Kinn. Die weißen Bartstoppeln knisterten wie ein schlecht eingestellter Radiosender.

»Beim Wäscheaufhängen sehe ich scheiße aus.«

»Beim Wäscheaufhängen sieht jeder scheiße aus.«

»Darf ich die Kamera sehen?«

Thorsten legte die kleine silberfarbene Kamera vor Gruber auf den Holztisch. Der Alte nahm sie in beide Hände und musterte sie eingehend von allen Seiten. Enttäuscht legte er sie auf den Tisch zurück.

»Sieht aus wie ein ganz normaler Fotoapparat.«

»Es ist ein ganz normaler Fotoapparat. Was hatten Sie erwartet?«

»Ein riesiges, sehr neugieriges Teleobjektiv. Ich hab auch eine Digitalkamera. Hier, sehen Sie.«

Gruber holte einen winzigen Fotoapparat aus seiner Hosentasche.

»Schön flach. Trage ich immer bei mir.«

»Ich weiß. Ihr Hobby ist nicht zu übersehen, wenn man Sie besucht.«

»Haben Sie was dagegen, wenn ich ein Foto von Ihnen mache?«

»Eigentlich schon.«

Das Blitzlicht blendete Thorsten. Unweigerlich schloss er die Augen, obwohl er lieber keine Reaktion gezeigt hätte. Der Alte hielt die Kamera mit ausgestreckten Armen und begutachtete die Aufnahme kritisch auf dem Display.

»Digital sehen Sie noch blasser aus als in echt.«

»Es gibt Persönlichkeitsrechte«, antwortete Thorsten.

»Sie müssen es ja am besten wissen, Herr Kulik.« Lachend betätigte der Alte noch einmal den Auslöser. »Ich habe keine Angst vor Fotos«, sagte Gruber. »Man kann sich nicht davor schützen. Fotos sind allgegenwärtig, vor allem die schlechten. Seit man keine Filme mehr belichtet, sondern jeden Scheiß digital auf Datenträgern speichern kann, knipsen alle wie blöd in der Gegend herum. Wie ein aufgeschreckter Schwarm Fotoidioten.«

Gruber startete eine Fotoserie.

Obwohl ihn das Blitzlichtgewitter blendete, sah sich Thorsten möglichst ungerührt in der Küche um, während der Alte ein Foto nach dem anderen von ihm machte. Das Haus war aufgeräumter, als es der Garten vermuten ließ.

»Ich habe Ihre Nachbarn befragt«, sagte Thorsten beiläufig.

»Das können keine besonders ausufernden Ermittlungen gewesen sein. Ich hab ja nur drei Nachbarn.«

»Ja, Sie wohnen ziemlich abgelegen.«

»Nicht abgelegen genug. Dieses Land hat eine zu hohe Bevölkerungsdichte. Was sagen meine lieben Nachbarn denn so?«

»Alle das Gleiche. Dass Sie verrückt sind.«

Der Alte lachte. »Wenn alle das Gleiche sagen, stimmt's wahrscheinlich.« Gruber trank einen Schluck Kaffee. Als er mit der Unterlippe die Tasse berührte, musste er wieder lachen. Ungebremst prustete Gruber in die Tasse. Blubbernd gab der Kaffee Antwort. Ein Kaffeerinnsal suchte sich einen Weg durch die schneeweißen Bartstoppeln am Kinn und tropfte auf sein blaues Grateful-Dead-Shirt. Thorsten trank ebenfalls von seinem Kaffee.

»Nach dem ersten Unfall waren Sie noch in der Lage, in Ihrem Beruf zu arbeiten«, sagte Thorsten ruhig.

»Tatsächlich? An einen Beruf kann ich mich überhaupt nicht mehr erinnern.«

»Sie waren Direktor einer Sparkasse.«

»Erstaunlich. In der Zwischenzeit habe ich bereits am Ausgang des Einkaufszentrums vergessen, ob ich Wechselgeld bekommen habe.«

»An das Einkaufszentrum erinnern Sie sich aber?«

»Ja, ich werde immer am Ausgang angehalten.«

»Nach meinen Recherchen sind Sie in den letzten zwei Jahren siebzehn Mal beim Ladendiebstahl erwischt worden.«

»Echt? Da haben Sie's. Mein Gedächtnis ist so schlecht, dass ich mich jedes Mal gleich bescheuert anstelle. Immerhin kann ich jetzt meine eigenen Ostereier verstecken.«

»Das tun Sie tatsächlich. Ihre Nachbarn haben Sie beobachtet.«

»Denen scheint wirklich nichts zu entgehen.«

»Es fällt eben auf, wenn ein nackter Mann am Weihnachtsabend bunte Eier in den Schnee legt. Wofür brauchen Sie das überdimensionale Xylofon im Garten?«

»Na, wofür wohl? Ich halte damit Kontakt zu den Außerirdischen.«

»Und antworten die Außerirdischen?«

»Ja. Aber ich vergesse ihre Botschaften sofort wieder. Meine Gehirnzellen sind ziemlich porös. Wollen Sie noch Kaffee?«

»Nur, wenn noch welcher übrig ist. Einen neuen brauchen Sie nicht aufsetzen.«

»Ich bin zwar bescheuert, aber Kaffee mache ich immer genug.«

Thorsten beobachtete, ob Gruber auf dem Weg zur Kaffeemaschine das richtige Bein nachzog. Rechts. Das passte, konnte aber auch antrainiert sein. Gruber nahm zitternd die Glaskanne von der Wärmeplatte des Kaffeeautomaten. Thorsten rechnete jeden Moment damit, dass der Alte sie fallen ließ. Entweder ist das Zittern echt, dachte Thorsten, während er seine Tasse nach vorne schob, oder es ist verdammt gut gespielt. Gruber schüttete schwungvoll einen Schwall heißen Kaffee halb in die Tasse und halb auf Thorstens rechte Hand. Thorsten zog den Arm zurück. Er schaffte es gerade so, nicht aufzuschreien. Der Alte sah ihn aufmerksam an.

»Entschuldigung«, sagte er, während er ihm eine Küchenrolle reichte. Thorsten riss ein Papiertuch ab und wischte sich über die Haut, die an manchen Stellen eine ungesunde rote Färbung annahm. Eigentlich sollte ich die Hand unter kaltes Wasser halten, dachte Thorsten, aber ein entgegengesetzter Impuls zwang ihn, vor seinem Gegenüber so zu tun, als sei er unverletzlich. Kontrolle war wichtig in seinem Gewerbe.

»Tragen Sie eine Pistole?«, fragte Gruber.

»Nein.«

»Detektive sollten eine Pistole tragen.«

»Sherlock Holmes trägt auch keine Pistole.«

»Natürlich tut er das. Detektiv Rockford trägt keine Pistole, aber nur, weil das zu seinen Bewährungsauflagen gehört.«

»Genau genommen bewahrt er die Waffe in einer Kaffeedose auf. Erzählen Sie mir von den Unfällen.«

»Alle vier Treffer?«

»Ich habe Zeit.«

»Also, das volle Programm. Sie wissen natürlich, dass ich damit noch weit vom Guinness-Buch-Rekord entfernt bin. Der erste Blitz traf mich vor einem Discounter. Aus heiterem Himmel. Normalerweise werde ich mitleidig angeschaut, wenn ich das erzähle. Es gibt Menschen, die sich über einem Supermarkt-Parkplatz keinen heiteren Himmel vorstellen können, aber ich gehöre nicht dazu. Der Blitz war schon eine mächtige Überraschung. Als ich wieder zu mir kam, lagen meine Schuhe ein paar Meter entfernt und von meinem Körper stiegen Rauchschwaden auf. Ich wusste nicht, was geschehen war, aber die Schwaden gaben mir zu denken. Später habe gelesen, dass die Entladungen bei einem Gewitter bis zu fünfzehn Kilometer weit ausgreifen können. Natürlich fühlt man sich besonders ungerecht behandelt, wenn man von einem Blitz getroffen wird, während über einem noch die Sonne scheint. Nichtsahnend trägst du eine Tüte mit Katzenfutter, kurze Hosen und ein Grateful-Dead-Shirt und dann macht es PFFFT.«

»War es das?«

»Wie bitte?«

»War es das T-Shirt, das Sie anhaben?«

»Nein, nein, ich hab mir danach ein ganzes Dutzend gekauft. In verschiedenen Farben. Ich trage nichts anderes mehr.«

»Warum?«

»Ich weiß nicht.«

Thorsten spürte, dass der passende Moment gekommen war, um auf Überrumpelungstaktik zu setzen.

»Haben Sie nach dem ersten Blitz beschlossen, die Versicherung zu betrügen – oder war der erste Blitz auch nur eine Erfindung?«

Gruber lachte wieder. Er schien ehrlich belustigt zu sein. Lachen klang schnell gekünstelt, wusste Thorsten. Entweder spielte der Alte ihm wirklich nichts vor oder er hatte es zu einiger Kunstfertigkeit gebracht.

»Aber wo denken Sie hin? Ich bin doch kein Betrüger. Allerdings muss ich gestehen: Je länger man über Gerechtigkeit nachdenkt, desto mehr hält man sie für eine Erfindung. Jedenfalls, wenn man im Lotto gewonnen hat oder vom Blitz getroffen wurde. Sie wissen ja sicher, wie es mit der Wahrscheinlichkeit eines solchen Unfalls ausschaut. In meinem rechten Bein verkümmern seither die Muskeln. Eine ganze Zeit lang glaubte ich, der Einkaufswagen wäre schuld gewesen. Dass das Metall den Blitz angezogen hat. Später hab ich begriffen, dass es an mir liegt. Die ganze bösartige Spannung in der Atmosphäre greift nach mir. Der zweite Blitz traf mich beim Telefonieren mit dem Handy. Seitdem telefoniere ich nicht mehr, wenn es gewittert, obwohl mir ein Gutachter der Versicherung hinterher weismachen wollte, dass es nicht gefährlich ist. Telefonieren Sie bei Gewittern? Glauben Sie mir: Sie sollten es nicht tun. Vor allem, wenn Sie kein schnurloses Telefon haben. Der Strom sucht sich einen Weg vom Ohr zum Erdboden. Das Ohr wird dabei verdammt heiß. Als hätte man es in die Mikrowelle gelegt. Im Hirn zerstört der Blitz dann wahllos Zellen. Der eine ist komplett gaga. Beim nächsten fällt das Atemzentrum aus und er geht hops, wenn ihn nicht irgendjemand die verdammten zwanzig Minuten wiederbelebt, bis der Rettungswagen da ist. Wenn der Rettungswagen rechtzeitig kommt, liegt er hinterher wahrscheinlich im Koma. Ich hab durch den zweiten Blitz nur meine Konzentrationsfähigkeit verloren. Das kommt relativ häufig vor. Und ehrlich gesagt – es hätte mich schlimmer erwischen können. Tatsächlich kam es schlimmer. Der dritte Blitz traf mich durch das geöffnete Fenster meines Autos. Ich weiß schon, was Sie denken. Klar, ich war auch davon ausgegangen, dass ich in einem Auto sicher bin, weil es wie ein Faradayscher Käfig funktioniert. Die Energie wird an der Außenhülle abgeleitet, sodass man im Innenraum geschützt ist. Manchmal fangen Reifen zu brennen an. Oder Autoradios werden an die Rückscheibe katapultiert. Und man darf um Gottes willen nicht mit einem Autotelefon ... Sie wissen schon. Tun Sie das niemals. Ich war stehen geblieben, um mir durch das geöffnete Fenster das Gewitter anzusehen. Die gelb leuchtenden Hagelwolken. Die Regenschauer, die ein paar Kilometer von mir entfernt niedergehen. Die Blitze, die Donner für Donner näher kommen. Ich zähle, wie viel Zeit zwischen dem Blitz und dem Donner vergeht. Elf. Zwölf. Dreizehn. Vor mir flirrt die Luft. Der Wind hält den Atem an. Wahrscheinlich finden Sie es vollkommen idiotisch, durch ein geöffnetes Autofenster ein Gewitter zu beobachten. Aber glauben Sie mir: In meiner Situation will man den Feind kennen. Der Blitz schlug mir direkt in den Mund. Ich konnte jeden Zahn einzeln spüren. Als würde ich von innen auseinandergenommen. Hinterher musste ich monatelang lernen, Haferbrei zu schlucken und meine Zehen zu bewegen. Das Betriebssystem vollkommen zerschossen. Die einfachsten Tätigkeiten waren mir unvertraut. Dagegen war mein vierter Blitz vollkommen unspektakulär. Er traf mich direkt vor der Haustür. Gerade als ich aufsperren wollte. AHA, dachte ich mir.«

»AHA? Sie haben AHA gedacht?«

»Ja. AHA.«

»Und der Schock?«

»Man gewöhnt sich an den Schock.«

»Der Schock kann tödlich sein.«

»Ich sag ja: Man gewöhnt sich daran.«

⊙ ⊙ ⊙

Beim Öffnen blieb die Haustür mit einem lauten Seufzer an den alten, unebenen Bodenplatten aus Granit hängen. Gruber zerrte heftig an der Klinke, bis die Tür ruckartig nachgab. Thorsten kniff reflexartig die Augen zusammen, als Sonnenlicht in den dunklen Flur fiel. Gleich danach umhüllte ihn die

Hitze eines überambitionierten Junitags. Eine schwarze Katze wuselte durch seine Beine. Reflexartig hatte Thorsten das Bedürfnis, sich an den Unterarmen zu kratzen.

»So ist das mit alten Häusern. Sie werden bucklig. Sinken langsam unter ihrer Last zusammen«, sagte Gruber.

»Neue Häuser haben nur ein paar Jahrzehnte Lebenserwartung«, antwortete Thorsten.

»Stimmt. Die Grundschule unten im Dorf wurde letztes Jahr abgerissen. Ein Siebzigerjahre-Bau. Eigentlich wurde sie nicht abgerissen, sondern vorsichtig abgetragen.«

»Zurückgebaut kann man auch sagen.«

»Zurückgebaut. Wie nennt man das noch mal, wenn man sprachlich was beschönigt?«

»Euphemismus.«

»Die Schule war von oben bis unten asbestverseucht. Schon ein komischer Gedanke, dass die Kinder da drin jahrzehntelang nicht nur vom Lehrplan verseucht wurden. Die Bauarbeiter trugen Atemgeräte und Schutzanzüge. Das war ungefähr zur gleichen Jahreszeit wie jetzt. Die Arbeiter müssen geschwitzt haben wie die Schweine.«

Während Thorsten nach draußen in den Garten ging, blieb der Alte im Türrahmen stehen.

»Sie haben sicher Verständnis dafür, dass ich Sie nicht bis zum Gartentor begleite. Wenn man vier Mal vom Blitz getroffen wurde, begibt man sich nicht einfach ohne Sicherheitsvorkehrungen nach draußen.«

»Es ist sonnig.«

»Ich falle nicht mehr auf jeden Bluff herein.«

Thorsten suchte die Lücken zwischen den Fotos und balancierte zu den Überresten eines Gartenzauns. Nur noch wenige schiefe Latten wehrten sich dagegen, einen steilen Abhang nach unten zu rutschen. Weit unten im Tal schlängelte sich ein Fluss durch eine Landschaft, die von hier oben nach Google Earth aussah. Das Sonnenlicht ließ den Fluss unnatürlich blau wirken. Zwei Kanus glitten durchs Wasser. Lachen stieg von ihnen auf, als würde es zu nichts gehören. Als wäre es extra eingespielt. Thorsten spürte, dass seine Augen plötzlich tränten, dann presste sich explosionsartig Druck in die Stirnhöhle. Im nächsten Moment wurde er von einem Niesanfall durchgeschüttelt. Niesen. Immer und immer wieder. Er hatte das Gefühl zu platzen. Wenn der Körper zerfetzt, kannst du dich nicht wehren, wusste Thorsten. Nachdem er sich geschnäuzt hatte, suchte er nach der Ursache der allergischen Reaktion. Die gelb blühenden Pflanzen, die überall am Hang wuchsen, waren die Hauptverdächtigen. Schnell entfernte sich Thorsten ein paar Schritte von ihnen.

»Ist das Ginster?«

Gruber nickte.

»Ich wusste gar nicht, dass der so hoch oben wächst. Haben Sie den angepflanzt?«

»Nein, der wächst wild. Nährstoffarmer Boden, das mag der Ginster. Ich finde, er hat ein Gelb, mit dem nicht einmal der Löwenzahn mithalten kann.«

»Ich bin gegen Ginster allergisch.«

»Schade.«

»Genau genommen bin ich gegen fast alles allergisch, was wächst. Von der Natur mal abgesehen, haben Sie aber eine tolle Wohnlage.«

»Sogar eine gesegnete Wohnlage. Hinter dem Haus führt der Jakobsweg vorbei.«

»Ich dachte, der wäre in Spanien.«

»Nur das letzte Stück. Durchs restliche Europa verzweigt er sich wie ein Netz. Ich verkaufe Heiligenbildchen an die Pilger.«

»Kommen viele Pilger vorbei?«

»Zwei oder drei.«

»Am Tag oder in der Woche?«

»Im Monat. Die meisten starten erst in den Pyrenäen. Mehr kriegt man in vier Wochen Urlaub nicht unter. Hätte ich der Versicherung den Nebenerwerb angeben müssen?«

»Ich glaube nicht.«

Thorsten ging zurück zur Haustür, um sich zu verabschieden. Gruber zog aus der Brusttasche seines Hemds ein kleines Kärtchen und streckte es Thorsten entgegen. »Hier, nehmen Sie. Das werden Sie brauchen.« Auf Hochglanzpapier tobte ein Gewittersturm um einen betenden römischen Soldaten. »Der heilige Donatus, Schutzheiliger gegen Blitzeinschläge.«

Thorsten musterte das Bild.

»Ein römischer Soldat?«

»Freiwillig würde ich während eines Gewitters nie so viel Metall am Körper tragen wollen.«

Immer darauf bedacht, auf keines der auf dem Fußweg liegenden Fotos zu treten und keine der ausladenden Disteln zu streifen, balancierte Thorsten zurück zum Auto. Von einem Moment auf den anderen überkam ihn ein höchst unprofessioneller Impuls, dem er trotzdem einfach nachgab. Thorsten drehte sich zu Gruber um und sagte: »Danke für das Heiligenbild.«

»Schon gut. Haben Sie noch irgendwelche Fragen?«

»Sollte ich?«

»Columbo hat immer noch eine Frage, nachdem er sich eigentlich schon verabschiedet hat.«

»Warum haben Sie die Fotos auf dem Fußweg verstreut?«

»Weil es mir im Haus mit ihnen zu eng ist. Immerfort wollen sie mit mir reden.«

»Ich lass mich nicht gerne verarschen.«

»Nein, natürlich nicht. Ich will nur meine Nachbarn schocken.«

Detektive sollten keine gelben Krawatten tragen

Die alte Gründerzeit-Mietskaserne verströmte schon von außen einen desolaten Charme. An der Hauswand hatten Wetter und Abgase jahrzehntelang den sowieso schon dürftigen früheren Glanz abgenagt. Über die ursprüngliche Farbe triumphierte ein unidentifizierbares Grau. An vielen Stellen war der Putz widerstandslos abgefallen. Die meisten Fenster waren blind vom Kondenswasser, das sich zwischen den undichten Doppelscheiben der dilettantisch nachgerüsteten Thermofenster gebildet hatte.

Die türkischen Hausbesitzer hatten sich mit dem Kauf finanziell übernommen. Sie sparten sogar daran, die Glühbirne im Eingangsbereich zu ersetzen, die schon vor Wochen durchgebrannt war. In der Silvesternacht waren die Briefkästen von einem Pyromanen mit einer Ladung Feuerwerkskörper gesprengt worden. Thorsten hatte mittlerweile einen Edelstahlbriefkasten bei einer Internet-Auktion ersteigert und neben die zerfetzten und ausgebrannten anderen Briefkästen gehängt. Der Edelstahlbriefkasten wirkte neben den Ruinen wie ein Angeber, aber als Unternehmer war Thorsten auf seriöses Auftreten bedacht. Aus diesem Grund hatte er sein Büro eigentlich schon längst in ein ansprechenderes Umfeld verlegen wollen, aber das Preis-Leistungs-Verhältnis war unschlagbar. Genau genommen war die Leistung nicht so besonders, aber die Miete war billig.

Vor der Eingangstür zum Büro stand ein Aprikosen-Bonsai in einer blau glasierten, runden Schale. Thorsten hob die Schale hoch und trug sie mit weit von sich gestreckten Armen in den Hinterhof. Trotz der gebotenen Vorsicht musste er noch lange niesen, nachdem er die Pflanze in die Restmülltonne geworfen hatte. So wie er es mit allen Bonsais machte, die seinen Lebensweg kreuzten.

Eigentlich war das Büro zu groß für zwei Personen, die sich an zusammengeschobenen Schreibtischen gegenübersaßen. Der Vormieter war ein Fahrlehrer gewesen, der hier seinen Theorieunterricht abgehalten hatte, bis er Insolvenz anmelden musste. Thorsten war ihm kurz begegnet, als er die Wohnung besichtigte. Die hohen Spritkosten, hatte der Fahrlehrer achselzuckend gesagt. Und dann die Scheidung. Zu viel aus dem Geschäftsvermögen entnommen.

Eva fand die Ausstattung des Detektivbüros von Anfang an absolut geschmacklos und total unpraktisch. Vor allem die überdimensionierten Schreibtische, die Thorsten nur gekauft hatte, weil sie ein bisschen den Ungetümen ähnlich sahen, an denen die Detektive des Film noir saßen. Marlowe. Spade.

Wo ist Platz für die Tastatur?, hatte Eva gefragt. Ein Hauch von Design wäre nicht schlecht. Die Dinger kann man nicht mal dann schön finden, wenn man einen abseitigen Geschmack hat. Evas Widerstand hatte Thorsten erst recht ermutigt, die Schreibtische zu kaufen. Und deshalb saßen Ralf und er jetzt an diesen monströsen Holzbauwerken. Natürlich war die Entscheidung für die beiden Schreibtische irrational gewesen. Idiotisch, könnte man auch sagen. Aber so war es nun einmal: Die Schreibtische waren da und Eva war weg.

Der schwüle Junitag klatschte seine Luftfeuchtigkeit wie ein nasses Handtuch in den Morgen. Thorsten schwitzte. Er schämte sich für seine Achselhöhlen. Und konnte Rinnsale auf seinem Rücken spüren. Wahrscheinlich veranlagungsbedingt. Er hatte sich wegen seiner übermäßigen Schweißproduktion schon mal durchchecken lassen. Alles okay. Und im Grunde ein Zeichen für einen gut funktionierenden und leistungsfähigen Körper. Trotzdem scheiße. Die Flecken unter den Armen fallen erst dann nicht mehr auf, wenn das ganze Shirt durchgeschwitzt ist. Thorsten hatte eine dauerhafte Lösung durch Schweißdrüsenabsaugung in Erwägung gezogen, bis ihm klar wurde, dass die Kosten eines solchen Eingriffs in keinem Verhältnis zu seinen Geschäftseinnahmen standen. Außerdem mochte er seine Schweißdrüsen irgendwie.

Thorsten zog seine Schreibtischschublade auf. Vermutlich eine Übersprunghandlung. Eine ungeordnete Ansammlung von Klebeband-Abrollern, Feuerzeugen, CDs, Kleingeld, Büroklammern, Visitenkarten, antiseptischen Salben und allem anderen, das man vermutlich irgendwann noch brauchen konnte. Keine Knarre. In amerikanischen Filmen öffnen Privatdetektive ihre Schreibtischschublade, um eine Pistole rauszuholen. Thorsten knallte die Schublade mit viel Schwung wieder zu. Die amerikanischen Waffengesetze waren scheiße. Dauernd ballerten irgendwelche Leute anderen im Kino, im Einkaufszentrum, auf offener Straße in den Kopf.

Ralf betrat das Büro und hängte sein Designer-Jackett auf einen Kleiderbügel an der Garderobe. Liebevoll strich er es glatt. Seine Liebe für teure Klamotten war offensichtlich. Sie hatten sich vor fünf Jahren bei einer Maßnahme zur beruflichen Wiedereingliederung kennengelernt. Thorsten war nach seinem Kulturjournalismus-Studium, Praktikantenstellen bei diversen Tageszeitungen und einer mehrjährigen Tätigkeit als Redakteur bei einer Computerspiele-Zeitschrift wieder mal arbeitslos gewesen war. Genau wie Ralf Ebert, der, nachdem er den Friseurberuf wegen diverser Allergien aufgeben musste, bereits mehrere von der Arbeitsagentur finanzierte Lehrgänge hinter sich hatte: Schweißen/Bürokaufmann/Altenpflege – und zum fünften Mal das Seminar *Wie bewerbe ich mich richtig?*. Gelegentlich verdiente er sich im Wach- und Objektschutz etwas dazu. Seine Größe und die füllige Statur waren die optimalen Voraussetzungen, um bei Rockfestivals Fans vom Stagediving und Bierbecherwerfen abzuhalten. Vielleicht hatte Ralf bei dieser Tätigkeit seine Liebe zu klassischer Musik entdeckt. Bei einer Currywurst, die mit Zwiebelhaube in sehr viel

Ketchup schwamm, hatten Thorsten und Ralf den Entschluss gefasst, eine Detektei zu gründen. Da der Berufsbegriff »Detektiv« in Deutschland nicht geschützt ist, kann jeder Loser ein Detektivbüro aufmachen. Sie hatten vor, diese Gelegenheit beim Schopf zu packen. Zuallererst einigten sich die beiden Teilhaber auf ihr künftiges Logo: einen heulenden Wolf im nachempfundenen Stern eines US-Marshals. Eilig wurden damit Briefköpfe, Visitenkarten und Feuerzeuge bedruckt. Die Leuchtreklame wurde leider schon kurz nach Inbetriebnahme von irgendwelchen betrunkenen, Steine schmeißenden Jugendlichen zerstört und aus finanziellen Erwägungen nie mehr ersetzt. Die unzähligen Aufkleber, die Thorsten und Ralf auf öffentlichen Toiletten, an Ampeln und Mülltonnen anbrachten, hielten sich deutlich länger. Nachdem sie immer wieder gefragt worden waren, was das Logo bedeuten sollte, dachten sie sich eine Geschichte dazu aus, in deren Mittelpunkt die Jagdweise des Wolfs stand. Einer Spur folgen. Dem Geruch. Seiner Nase vertrauen. Dem Instinkt. Sich dem Beutetier nähern und dann schnell an den ungeschützten Stellen zubeißen. Die Mongolen leiteten ihre Herkunft vom Wolf ab und die Irokesen verehrten ihn als Totemtier. *In dieser Tradition stehen wir!*, beteuerten die Detektive auf ihrer Homepage, die für diese pathetischen Behauptungen ein bisschen zu billig zusammengebastelt war.

Damals, als Thorsten und Ralf Currywurst gegessen hatten, glaubten sie, dass Thorstens Kenntnisse in diversen Kampfsportarten (erst Karate seit dem neunten Lebensjahr, später Ju-Jutsu) und Ralfs Erfahrung bei Sicherheitsfirmen (Volksfeste/Open-Air-Festivals/Fußballstadien) ihnen nutzen würden. Tatsächlich half beides wenig im Berufsalltag eines Detektivs, der weit weniger körperorientiert war, als man angesichts seiner medialen Aufbereitung in Fernsehserien und Hollywood-Filmen erwarten durfte. Genau genommen waren sie vollkommen planlos an die Umsetzung ihrer Geschäftsidee gegangen. Wirklich effizient war nur die finanzielle Spritze, mit der Thorstens Eltern der Unternehmensgründung Leben eingehaucht hatten. Ohne diesen Zuschuss hätte die Detektei die knochentrockene Anfangsphase sicher nicht überstanden. Thorsten besuchte seine Eltern noch seltener, seit er in ihrer Schuld stand. Mama und Papa hatten ihn von klein auf gefördert und wollten immer wissen, wie es lief. »Nicht besonders« zu sagen brachte er nicht übers Herz, weil es erstens: seine Eltern in Sorge versetzen und zweitens: seinem eigenen Ego voll aufs Maul geben würde. Außerdem war Thorsten ein mieser Lügner. So mies, dass er live damit hätte auftreten können. Mit Schweißausbruch, Pupillenzucken und den ganzen anderen körperlichen Nebenwirkungen. Deshalb fuhr er nur zu seinen Eltern, wenn es unvermeidbar war. Geburtstag Mutter, Geburtstag Vater, Weihnachten.

Ralf ließ sich schwerfällig in seinen Schreibtischstuhl fallen und brachte seine ganze Körperfülle in die entspannte Angriffsposition, die nur dicken Menschen zur Verfügung steht.

»Und wie war es in der Einsiedelei?«

»Er wurde mehrmals vom Blitz getroffen. Angeblich.«

»Glaubst du dem Alten?«

»Ich hab die Blitzeinschläge abgefragt. Kommt hin. Er verkauft Heiligenbildchen. Zum Abschied hat er mir eins geschenkt.« Thorsten holte das Heiligenbildchen aus seiner Brieftasche und schob es über seine Tischplatte auf Ralfs Schreibtisch.

»Wer ist das?«

»Der heilige Donatus.«

»Lass mich raten. Er ist ein Schutzheiliger, an den du während eines Gewitters deine Stoßgebete senden kannst.«

»Gut kombiniert.«

»Das Unwetter im Hintergrund ist ziemlich gut gemalt.«

»Donatus war ein römischer Heerführer. Der Feind hatte ihn umzingelt. Die Lage war aussichtslos, seine Legion am

Verdursten. Zusammen mit anderen christlichen Soldaten betete er um Regen. Prompt zog ein Unwetter auf und es regnete wolkenbruchartig. Die Römer hatten genug zu trinken und die Blitze zerstörten das Lager der Feinde.«

»Coole Werbeaktion vom lieben Gott.«

Ralf gab Thorsten das Bild zurück.

»Wo verkauft Gruber seine Heiligenbildchen?«

»Sein Haus liegt direkt am Jakobsweg.«

»Ich dachte, der ist in Spanien?«

»Fränkischer Jakobsweg. Europa ist durchzogen von Jakobswegen, seit Pilgern in ist.«

»Der Alte will uns verarschen«, stellte Ralf unmissverständlich fest.

»Ich weiß nicht.« Thorsten überlegte kurz, was er mit dem Heiligenbild machen sollte. Er steckte es zurück in die Brieftasche. »Ein bisschen viel Aufwand für einen Versicherungsbetrug.«

Ralf wippte in seinem Schreibtischstuhl. Thorsten hatte einen Moment lang Zweifel, ob die billige Büroausstattung auf das Körpergewicht seines Assistenten ausgelegt war. Aber immerhin war der Stuhl TÜV-geprüft. An das Siegel auf dem Karton konnte er sich genau erinnern.

»Erinnerst du dich an den Investment-Banker, der vom Auto überfahren wurde?«, fragte Ralf. »Hinterher hat sich rausgestellt, dass man ihn nicht nur von vorn, sondern auch im Rückwärtsgang überrollt hatte.«

»Der brauchte Geld, weil seine Börsenspekulationen das Vermögen seiner Ehefrau aufgefressen hatten. Deshalb hat er sich sicherheitshalber zwei Mal von ihr überfahren lassen. Gruber hat keinerlei finanzielle Probleme. Er hat noch nicht mal eine Frau.«

»Das sind ja nur Indizien dafür, dass er ein besonders ausgekochter Hund sein muss.«

»Du bist ein Menschenfeind.«

»Noch was?«

»Deine Krawatte ist scheiße.«

»Hör mal: Auf meine Krawatte lass ich nichts kommen.«

»Die Pastelltöne schauen irgendwie Achtzigerjahre-mäßig aus ...«

Ralf holte einen kleinen Handspiegel aus seiner Schreibtischschublade.

»Das ist retro.«

»Aber auf eine Art, wie es die Achtziger nie gegeben hat.«

»Die Krawatte wertet meine heutigen Ermittlungen auf jeden Fall auf. Warum muss eigentlich immer ich die Ehebruch-Geschichten übernehmen, während du die superinvestigativen Akte-X-Fälle bekommst?«

»Du bist verheiratet ...«

»Kommt noch was?«

»Du bist besser in Ehe und ihren Brüchen.«

»Jetzt verschaffst du dir mit deiner Beziehungsunfähigkeit auch noch einen Vorteil.«

»Ralf, ganz ehrlich: Die Krawatte ist furchtbar.«

»Und was bitte gefällt dir daran nicht?«

»Sie ist gelb. Damit geht es schon mal los. Detektive sollten keine gelben Krawatten tragen. Sie sollten unauffällig sein.«

»Soll ich so heruntergekommen rumlaufen wie du, seit Eva nicht mehr auf dich achtet?«

»Arschloch.«

Ralf legte den Handspiegel zurück in seine wohlgeordnete Schreibtischschublade. »Tut mir leid«, sagte er. »Ehebruch-Observierungen nerven mich. Die Schlampe fickt mit einem anderen. Das ist ja ganz klar. Ich weiß nicht, warum das ihr Ehemann unbedingt genau wissen will.«

»Damit er Gewissheit hat.«

»Was denn für eine Gewissheit? Dass seine Frau genau die Schlampe ist, für die er sie immer gehalten hat?«

»Das ist unser Job.«

»Scheißjob. Ich schlag mir die Nacht um die Ohren und die Therapeuten der beiden verdienen sich in einer Dreiviertelstunde pro Woche dumm und dämlich.«

»Bei uns erfahren sie nur etwas über den jeweils anderen.«

»Und was erfahren sie beim Therapeuten?«

»Die Wahrheit über sich.«

»Schwachsinn.«

Ralf nahm ein Blatt von seinem Schreibtisch und hielt es Thorsten entgegen. Dabei beugte er sich so weit nach vorn, wie sein Bauch es zuließ. Das Fettgewebe und die Tischplatte befanden sich bereits in einem heftigen Widerstreit.

»Hier, das könnte dich interessieren.«

Thorsten nahm das Blatt und las den Ausdruck einer Mail.

»Und dem verletzten Teil folgt, wie er pflegt, der Ruf der Schuld – allein die Wahrheit künden wird Gottes Rache, die den Argen schlägt.«

»Was ist das? Ein Songtext von Rammstein?«

»Die Göttliche Komödie.«

»*Die Göttliche Komödie?* Ich dachte, die sei gut.«

»Sie ist gut. Sie gehört zum Kanon des Abendlandes.«

»Will uns da jemand einschüchtern?«

»Ich weiß nicht.«

»Davon lasse ich mir keine Angst machen. Drohgebärden beeindrucken mich selbst dann nicht, wenn sie gebildet daherkommen.«

Thorsten schob den Ausdruck über den Schreibtisch zurück in Ralfs Richtung.

»Was steht auf deinem Tagesprogramm?«, fragte Ralf.

»Ich gehe auf den Fußballplatz.«

Es gibt von allem ein Video

»Wir Trainer sind geschult, wissen Sie«, sagte Güttler. Er ging so sportlich in die Hocke, wie man es von einem Endvierziger in einem Trainingsanzug mit dem Aufdruck *Keine Macht den Drogen* erwarten durfte. Über der Schanktheke, die Buchenholz und Gemütlichkeit erfolglos zu imitieren versuchte, war nur noch sein schütterer Haarschopf zu sehen.

Thorsten schaute sich im Vereinsheim um. Glasvitrinen mit Pokalen, die edel wirken wollten, aber irgendwie nuttig daherkamen. Urkunden mit schlecht gezeichneten Fußballern beim Zweikampf oder beim Torschuss. Darunter war handschriftlich die Platzierung bei einem Turnier eingetragen. Die Siegerurkunden erstrahlten in goldenen Rahmen. Die meisten Turniersiege lagen allerdings schon ein paar Jahrzehnte zurück. Die Urkunden, auf denen hintere Platzierungen dokumentiert wurden, waren deutlich in der Mehrheit. Ungeliebt steckten sie in rahmenlosen Bildhaltern. Ganze Verlierergenerationen waren rahmenlos.

Die gegenüberliegende Seite des Raums wurde von einem mehr als zwei Meter hohen elektronischen Dart-Gerät beherrscht. Am Boden davor die Überreste zweier Klebebänder. Eines in etwa drei Metern, eines in etwa fünf Metern Entfernung. Gleich neben der Eingangstür stand ein Schaukasten mit einem Modell des Vereinsgeländes. An der Wand dahinter waren eine Handvoll Farbfotos angepinnt, die alle Bauabschnitte der Renovierung des Vereinsheims vor fünf Jahren dokumentierten. Vorher musste es wirklich hässlich gewesen sein. Auch jetzt war es noch hässlich, aber auf eine rustikalere Art.

Freudestrahlend tauchte Güttler wieder hinter der Theke auf und drückte Thorsten eine Broschüre in die Hand. »Ich sag ja, wir sind geschult«, betonte der Trainer noch einmal.

Die Broschüre war aufwendig gestaltet. Hochglanzpapier mit bunten Bildern. Einfach gehaltene Zeichnungen, damit auch wirklich jede Dumpfbacke verstand, dass man bei einem Unwetter nicht unter einem Baum Schutz suchen durfte. Thorsten las den Satz:

Wurde eine halbe Stunde lang kein Donner mehr wahrgenommen, kann davon ausgegangen werden, dass das Gewitter vorüber ist und der Spiel- oder Trainingsbetrieb kann wieder aufgenommen werden.

Er musste grinsen. Obwohl Sicherheit wichtig war. Vor allem in seinem Gewerbe. Als Detektiv musste man Risiken eingehen, aber sie sollten kalkulierbar bleiben. Manchmal sagten Kunden, alles was sie wollten, sei Sicherheit. Thorsten hatte es aufgegeben, seine Klienten zu verbessern. Tatsächlich wollten seine Kunden Gewissheit. Gewissheit aber war unsicher. Vor allem für Privatkunden. Die Versicherung und die anderen Auftraggeber aus der Wirtschaft hatten damit kein Problem, weil sie nichts über sich selbst erfahren wollten, sondern nur über andere, die ihnen ausgeliefert waren. Bei Privatkunden brachte die Gewissheit Dinge aus der Balance. Sie war zerstörerisch. Das Schöne an Lügen war, dass man damit jahrzehntelang ein gutes Leben führen konnte. Jedenfalls, solange man nicht hinter die Dinge schaute. Die Wahrheit war eine Autobombe. Terror. Pandoras Büchse. Alles brach über, unter und neben einem zusammen, wenn sie erst einmal geöffnet war.

»Und, haben Sie sich an die Broschüre gehalten?«, fragte Thorsten den Trainer.

»Nein. Das war nicht möglich.«

Erstaunt hob Thorsten den Kopf.

»Warum nicht?«

»Keiner hat mitbekommen, dass ein Gewitter im Anzug war. Die Sonne schien. Die Spieler schütteten sich am Spielfeldrand bereitgestellte Wasserflaschen über den Kopf, damit das Gehirn nicht kocht.«

»Ein Blitz aus heiterem Himmel?«

»Tja, daran hatte ich vorher auch nicht geglaubt.«

»Ich kenne jemanden, der behauptet, er wäre auf einem Supermarkt-Parkplatz aus heiterem Himmel von einem Blitz getroffen worden.«

»Ich sag's ja: Man ist nirgendwo mehr sicher.«

»Können Sie sich an den Blitzeinschlag erinnern?«

»Natürlich. Wie könnte ich das vergessen? Es gibt ja ein Video davon. Das habe ich mindestens schon hundert Mal gesehen.«

»Es gibt ein Video?«

»Es gibt von allem ein Video. Wussten Sie das nicht? Irgendjemand hat es sogar bei YouTube eingestellt.«

»Können Sie mir das Video zeigen?«

»Natürlich.«

Thorsten folgte Güttler, der mit strammen Schritten den Gastraum des Vereinsheims durchquerte. Die Beschichtung der Tische passte überhaupt nicht zum Holzimitat der Theke. Die Tische waren viel dunkler. Vielleicht sollte die Oberfläche als Eiche durchgehen. Schaut beschissen aus, dachte Thorsten, hoffentlich ist es wenigstens pflegeleicht.

Güttler drückte auf den Eject-Knopf eines windschnittigen DVD-Players. Eine Silberscheibe wurde mit einem widerspenstigen Geräusch ausgespuckt. Der Trainer las die Aufschrift. »Aha, schon eingelegt«, sagte er und schob den Datenträger zurück ins Gerät. Mit der Fernbedienung stellte er einen großen, an der Wand befestigten Flachbildschirm an.

»Die lassen den Fernsehapparat immer auf Stand-by«, sagte Güttler. »Was ich denen schon Vorträge übers Stromsparen gehalten habe, aber was soll's …«

Entweder war die Bildqualität des Amateurvideos unterirdisch oder der Monitor ein Fehlkauf. Vielleicht auch eine Kombination aus beidem. Die Spieler schienen zu zerlaufen. Vor allem die roten Trikots sahen auf dem viel zu grünen

Rasen wie Benzinpfützen aus, nur dass sich Pfützen nie so schnell bewegen würden.

»Unsere sind die Blau-Weißen.«

»Ich hab draußen das Vereinswappen gesehen.«

»Ja, ist das Heimtrikot.«

Der Blitz schlägt hinter der Eckfahne ein. Dabei wird die Erde etwa fünfzig Zentimeter hochgeschleudert und Rauch steigt auf. Acht Spieler kippen um. Es haut sie nicht gerade aus den Fußballschuhen, aber immerhin fallen sie um, als träfe sie ein Brett an der Stirn. Der Kameramann weiß nicht, was er zuerst filmen soll. Hektisch schwenkt das Bild von einem Verletzten zum nächsten. An einen zoomt er nahe heran. Ein auf dem Rücken liegender Spieler in einem blauweiß gestreiften Trikot. Die Arme von sich gestreckt wie ein Schutzengel. Dann wieder Zoom in die Totale. Der Schiedsrichter macht hektische Handzeichen in Richtung des Linienrichters. Thorsten hat keine Ahnung, was die Zeichen bedeuten könnten. Wahrscheinlich wusste es der Schiedsrichter selbst nicht. Die Kamera wird nach oben gerissen. Blauer Himmel. Mit einem Blick in den wolkenlosen Himmel brach die Aufzeichnung ab.

»Drei meiner Spieler mussten vom Spielfeld getragen werden. Einer lag eine Woche im Koma. Zwei davon haben eine Nacht im Krankenhaus verbracht. Gott sei Dank haben sich alle wieder erholt.«

»Und die andere Mannschaft?«

»Fünf Verletzte, drei davon ins Krankenhaus. Die hatten gerade ihr Überzahlspiel aufgezogen. Meine Spieler erledigen ihre Defensivaufgaben nur schlampig. Ohne den Blitz hätte es wieder geklingelt. Wir haben die meisten Gegentreffer der gesamten Liga.«

»Keine bleibenden Schäden bei den Verletzten?«

»Einer behauptet, er könne seither nicht mehr auf Abseits spielen, aber das konnte er vorher auch nicht.«

»Wie haben die Zuschauer nach dem Blitzeinschlag reagiert?«

»Pfeifkonzert. Sie dachten, die gegnerischen Stürmer würden sich ablegen, um einen Elfmeter rauszuholen. Nach und nach bemerkten die Zuschauer, dass auch unsere Verteidiger in der Horizontalen waren. Eigentlich hat sehr schnell niemand mehr gepfiffen. Normalerweise gibt es immer welche, die sich minutenlang über Abseitsentscheidungen oder ausbleibende Handelfmeter aufregen. An dem Nachmittag gab es nach dem Blitz nicht mal eine blöde Bemerkung, obwohl sonst immer einer eine blöde Bemerkung macht.«

»Warum hat der Kameramann an den einen Spieler herangezoomt?«

»Das war sein Sohn, der da leblos auf dem Spielfeld lag. Kevin. Lag eine Woche im Koma. Er ist aufgewacht, als die Sportschau im Fernsehen lief.«

»Aber warum zoomt der Vater an seinen Sohn heran?«

»Wahrscheinlich, damit er ihn besser sehen kann. Vergrößert.«

»Er kommt ihm nicht zu Hilfe, sondern filmt weiter.«

»Nach einer halben Minute hat er die Kamera ausgemacht und ist zu seinem Sohn gerannt. Haben Sie Kinder?«

»Nein.«

»Dann können Sie nicht verstehen, was in einem solchen Moment in einem Vater vorgeht.«

»Ich würde nicht weiterfilmen.«

»Alle filmen weiter. Das Internet ist voll von Momenten, in denen einer weiterfilmt.«

⊙ ⊙ ⊙

Thorsten sah der Eckfahne zu, wie sie sich gelangweilt an den Wind kuschelte. Einen Ort, an dem sich eine Energie entladen hatte, die es vermocht hatte, acht durchtrainierte Männer zu

Fall zu bringen, stellte man sich spektakulärer vor. Nirgendwo ein Krater oder versengte Grashalme. Natürlich findet man solche Hinweise nach einem Blitzeinschlag nur selten, obwohl man sie sich wünscht, um die Kraft zu verstehen, die in so einem Moment freigesetzt wird. Der Rasen schien von einem Platzwart gepflegt zu werden, der mit jedem einzelnen Grashalm sprach. Die Spielfeldbegrenzungen waren frisch mit Kreide nachgezogen. Thorsten wagte kaum, das Spielfeld in Schuhen zu betreten. Die Fußballer trugen auch Schuhe. In Europa waren sie sogar dazu verpflichtet. Außerdem waren sie ein schönes Accessoire, um die Persönlichkeit eines Spielers zu unterstreichen. Gelb-lila mit den berühmten drei Streifen in Rot. Klassisch in Schwarz mit dem Puma in Weiß. Goldene Nikes.

Von den Metallstollen der Fußballschuhe wurde der Strom besonders gut geleitet. Nach dem Einschlag hatte sich die Spannung in alle Richtungen ausgebreitet. Glücklicherweise stand die Mannschaft auf so einem miserablen Tabellenplatz, dass kaum Zuschauer anwesend waren. Von indiskutablen sportlichen Leistungen lässt sich keiner gern frustrieren. Vor allem nicht, wenn er auch noch Geld dafür bezahlen soll. Thorsten ging vom Elfmeterpunkt zum Anstoßkreis. Nirgendwo konnte man so schön einsam sein wie auf einem Fußballfeld ohne Mannschaften und ohne Ball. Seit seinem neunten Lebensjahr wusste Thorsten, dass man auch in einer Mannschaft und mit einem Ball verloren gehen konnte. Jeder, der schon mal bei einem 0:1-Rückstand kurz vor Schluss einen Strafstoß verschossen hatte, wusste das. Thorsten war als Kind immer froh gewesen, das Vereinstrikot überzuziehen. Gesponsert von einem Getränkemarkt. Ein roter Kasten auf blauem Shirt. Weiße Schrift und Bierkrug. Beim Abklatschen vor dem Anpfiff hatte das Thorsten-Kind immer das Gefühl gehabt, etwas Besonderes zu sein, obwohl er nur Verteidiger gewesen war. Er grätschte hinten die Gegner um. Die richtig coolen Jungs schossen Tore oder holten mit einer Schwalbe einen Elfmeter heraus. Trotzdem gefiel ihm der Gedanke, mit seinen Kameraden in einer gemeinsamen Mission unterwegs zu sein. So ähnlich wie die Geheimagenten im Fernsehen. Bis er an einem Nachmittag ein Eigentor schoss. Der Angreifer lief auf ihn zu. Einen Moment zu lang wusste er nicht, was er machen sollte, und dann war es auch schon passiert. Für den Tormann war da nichts zu halten. Hinterher hatte Thorsten geweint, aber so, dass es die anderen nicht sehen konnten. Seit der Zeit hatten sie keine Rückpässe mehr zu ihm gespielt. *Gebt dem Kulik bloß keinen Ball,* war eine der taktischen Vorgaben. Wie gesagt, nirgendwo konnte man besser einsam sein als auf einem Fußballplatz. Erst schwänzte Thorsten das Training, dann gab er das Fußballspielen ganz auf. Es gab ein kurzes Intermezzo, in dem Thorsten zu viele Fernsehserien, zu viele Kartoffelchips und zu wenig Bewegung abbekam, bevor er von seinem Vater zum Karate angemeldet wurde. Sein Erzeuger war der Überzeugung, dass der Kampfsport Thorstens Beweglichkeit, seine Körperwahrnehmung und vor allem sein Selbstvertrauen steigern könnte. Tatsächlich war es ein ziemlich geiles Gefühl, als er an einem Donnerstagvormittag in der zweiten Pause Bernd Weiß das Schultergelenk auskugelte, nachdem er dessen unplatzierten Schlag mit einer leichtfüßigen Drehung ausgewichen war und es ihm gelang, die destruktiven Kräfte seines Mitschülers gegen diesen selbst zu richten. Den Rest seiner Schulzeit verbrachte Thorsten auch auf den weiterführenden Schulen, ohne gemobbt zu werden. Sein Ruf war ihm vorausgeeilt.

Die wundersame Mutter von Lourdes

Als Thorsten mit seinem Fahrrad auf den Hinterhof fuhr, umrundete Ralf gerade wie ein Satellit das Firmenauto. Nur, dass man sich Satelliten seit der aufdringlichen Piepsgeräusche des Sputniks nicht mehr schweigsam vorstellen konnte. Thorsten wartete darauf, dass Ralf endlich etwas sagen würde, aber der lief nur immer weiter um das beschädigte Auto herum. Thorsten fuhr mit dem Rad um den Kleinwagen, dabei kam ihm Ralf mehrmals entgegen.

Die Überreste der Heckscheibe waren im gesamten Fahrzeuginneren verteilt. Auf der Rückbank lag eine Madonnenfigur. Wo früher der linke Scheinwerfer behaglich vor sich hin gestrahlt hatte, klaffte nun ein Loch.

Während Thorsten mit dem Rad noch eine weitere Runde drehte, fragte er: »Was ist mit dem Auto passiert?«

»Wie schaut's denn aus?«

»Wie ein schlechter Tag in Kabul.«

Ralf nickte.

»Genau so war's. Geh ins Büro. Ich habe einen Bericht auf mein Diktiergerät gesprochen. Damit bist du auf dem neuesten Stand.«

Bericht Ralf

Gelangweilt knülle ich die Papierverpackung des Cheeseburgers zusammen und werfe sie lässig ins Handschuhfach zu den anderen fettigen Papierkugeln. Davon, während Observationen einen Whopper zu essen, bin ich endgültig abgekommen. Die Soßen blähen zu sehr. Und verursachen Sodbrennen. Stundenlang ist man mit seinen Körperfunktionen beschäftigt. Dann lieber zwei oder drei Cheeseburger. Wenn man eine unvorhersehbare Zeit in einem geparkten Auto sitzen muss, kann man Verdauungsprobleme nicht gebrauchen. Besonders nicht in so einem winzigen Auto wie dem Clio, in dem sich ein Mann meiner Größe keinen Moment lang entspannt ausstrecken kann, um den Darm zu entknoten. Auf Deutschlandfunk läuft ein Essay über Serienmord als ästhetisches Phänomen. *Serienmord kann schon verdammt langweilig sein, denke ich mir, aber berufsbedingt höre ich den Beitrag bis zuletzt, bevor ich eine CD einlege. Peer Gynt. Sonnenaufgangsmusik. Wenn einen Peer Gynt nicht mehr wach hält, dann hilft gar nichts mehr. Ich nehme einen Schluck Kaffee. Im* Coffeemaker *hat die Bedienung einen Augenblick lang nicht gewusst, was ich möchte, nachdem ich einen* Kaffee zum Mitnehmen *und nicht einen* coffee to go *bestellt hatte. Ich trinke nicht gerne aus den Thermobechern. Eigentlich sollen die Plastikdeckel mit der kleinen Trinköffnung verhindern, dass man sich vollkleckert, aber tatsächlich kleckert man sich früher oder später genau wegen der Trinktechnik voll, die so ein Deckel erfordert. In der Wohnung im zweiten Stock wird das Licht heruntergedimmt. Natürlich kann ich mir sehr gut zusammenreimen, was bei heruntergedimmtem Licht passiert, aber meine Vorstellungskraft hat leider keine Beweiskraft. Was bleibt mir übrig, als einfach im Auto zu sitzen und die dezenten Stuckarbeiten an der Decke einer Eigentumswohnung zu beobachten? Schöner Altbau. An den nachträglich angebrachten Metallbalkonen im Hinterhof könnte man mit einer Kletterausrüstung hochsteigen, aber zu so einem Vorhaben steht mein Honorar in keinerlei Verhältnis. Eigentlich ist es schon zu viel Aufwand gewesen, den Hinterhof überhaupt zu checken.*

Beim nächsten Schluck aus dem Pappbecher kleckere ich mich prompt voll. Von meiner Krawatte tropft mir Kaffee auf den Hosenschlitz. Mit angelegtem Gurt ist es gar nicht so leicht, ein Papiertaschentuch aus der Hosentasche zu ziehen. Ich bearbeite wütend die hässlichen braunen Flecken auf meiner Kleidung, die davon nur größer werden. Schaut aus wie mehrere Einschusswunden bei einem Typen, der sehr dreckiges

Blut hat. Zum Ableben von Detektiven stellt man sich immer Einschusslöcher vor. Nur der Detektiv in Psycho fällt nach einem Messerangriff die Treppe runter. Unfähiger Dilettant.

Es klopft an das Beifahrerfenster. Widerwillig lenke ich meine Aufmerksamkeit weg von meinen eingesauten Designer-Klamotten. Ein Typ mit Sonnenbrille und weit ins Gesicht gezogener Parka-Kapuze hebt winkend die Hand. Ich betätige den elektronischen Fensterheber. Streng schaue ich nach draußen, während sich langsam die Scheibe der Beifahrertür senkt.

»Was ist? Steh ich in einer Ausfahrt?«, frage ich.

Der Kerl an der Beifahrertür geht einen Schritt zurück und schaute sich um. Dann kommt er wieder ans Auto und lehnt sich mit seinen verschränkten Armen auf die heruntergelassene Fensterscheibe.

»Eingeschränktes Halteverbot, aber nur werktags bis neunzehn Uhr.«

»Es ist nach neunzehn Uhr.«

»Klar ist es nach neunzehn Uhr.«

»Und was stört Sie dann daran, wenn ich hier stehe?«

»Aber das stört mich doch gar nicht.«

»Was wollen Sie dann?«

»Ich hab angerufen.«

»Bei der Verkehrsaufsicht?«

»Nein. Oben natürlich.«

»Wo oben? Beim lieben Gott?«

»Oben. In der Wohnung, die du beobachtest. Ich hab denen gesagt, dass du hier bist, Ralf.«

Der Typ, also der Unbekannte, drückt sich mit einer schnellen Bewegung vom Auto weg und geht zielstrebig den Gehsteig entlang. Im Laufen hebt er den rechten Arm und formt mit dem Zeige- und Mittelfinger das Victory-Zeichen.

Das Beifahrerfenster ist immer noch offen. Der Bratenduft eines nah gelegenen Asia-Imbisses weht verführerisch herein.

Ich öffne die Fahrertür und springe aus dem Auto. Okay, ich quetsche mich raus. Wie gesagt: Der Clio ist zu klein für Menschen meiner Körpergröße.

»Hey, woher kennst du meinen Namen?«, rufe ich. Aber der Parka-Träger geht nur unbeeindruckt die Straße weiter runter. Gerade als ich beschließe, ihm zu folgen und ihn zur Rede zu stellen, hallt ein lauter, unbändiger Schrei durch die Straße. Ich habe mal einen ähnlichen Schrei in einem Computerspiel gehört, das Thorsten im Büro zockte, als wir keine Aufträge hatten. Der Kampfschrei gehörte zu den Spezialfähigkeiten des Barbaren.

Aus dem Haus auf der anderen Straßenseite stürmt ein muskulöser Mittdreißiger, der nur mit einer Hose bekleidet ist und sehr wütend aussieht. Extrem wütend. Brusthaare rasiert. Die nackten Füße auf dem Straßenpflaster klingen nach guter alter prähistorischer Gewalt. Solche Geräusche erzeugen Menschen heutzutage eigentlich nicht mehr beim Laufen. In der rechten Hand schwingt der wütende Mann – Korrektur: der sehr wütende Mann – eine etwa vierzig Zentimeter große Madonnenfigur.

Sofort quetsche ich mich wieder ins Fahrzeug. Ich weiß nicht, ob ich es schon mal erwähnt habe, aber das Auto ist einfach zu klein für meine Körpermaße. Ich schließe die Fahrertür und drehe hektisch am Zündschlüssel. Bloß gut, dass ich den stecken gelassen habe. Instinkt – die Lebensversicherung für einen Privatdetektiv. Der Abstand zum Vorderauto ist verdammt knapp. Dämlich, sich so eine enge Parklücke zu suchen, denke ich. Selbstkritisch. Einen Profi erkennt man daran, dass er das Beste aus seinen Fehlern macht. Ich beschließe trotz der ungünstigen Position, in einem Zug aus der Parklücke zu stoßen.

Die Reifen quietschen wie im Film, obwohl sonst nie was wie im Film ist. Als das Auto mit viel Schub nach vorne rast, trifft die Madonnenfigur das linke Vorderlicht. Ich trete das

Gaspedal voll durch. Ein Blick in den Rückspiegel. Die Madonna fliegt auf das Auto zu. Das Verbundglas der Heckscheibe zerplatzt in tausend kleine Einzelteile, die wie ein Schneesturm durch das Fahrzeuginnere jagen. Das Glas prasselt auf meinen Nacken und meine Finger am Lenkrad. Die Madonnenfigur prallt hart an die Lehne des Fahrersitzes.

»Scheißtyp«, fluche ich. Einen Moment bin ich mir nicht sicher, ob ich damit den Madonnabomber, den Denunzianten oder meinen Kompagnon meine, aber dann einige ich mich darauf, dass die Formulierung alle Scheißtypen dieser Welt einschließt.

Während sich Thorsten den Bericht auf dem Diktiergerät angehört hatte, war Ralf ins Büro gekommen und hatte sich gegenüber in seinen Schreibtischsessel gesetzt. In seinen Händen hielt er die Madonnenfigur.

Thorsten stellte das Diktiergerät ab.

»Das nennst du einen Bericht?«

»Was passt dir daran nicht?«

»Der Raymond-Chandler-Sound, mit dem du das Ganze unterlegst.«

»Irgendwann mach ich ein Buch aus meinen Berichten.«

»Vergiss es. Die Deutschen mögen keine Privatdetektive. In allen erfolgreichen Fernsehserien sind die Ermittler Polizisten. Die Bevölkerung will Ordnung.«

Ralf beugte sich über den Schreibtisch und stellte die Madonna direkt vor Thorsten ab. Sie lächelte ihn an. Vermutlich wegen seiner katholisch geprägten Erziehung zögerte er einen Moment, bevor er sie in die Hand nahm. Holz. Eine Mutter Gottes im weißen Gewand. Schwarze Haare. Goldener Rosenkranz. Liegt gut in der Hand, dachte Thorsten.

»Die wundersame Mutter von Lourdes«, sagte er.

Ralf pfiff anerkennend.

»Religiöse Kenntnisse hätte ich von dir nicht erwartet.«

»Ist auf dem Sockel eingraviert.«

Thorsten stellte die Figur neben seinen Bildschirm. Ein bisschen metaphysische Unterstützung konnte nicht schaden.

»Wenn ich bedenke, dass ich mit dem Fahrrad gefahren bin, damit du das Auto zerstören kannst«, seufzte Thorsten.

»So schlimm ist Rad fahren auch wieder nicht«, sagte Ralf. »Vor allem in unserem Job. Überwiegend sitzende Tätigkeit.«

»Hast du eine Ahnung, was so eine Reparatur kostet?«

»Wir könnten es erst mal über die Versicherung versuchen.«

»Was soll'n das für eine Versicherung sein, die bezahlt, wenn die Scheibe von einer Madonnenfigur zertrümmert wurde? Da würden ja plötzlich alle mit einer Heiligen auf ihr Auto einhämmern.«

Thorsten öffnete mit einem Locher das Landbier, das er sich für unbefriedigende Abende in seiner Schreibtischschublade aufgehoben hatte.

»Ich kümmere mich um die Reparatur«, sagte Ralf schuldbewusst.

»Hoffentlich haben die eine Scheibe vorrätig. Nicht dass das Auto tagelang ausfällt.«

»Das ist doch ein gängiger Typ.«

»Es ist ein französisches Auto.«

»Wenn's wirklich länger dauert, könnten wir ja den Pontiac aktivieren.«

»Scheiße. Erstens ist es kein Pontiac, sondern ein Mustang. Zweitens lass ich außer mir keinen ans Steuer. Und selbst ich fahre ihn nur zu besonderen Gelegenheiten.«

Seit seinem achten Lebensjahr hatte sich Thorsten einen Ford Mustang gewünscht. Der Mustang war seine Lieblingskarte im *Schnelle Flitzer*-Quartettspiel. Die Karte, die man zuletzt hergab, und die man nur mit einem Maserati schlagen konnte. Ein Fernsehdetektiv, den er als Kind verehrte, fuhr auch einen Mustang. Der Detektiv und sein fahrbarer Untersatz gingen eine perfekte Symbiose ein: Beide waren sehr sportlich und sehr cool. An den Schauspieler konnte er sich nicht mehr erinnern, nicht mal an den Namen der Serie, aber an das Auto. Vor ein paar Jahren nervte er die Import-Abteilung von Ford fast stündlich, bis sie ihm schließlich einen ausgemusterten Mustang SSP (Special Service Package) der California Highway Patrol, Baujahr 1985, verkauften. Die technischen Daten kannte er auswendig:

Achtzylinder mit 157 PS.

Höchstgeschwindigkeit 220 Stundenkilometer.

Vorne war das Fahrzeug tiefergelegt.

Die Automatikschaltung fand Thorsten zunächst unsportlich, aber immerhin war sie eingebaut worden, um den Polizisten eine Hand frei zu halten. Für die berufsbedingten Aufgaben. Zur Benutzung des Funkgeräts. Zum Ballern. Eine freie Hand war auch für einen Detektiv okay. Professionell.

Die originale US-Police-Lightbar durfte Thorsten im öffentlichen Straßenverkehr nicht aufbauen, deshalb lagerte er sie in einem Regal an der Rückwand seiner Garage. Das Blaulicht sah mächtig aus. Es beherrschte die Garage, wenn das Auto nicht darin stand. Schon deshalb wollte er es nicht verkaufen, obwohl er einige gute Angebote bekommen hatte. Von Clubbetreibern beispielsweise, die ihre Go-go-Girls vor dem Blaulicht in einer fröhlichen Mischung aus Strapsen und Uniform tanzen lassen wollten.

Früher hatte er sich einen Mustang immer mit Ledersitzen vorgestellt, die einen tiefen Seufzer von sich geben, wenn man die Hände auf das Sportlenkrad legt oder sich zu seiner Liebsten auf dem Beifahrersitz beugt. Auch die Observationen eines Privatdetektivs würden durch Ledersitze aufgewertet. Das ausgemusterte Bullenmobil hatte nur durchgesessene Veloursitze, die beim Beschleunigen und beim Schalten quietschten. Die unappetitlichen Gedanken, wie viele Cop-Fürze die Veloursitze schon geschluckt hatten, verdrängte

Thorsten meist erfolgreich, obwohl er sich viel zu genau vorstellen konnte, zu welchen gigantischen Blähungen Streifendienst in Kombination mit amerikanischen Essgewohnheiten führen musste. Eigentlich war Ralf in dieser Frage Experte, dessen Ernährungsgewohnheiten einfach nicht zu seinen teuren Anzügen und seiner Vorliebe für klassische Musik passen wollten. Und noch weniger zu der rohkostreichen Verpflegung in Kunststoffboxen, mit der ihn seine Gattin Iris ausstattete.

»Außerdem verbraucht der Mustang zu viel Sprit«, sagte Thorsten. »Schon mal an die Klimaerwärmung gedacht?«

»Es wäre ja nur für kurze Zeit.«

»Wenn die in der Werkstatt keine Heckscheibe vorrätig haben, dann verkleben wir das Fenster einfach mit Plastikfolie. Für ein paar Tage geht das.«

»Du hast nur Angst, dass ich mit deinem Pontiac fahre.«

»Das ist kein Pontiac, verdammte Scheiße.«

»Okay, es ist ein Mustang. Wir könnten den Schlägertypen anzeigen. Den Madonnen-Hirni.«

»Bestimmt eine tolle PR-Aktion für uns, wenn es zu einer Gerichtsverhandlung käme. Wer würde schon Detektive anheuern wollen, die sich derart dämlich bei einer Observation anstellen?«

»Hätte ich mir die Visage mit Devotionalien glattziehen lassen sollen?«

»Woher wusste der so gut über dich und unseren Job Bescheid?«

»Keine Ahnung. Vielleicht hat unser Liebespärchen was mitbekommen und ihn geschickt.«

»Allem Anschein nach war es genau umgekehrt. Der Parka-Freak hat unsere Zielpersonen informiert. Hast du mit irgendwem über den Fall gesprochen?«

»Willst du mich beleidigen? Hältst du mich für einen Anfänger?«

»Natürlich nicht. Vielleicht hast du Iris gegenüber mal irgendwas erwähnt und sie hat es weitererzählt. Vielleicht nur ihrer besten Freundin, aber wie der Zufall es will …«

»Okay, spar dir die Energie. Iris will von meinem Job nichts wissen. Sie hasst ihn. Vor ein paar Wochen habe ich mal beim Abendessen gewagt, ein paar Worte über meine Erlebnisse bei einer Observation zu verlieren. Sie hat unsere Teller genommen und das Essen in den Müll geworfen.«

»Und was hast du gemacht?«

»Was soll ich gemacht haben?«

»Keine Ahnung. Zum Beispiel türknallend die Wohnung verlassen und eine Pizza beim Italiener ums Eck eingeworfen.«

»Weißt du, wie viele Kalorien eine Pizza hat? Ich hab einfach nichts mehr gegessen. Ist bei meiner Figur zwischendurch gar nicht verkehrt. Gelegentlich ist es gut, wenn jemand auf einen achtet.«

»Lass Eva aus dem Spiel.«

»Ich hab Eva überhaupt nicht erwähnt.«

»Genau diese Nichterwähnung meine ich. Deine neue Krawatte ist übrigens menschenverachtend.«

Thorsten nahm noch einen kräftigen Schluck Landbier, während Ralf die Krawatte löste, in den Abfalleimer warf und aus dem Schreibtisch einen neuen Schlips zauberte. Streifen in Farben, die vor zwanzig Jahren einmal aktuell gewesen waren.

Thorsten lachte.

»Was gibt's da zu lachen?«, fragte Ralf. »Passt dir die Krawatte auch nicht?«

»Nein, die ist voll okay«, sagte Thorsten. »Wir benehmen uns schon wie ein altes Ehepaar. Vielleicht sollten wir mal zur Eheberatung. Lass uns nach Hause gehen. Morgen ist volles Programm. Ich muss in diese Behinderteneinrichtung.«

»Na, das passt doch«, antwortete Ralf.

Thunder Road

Annika Fritsch sägte millimetergenau auf der vorgezeichneten Linie. Trotz der enormen Geschwindigkeit verkantete sie kein einziges Mal das Werkstück. Ihre Bewegungen sahen spielerisch aus. Die Säge schnitt das Holz wie Pudding. Nur wegen des Lärms wirkte es wie richtige Arbeit. Selbst im Abstand von drei Metern bohrten sich die hohen Quietschtöne der Säge unangenehm ins Trommelfell. Annika trug Schallschutz-Kopfhörer. Frau Lenz vom werkstatteigenen Sozialdienst beugte sich zu Thorsten und schrie: »Wir warten, bis der Arbeitsgang abgeschlossen ist. Damit keine Finger in die Säge kommen. Das verstehen Sie sicher, Herr Kulik. Vor einem halben Jahr hat sich ein behinderter Mitarbeiter die Fingerkuppe des rechten Zeigefingers abgesägt. Die ganze Maschine voller Blut. Die Fingerkuppe wurde weggeschleudert, aber schon nach ein paar Minuten fand sie der Vorarbeiter. Sie konnte trotzdem nicht mehr angenäht werden, obwohl das in Ärzteserien sogar mit ganzen Händen klappt. Die Berufsgenossenschaft schickte einen Experten. Das Ganze war ziemlich unangenehm.«

Frau Lenz musterte Thorsten skeptisch aus den Augenwinkeln. Sie hatte mit der Berufsgenossenschaft keine guten Erfahrungen gemacht, so viel stand fest. Allerdings neigten im sozialen Bereich Beschäftigte überproportional dazu, von den Menschen enttäuscht zu sein. Wie bei allen Frauen mit verbitterten Gesichtszügen konnte man unmöglich das Alter von Frau Lenz schätzen.

»Gibt es eigentlich irgendwelche Indizien, dass Frau Fritsch vom Blitz getroffen wurde?«, fragte Thorsten.

Die Sozialpädagogin warf Thorsten einen Blick zu, in den sie ihr gesamtes Vernichtungspotenzial legte.

»An welche Indizien haben Sie gedacht? Mal abgesehen von denen, die dazu führten, dass Frau Fritsch an einem beschützten Arbeitsplatz in einer Behindertenwerkstatt arbeitet?«

»Eine Eintrittswunde wäre ziemlich beweiskräftig.«

»Weil Sie davon ein Foto machen könnten?«

»Eine Austrittswunde wäre auch okay.«

»Blitze hinterlassen nicht immer sichtbare Verletzungen.«

Stimmt, dachte Thorsten, deshalb tun sich Versicherungen ja so schwer damit, Blitzunfälle zu akzeptieren. Man kann keine Bremsspuren ausmessen und keine Autowracks fotografieren.

»Gibt es eine Chance auf Heilung?«

Frau Lenz trat etwas näher zu Thorsten.

»Beeinträchtigte Gedächtnisfunktionen können durch gezielte Trainingsmaßnahmen häufig gebessert oder auch wiederhergestellt werden. Allerdings gibt es auch schwere Fälle, in denen Amnesien über eine oder mehrere Dekaden bestehen können.«

»Lebenslänglich?«

»Eigentlich habe ich Ihnen schon zu viel erzählt. Wir haben Schweigepflicht.«

»Ja, klar. Danke.«

Annika legte das bearbeitete Holz auf einen Stapel mit identisch geformten Werkstücken. Frau Lenz ging zu Annika und klopfte ihr auf die Schulter. Annika drehte sich um und nahm die Schallschutz-Kopfhörer ab. Sie sieht überhaupt nicht behindert aus, dachte Thorsten. Auf der Straße würde ich sie hübsch finden. Vielleicht sogar sexy.

Annika stand auf und gab Thorsten mit routiniertem Lächeln die Hand. Sie war auf eine sinnliche Art entspannt. Wie jemand, dem dauernd Fremde vorgestellt werden.

Frau Lenz führte Annika und Thorsten zu einem kleinen Tagungsraum, der offensichtlich zu einer Zeit eingerichtet worden war, als man es für eine besonders gute Idee hielt, die Möbel und Wände von Behinderteneinrichtungen in einem Brechreiz erregenden Olivgrün auszustatten, weil das angeblich eine beruhigende Wirkung haben sollte. Vielleicht beruhigte das Grün Frau Lenz tatsächlich – das konnte sich Thorsten mit etwas Fantasie vorstellen –, aber sonst fiel ihm niemand ein, der von so einer ekelhaften Farbe beruhigt worden wäre. Frau Lenz verabschiedete sich eine Spur zu freundlich von Thorsten und erinnerte Annika noch einmal ausdrücklich daran, dass sie jederzeit in ihrem Büro erreichbar wäre, falls es Probleme gäbe. Thorsten nahm sich fest vor, das Gespräch so zu gestalten, dass die Hilfe von Frau Lenz nicht erforderlich sein würde.

Der Tisch, an dem er Annika gegenübersaß, war vielleicht für eine Tagung geeignet, aber absolut überdimensioniert für ein Gespräch unter vier Augen. Die olivgrüne Kunststoff-Tischplatte lag vor ihnen wie eine riesige Savanne, die man nicht durchqueren konnte, ohne vom Feind gesehen zu werden. Eine metallene Thermoskanne, zwei Kaffeetöpfe, eine Dose Süßstoff und ein bereits angerissener Tetrapack Kondensmilch standen auf dem Tisch. Nicht genug, um sich dahinter zu verschanzen, dachte Thorsten.

Annika schenkte zuerst Thorsten und dann sich selbst Kaffee ein. Bevor er es verhindern konnte, kippte sie in beide Tassen Milch. Thorsten verabscheute Kondensmilch. Der Kaffee nahm eine der Tischplatte nicht unähnliche Färbung an. Einen Moment lang konnte Thorsten nichts anderes tun, als auf die ekelerregende Farbe des Kaffees zu schauen.

Als Annika ihre Tasse nahm, trank Thorsten trotz aller Abscheu ebenfalls vom Kaffee. Gesprächsführungstechnik. Gleichzeitige Handlungen stellen Gemeinschaft her.

»Sie wissen, warum ich hier bin, Frau Fritsch?«, fragte Thorsten.

»Wegen des Unfalls.«

»Ja. Die Versicherung schickt mich. Macht es Ihnen etwas aus, wenn ich das Gespräch mit meinem Smartphone aufnehme?«

»Kann ich es mal sehen?«

Thorsten holte das Smartphone aus der Jackentasche und gab es Annika. Ehrfurchtsvoll betrachtete sie es von allen Seiten.

»Und damit kann man aufnehmen?«, fragte sie.

»Ja. Bis zu acht Stunden.«

»Ich hab einen MP3-Player. Damit kann ich auch aufnehmen.«

»Hören Sie gerne Musik?«

»Das ist eine blöde Frage.«

»Warum?«

»Weil ich keinen MP3-Player hätte, wenn ich Musik nicht mögen würde.«

»Stimmt.«

Annika legte das Smartphone vor Thorsten auf die Tischplatte.

»Wenn Sie nichts dagegen haben, stelle ich das Gerät jetzt ein.«

»Darf ich mir das hinterher anhören?«

»Klar.«

Thorsten drückte die Record-Taste.

»Wissen Sie, was vorletztes Jahr am 8. Juli geschehen ist?«

»Ja. Ich wurde vom Blitz getroffen.«

»Sie können sich also daran erinnern?«

»Nein. Das Datum steht immer in den Bescheiden vom Sozialamt.«

»Die Bescheide lesen Sie selbst?«

»Frau Lenz hilft mir dabei. Sie kriegt Geld dafür.«

»Aber Sie können lesen?«

»Ich bin behindert, nicht blöd.«

»Entschuldigung.«

»Seit dem Unfall bin ich auf dem freien Arbeitsmarkt nicht mehr vermittelbar.«

»Warum?«

»Weil ich mich nicht mehr richtig konzentrieren kann.«

»An der Säge muss man sich doch aber auch konzentrieren.«

»Mit der Säge muss ich nicht reden.«

»Sprechen überfordert Sie?«

»Ja. Und ich höre auch nicht gern zu.«

»Strengt Sie unser Gespräch auch an?«

»Ja.«

»Und was machen Sie, wenn es anstrengend wird?«

»Ich mach Pause.«

Annika steckte die Stöpsel des MP3-Players in ihre Ohren. Die Musik war so laut, dass Thorsten den Song erkennen konnte. *Thunder Road* von Bruce Springsteen in einer Unplugged-Version.

Thorsten trank einen Schluck Kaffee. Aber wirklich nur einen Schluck. Der Kaffee schmeckte erwartungsgemäß so beschissen, wie er aussah. Annika saß steif vor ihm. Regungslos hörte sie die Musik. Ihre Augen hatte sie weit geöffnet. Sie blinzelte nicht mal. Thorsten trank noch mal von seinem Kaffee. Er war wirklich zum Kotzen. Und es lag nicht nur an der Milch. So ein Gebräu setzte man nur jemandem vor, den man überhaupt nicht mochte. Das letzte Indiz dafür, dass Frau Lenz und er keine Freunde mehr werden würden.

Als das Lied zu Ende war, zog Annika die Kopfhörer wieder aus den Ohren.

»Mir gefällt der Song auch«, sagte Thorsten.

»Das ist gut für Sie.«

»Ja, ziemlich gut. Sind Sie wieder so weit?«

»Ich bin wieder so weit.«

»Gut. An den Blitz können Sie sich also nicht erinnern?«

»Warum hacken Sie auf dem Blitz rum?«

»Die Versicherung schickt mich.«

»Ich kann nichts dafür, dass ich vom Blitz getroffen wurde.«

»Keiner kann etwas dafür.«

»Finden Sie?«

»Ein Blitz ist ein Naturphänomen. Physik. Für Physik kann keiner was.«

»Irgendjemand muss schuld sein.«

»Ich weiß nicht …«

»Suchen Detektive nicht nach Schuldigen?«

»Manchmal gibt es keinen Schuldigen. Detektive suchen nach der Wahrheit.«

Annika lachte laut. Ein glucksendes Lachen. Thorsten hatte Angst, dass sie sich verschlucken würde und er Frau Lenz holen musste. Oder, dass irgendetwas anderes passierte, das behinderten Menschen zustößt, aber sie lachte einfach und irgendwann hörte sie ohne epileptischen Anfall damit auf. Sie stöpselte sich die Kopfhörer ihres MP3-Players in die Ohren und hörte Musik. Thorsten beschloss, auf keinen Fall Frau Lenz zu holen, um von ihr bezüglich der Gesprächsführung Unterstützung zu bekommen. Und erst recht nicht wegen *Thunder Road*. Der Song war gut. Man musste nur Geduld haben. Um die Zeit zu überbrücken, trank er noch mal einen Schluck. Der Kaffee signalisierte ihm, dass sein Gewerbe eindeutig zu schlecht bezahlt war. Außer Fahrtkosten konnte er für dieses Gespräch nicht einmal zusätzliche Spesen in Rechnung stellen. Stattdessen wurde ihm dieser Schweinekaffee angeboten. Annika nahm die Kopfhörer aus den Ohren und schaute Thorsten erwartungsvoll lächelnd an.

»Sind Sie wieder bereit?«, fragte Thorsten.

»Bereit wofür?«

»Noch ein paar Fragen zu beantworten.«

»Natürlich. Ich kenn das aus dem Fernsehen.«

»Aus dem Fernsehen?«

»*Law & Order* ist eine meiner Lieblingsserien. Aber im Fernsehen fragen sie anders.«

»Ich bin nicht aus dem Fernsehen.«

»Ich kann Fernsehen schon von Ihnen unterscheiden.«

»In meinen Unterlagen steht, dass Sie Gedächtnislücken haben.«

»Amnesie, sagt Doktor Katzmann immer.«

»Doktor Katzmann?«

»Mein Nervenarzt. Haben Sie auch einen Nervenarzt?«

»Nein, bisher nicht.«

»Wenn Sie mal einen brauchen, sollten Sie auf jeden Fall Doktor Katzmann konsultieren. Er ist der beste. Jedenfalls für mich.«

»Haben Sie keinerlei Erinnerung an Ihr Leben vor dem Blitzschlag?«

»Ich hatte einen Mann und zwei Kinder. Mein Mann will nichts mehr von mir wissen.«

»Sie erinnern sich an die Namen Ihrer Kinder?«

Annika holte ein schwarzes Notizbuch aus ihrem Arbeitskittel. »Nadine und Simon«, las sie ab. Danach lächelte sie. »Doktor Katzmann hat sie mir vorgestellt. Sie haben mich auch schon auf der Unfallstation besucht, aber da kannte ich ihre Namen natürlich noch nicht.«

»Sie kannten die Namen Ihrer Kinder nicht?«

»Im Krankenhaus hat sie mir keiner vorgestellt. Und ich hab mich nicht zu fragen getraut.«

»Lieben Sie Ihre Kinder?«

»Ich weiß es nicht.«

»Sie wissen es nicht?«

»Ich kann mich an Liebe nicht besonders gut erinnern. Obwohl ich sie schon oft im Fernsehen gesehen habe. Keiner kann sie mir richtig erklären. Nicht mal Doktor Katzmann.«

Thorsten wartete einen Moment, weil er annahm, dass Annika wieder die Kopfhörer einstöpseln und *Thunder Road* hören musste, aber Annika schaute einfach im Zimmer umher. Immer von einer Wand zur anderen. Dabei wirkte sie komplett entspannt. Obwohl er intensiv nachdachte, fiel

Thorsten keine weitere Frage ein. Vielleicht sollte ich mir ihren MP3-Player ausleihen, dachte Thorsten. Er war froh, als ihm Annika das Fragen abnahm.

»Können Sie mir erklären, was Liebe ist?«

»Ich bin schlecht im Erklären.«

»Alle tun so, als wüssten sie über die Liebe Bescheid.«

»Ich weiß nicht. Wenn es nicht einmal Doktor Katzmann erklären kann. An Ihren eigenen Namen können Sie sich aber erinnern?«

Annika lachte.

»Klar. Ich habe ihn ganz oben auf jede Seite meines Notizbuchs geschrieben.«

»Gute Idee.«

Eine Weile sagte keiner was. Die grüne Tischplatte war überhaupt nicht beruhigend. Die Kaffeetasse war mittlerweile auf wundersame Weise leer. Thorsten hatte nicht vor, noch einmal nachzuschenken. Annika spielte mit ihren Haaren. Sie hatte eine Haarsträhne um ihren Zeigefinger gewickelt und steckte sie sich in den Mund.

»Ich glaube, wir sind fertig für heute«, sagte Thorsten.

»Es war nett, Sie kennenzulernen«, antwortete Annika. Es klang ein klein bisschen antrainiert. Sie stand auf, holte einen Gegenstand aus der Tasche ihres Arbeitskittels und streckte ihn Thorsten entgegen. »Das ist für Sie.«

Thorsten nahm das Geschenk in beide Hände und musterte es von allen Seiten. An eines der Holzstücke, das Annika ausgesägt hatte, waren noch ein Stück Holz und zwei runde Metallteile angebracht worden. Das Ganze sah aus wie ein Miniatur-Schaukelstuhl.

»Was ist das?«, fragte Thorsten.

»Ein Handyhalter.«

Annika lächelte Thorsten erwartungsvoll an.

»Danke«, sagte Thorsten.

Annika lächelte immer noch erwartungsvoll.

»Sie müssen mir auch was geben. Damit ich Sie nicht vergesse. Wenn ich ein Geschenk habe, vergesse ich Sie nicht.«

Thorsten sah sie entgeistert an. Sie hatte sehr große Augen und ein neckisches Zucken um die Mundwinkel. Thorsten suchte in seinen Taschen nach einem Geschenk. Er kramte ein Einwegfeuerzeug mit einem Bild von Homer Simpson heraus und reichte es Annika. Sie nahm es, legte es auf die ausgestreckte Handfläche und betrachtete es wie einen sehr wertvollen Gegenstand.

»Wissen Sie, wer das ist?«, fragte Thorsten.

»Homer Simpson.«

»Sie erinnern sich also an ihn?«

»Na klar. Ich verpasse keine Folge.«

Das Leben ist kein Ponyhof

Thorsten saß angeödet im Clio.

Das Außenareal war so langweilig, dass es auf der Homepage der Behindertenwerkstatt gar nicht erst gezeigt wurde, obwohl in der Fotogalerie ansonsten jeder Erste-Hilfe-Kasten verewigt war. Ein Sportplatz. Der Belag sah rot-grau schimmlig aus. Parkplätze mit ein paar verkümmerten Büschen und Bäumchen dazwischen. Aus irgendeinem Grund hatte sich Thorsten Behinderteneinrichtungen immer in Parks vorgestellt. Vielleicht weil er, wie alle Menschen, die keine gehandicapten Personen kennen, der Ansicht war, dass man Behinderte schonungsvoll behandeln sollte. Oder weil in Hollywood-Filmen Spastis immer im Park unterwegs waren. Jedenfalls, wenn sie das erste Mal ins Bild kamen. Außerdem würde man selbst gern fürsorglich behandelt werden, wenn man in einem Rollstuhl säße und sich in den Schritt sabberte. Thorsten wusste, wie schnell das geschehen konnte. Fahrradunfall. Mit dem Vorderrad gegen den Bordstein, Abwurf über die Lenkstange und dann brechen einige Wirbel an der Laterne, vielleicht auch nur einer. Einer reicht. Danach querschnittsgelähmt. Wenn der Wirbel weiter unten bricht, kann man den Rollstuhl noch selbst bedienen. Behindertensportarten betreiben, Basketball beispielsweise. Fotos von Behindertensportveranstaltungen zeigen bevorzugt Rollstuhlfahrer, die Basketball spielen. Wahrscheinlich glauben Fotografen und Redakteure, dass diese Sportart die Einschränkungen besonders sinnbildlich darstellt. Vor allem, weil jeder die gewaltigen Sprünge der riesigen Spieler aus der NBA im Kopf hat. Wie sie sich beim Jubel über einen versenkten Ball einen Moment am Korb festhalten und den Körper baumeln lassen. Ganz ohne Hilfe. Wenigstens brauchen Rollstuhlfahrer, die Basketball spielen, niemanden, der sie auf die Kloschüssel setzt. Aber sie brauchen behindertengerechte Toiletten. *Gerecht* ist ein Wort, das in diesem Zusammenhang zu stinken anfängt. Und wenn kein Aufzug vorhanden ist, darf die Toilette nicht im ersten Stock oder im Keller liegen. Geistig Behinderte sieht man so gut wie nie auf den Fotos von Behindertensportveranstaltungen. Von geistig Behinderten und psychisch Kranken stellt man lieber Bilder aus, die sie gemalt haben. Zum Beispiel in der Ergotherapie. Oder aus eigenem Antrieb. Auf Vernissagen können die geladenen Gäste engagiert davorstehen und die Ausdruckskraft in diesen Bildern mystifizieren. Alle sagen *Ausdruckskraft*, keiner sagt *Qualität*, viele sagen *trotz*. *Trotz* des Schicksals beispielsweise.

Je länger Thorsten das Außengelände der Behindertenwerkstatt beobachtete, desto mehr kotzte es ihn an. Natürlich wollten die Autos von Frau Lenz und den anderen Betreuern auch irgendwo leben. Ein Parkplatz schaut naturgesetzmäßig immer scheiße aus, aber für diesen kam wirklich jede Hilfe zu spät.

Nach sechzehn Uhr kam endlich Leben in die zuvor ausgestorbene Szenerie. Feierabend. Die Werktätigen verließen ihren beschützten Arbeitsplatz. Thorsten erkannte Annika sofort zwischen ihren Kollegen. Sie bewegte sich anders als die anderen. Weit ausholende Schritte. Hohe Taktfrequenz. So drückt man sich durch eine Menschenmenge, wenn man ohne zu rennen einen Ort möglichst schnell verlassen will, dachte Thorsten. Sie sprach mit keinem der Kollegen, die mit ihr auf dem Nachhauseweg waren. Thorsten sah sich ihre Beine unter dem kurzen Minirock an. Solltest du nicht machen, dachte er und rangierte das Auto aus der Parklücke. Langsam rollte er auf den Gehweg zu. Auf Annikas Höhe fuhr er im Schritttempo neben ihr her. Er drückte einen Knopf und schnurrend senkte sich die Beifahrerscheibe.

»Wollen Sie mitfahren?«

Annika blieb stehen und schaute ihn misstrauisch an. Thorsten bremste.

»Lieber nicht.«

Sie richtete ihren Blick auf den Gehweg und ging schnell weiter. Thorsten drückte das Gaspedal so zart er konnte.

»Es macht mir wirklich nichts aus, Sie mitzunehmen.«

Unentwegt wechselte sein Blick hektisch zwischen Annika und der Straße hin und her. Andauernd überquerten Behinderte die Fahrbahn, die zu den bereitgestellten Bussen unterwegs waren.

Thorstens gesamter Körper nahm eine unbequeme Haltung ein, weil er durch das Beifahrerfenster Annikas Gesicht sehen wollte, während er mit ihr sprach. Dabei immer das Gaspedal ganz leicht gedrückt. Sein Nacken verkrampfte sich. Thorsten spürte Stress in sich hochsteigen. Die Detektive in den Fernsehserien, die sich ein Cabrio mit offenem Verdeck leisten konnten, mussten sich nicht so verkrampfen.

»Frau Lenz hat mich gewarnt.«

»Frau Lenz vom Sozialdienst?«

»Ja.«

»Wovor? In fremde Autos zu steigen?«

»Vor Ihnen.«

»Vor mir? Ich bin doch ganz nett.«

»Sie sagte, Sie würden mir vielleicht nicht guttun.«

Falsche Sozial-Schlampe, dachte Thorsten.

»Da hat Frau Lenz natürlich recht. Man darf nicht jedem dahergelaufenen Kerl trauen. Das würde ich auch nicht tun.«

Annika warf Thorsten einen kurzen Blick zu. Misstrauisch. Vielleicht ein wenig verwirrt. Sie verringerte kurz ihr Tempo, dann legte sie wieder an Geschwindigkeit zu.

»Ich mein ja nur. Weil ich noch Platz habe. Sich ein Auto zu teilen, ist gut für die Umwelt.«

Annika blieb stehen. Der Detektiv drückte auf die Bremse.

Das erste Mal an diesem Tag kam Zuversicht in ihm auf. Annika spielte mit ihren Fingern.

»Ich habe ein Handy da«, sagte Thorsten. »Wenn Sie wollen, können wir Frau Lenz anrufen und sie um Rat fragen.«

»Gut, ich fahre mit, aber keine Tricks.«

So reden Protagonisten in Krimiserien. Sobald jemand mit einem Privatdetektiv zu tun hatte, rief er seine Erfahrungswerte aus dem Fernsehen ab.

»Keine Tricks«, stimmte Thorsten zu.

Annika öffnete die Beifahrertür. Während des Einsteigens musterte sie aufmerksam das Heckfenster, wo statt einer Scheibe eine blau getönte Plastikfolie mit braunem Klebeband angebracht war.

»Was ist mit der Heckscheibe passiert?«, fragte Annika.

»Ein Unfall.«

»Bei welcher Art Unfall geht nur die Heckscheibe kaputt?«

»Bei einem Zusammenstoß mit einer Madonnenfigur.«

»Aha.«

Thorsten wartete, bis sich Annika angeschnallt hatte.

»Wo kann ich Sie absetzen?«

»In der Innenstadt. Ich will noch shoppen.«

»Wunderbar. Liegt genau auf meinem Weg.«

»So ein Zufall.«

Thorsten gab Gas und fuhr los. Zwischen dem Schalten ein kurzer Druck auf die Play-Taste des CD-Players. Mit einem kratzenden Geräusch startete die CD im Laufwerk. Radiohead. Vielleicht nicht gerade die richtige Musik für Depressive, dachte Thorsten. Aber wahrscheinlich ist sie nicht depressiver als ich. Sie ist nur behindert. Merkt sich nichts. Kann jemand ohne Gedächtnis überhaupt depressiv sein? Eigentlich hast du keine Ahnung von Depressionen, gestand Thorsten sich ein.

»Sind Sie depressiv?«

Annika zögerte.

»Ich glaube nicht.«

Thorsten nickte. Verunsichert schaute ihn Annika an.

»Ist das okay für Sie?«

»Ja, das ist okay für mich«, antwortete Thorsten.

»Ich fahre nicht gern mit dem Werkstattbus, der mich vom Wohnheim abholt und nach der Arbeit wieder zurückbringt.«

»Warum?«

»Er ist voller Behinderter. Die Behinderten nerven, auch wenn man selbst einer ist. Ich weiß nicht, ob Sie das verstehen, aber das ist das Schlimmste seit dem Unfall: Dass unentwegt jemand da ist. Zuerst Ärzte. Krankenschwestern. Ergotherapeuten. Psychologen. Mototherapeuten. Das ganze Programm. Dann in der Wohngruppe Mitbewohner. Betreuer. Die Betreuer wollen, dass man aktiv ist. Also ist man aktiv. In der Werkstatt Kollegen und Meister. Wofür es für diese Art von Arbeit Meister braucht, weiß ich nicht. Und dann im Bus die Kollegen, die fortwährend reden wollen. Dabei will man doch gerade in einem Bus nichts weiter als allein sein. Ich weiß nicht, ob Sie das verstehen können.«

»Keine Ahnung. Ich nehme selten den Bus. Wenn ich nicht mit dem Auto unterwegs bin, fahre ich Rad. Auf einem Fahrrad ist man immer allein unterwegs.«

Annika nickte und dachte nach.

»Ich weiß nicht, ob ich Fahrrad fahren kann.«

»Fahrrad fahren verlernt man nicht. Ich habe Sie vorhin bei Ihrer Arbeit beobachtet. Ich könnte keinen Handyhalter aussägen.«

»Bestimmt könnten Sie es. Dafür gibt es das Arbeitstraining.«

»Ich finde, wir sollten uns duzen.«

»Warum?«

»Keine Ahnung. Einfach so.«

»Gut. Duzen wir uns.«

Eine Weile sagte keiner was. Thorsten hörte Radiohead zu. Seltsam, dass es ausgerechnet dann nichts mehr zu sagen gab, nachdem man sich aufs Duzen geeinigt hatte.

Thorsten hatte das dringende Verlangen, irgendetwas zu sagen, egal was.

»Was willst du einkaufen?«

»Will ich was einkaufen?«

»Du wolltest in der Innenstadt shoppen.«

»Ach ja. Ein T-Shirt.«

»Ein bestimmtes?«

»Ja, eins mit so einem lustigen Aufdruck.«

»Was für ein Motiv?«

Annika schaute ihn verständnislos an.

»Was ist denn auf das T-Shirt aufgedruckt?«, fragte Thorsten.

»Ach so.«

Annika holte aus ihrer Tasche ein rotes Portemonnaie und zupfte aus einem Kreditkartenfach einen handgeschriebenen Zettel.

»Das Leben ist kein Ponyhof«, las Annika vor.

»Lustig.«

»Unter der Aufschrift sieht man ein Pferd auf dem Rücken liegen. Beine nach oben.«

»Sehr lustig.«

»Ich glaube, echte Pferde liegen anders, wenn sie tot sind.«

»Trotzdem sehr lustig.«

»Sie haben aber überhaupt nicht gelacht.«

»Wir waren bereits beim *Du*.«

»Du hast aber überhaupt nicht gelacht.«

»Ich lache allgemein nicht so oft.«

»Ich auch nicht.«

Mein Gott, dachte Thorsten. Was will ich mit dieser Frau? Sie wird mir nicht helfen können. Und wenn jemand offensichtlich geschädigt ist, dann sie. Warum hat mich die verdammte Versicherung zu ihr geschickt? Welche Zweifel sollten bestehen? Natürlich ist Zweifel eine Grundvoraussetzung, um Sachbearbeiter in einer Versicherungsgesellschaft zu werden. Oder Privatdetektiv. Noch viel mehr muss ein Privatdetektiv neugierig sein. Und das ist der Grund. Deshalb sitzt du mit dieser Frau in einem Auto. Du bist neugierig. Oder etwa nicht? Alle weiteren Gründe wären unprofessionell. Ihr das *Du* angeboten zu haben, war in jedem Fall unprofessionell.

»Wollen wir ein Eis essen?«, fragte Thorsten lächelnd. »Also, ich hab Lust auf Eis.«

Er wusste nicht, wann er das letzte Mal so ein Lächeln aufgesetzt hatte, um eine Frau zu überzeugen.

⊙ ⊙ ⊙

Eine kleine Eisdiele mit viel Licht von draußen. Im Schaufenster eine überdimensionierte Eistüte aus Pappmaché. Die Sitzbänke waren dick gepolstert. Rotes Kunstleder. Direkt neben ihnen stand eine riesige Deko-Banane. Alles eine Nummer zu groß. Vielleicht musste Thorsten deshalb dauernd an seinen Penis denken.

»Leidest du nicht darunter, dass du dir viele Sachen nicht mehr merken kannst?«, fragte Thorsten.

Annika zuckte mit den Schultern. Sie löffelte nachdenklich in einem kolossalen Eisbecher. Thorsten hatte sich nur einen Latte macchiato bestellt.

»Es hätte schlimmer kommen können. Ich bin ja nicht tot. Wenn du dich entscheiden müsstest, wärst du dann lieber blind oder taub oder stumm?«

»Puh. Ich bin froh, dass ich mir nichts davon aussuchen muss.«

»Also ich wäre lieber stumm.«

»Ich wäre lieber nicht stumm – und nicht blind und nicht taub. Ich würde verrückt, wenn ich mich entscheiden müsste.«

»Wahrscheinlich ist es besser, wenn es einfach passiert.«

Annika steckte sich einen gehäuften Löffel Eis mit Schokosoße in den Mund.

Scheißbanane, dachte Thorsten. Die hätten auch die riesige Ananas hinstellen können, die weiter hinten den Raum verschönert.

»Willst du wissen, wie ich damit klarkomme?«, fragte Annika.

»Womit? Mit den Folgen des Blitzunfalls?«

»Damit, dass ich gaga bin.«

»Und wie kommst du damit klar?«

Annika bohrte den Löffel in den Eisbecher, wühlte in ihrer Handtasche und knallte mit einem Siegerlächeln das schwarze Notizbuch auf den Tisch.

»Ich hab das. Da ist alles drin. Das ist mein Leben.«

Thorsten setzte einen beeindruckten Gesichtsausdruck auf. Es machte ihm Spaß zu spielen. Vielleicht war es ein bisschen unfair, aber das gehörte zu seinem Berufsbild.

»Steht da auch was über deine Erkrankung drin?«

»Natürlich. Alles, was mir Doktor Katzmann gesagt hat.«

Annika blätterte im Buch. Als sie gefunden hatte, was sie suchte, lächelte sie.

»Man unterscheidet zwischen einer retrograden, einer rückwirkenden Amnesie – und einer anterograden, der vorwärtswirkenden Amnesie. Bei der retrograden ist die Festplatte gelöscht. Und bei der anterograden verhindert ein Defekt am Arbeitsspeicher, dass neue Informationen verarbeitet werden.«

»Und welche hast du?«

»Beide. Jedenfalls Anteile davon. Das kommt überaus selten vor. So selten, dass Doktor Katzmann über meinen Fall einen Artikel im *Journal of Psychiatric Practice* veröffentlicht hat. Verdacht auf ein allerdings untypisches amnestisches Syndrom.«

»Wow. Du bist ein Star.«

»Ich kann mich an manchen Tagen nicht mehr an meinen Namen erinnern, an meine Lebensgeschichte, nicht einmal an meine Familie.«

Thorsten nahm einen Schluck von seinem Kaffee.

»Tut mir leid.«

Annika löffelte in ihrem Eisbecher.

»Ich hab eine Schädigung des Hippocampus. Das ist im Hirn.«

»Ist das nach den Seepferdchen benannt?«

»Nein, nach einem Seeungeheuer aus der griechischen Mythologie. Ich hab's gezeichnet. Willst du es sehen?«

Sie schob das Buch über den Tisch. Die kindlich anmutende Kugelschreiber-Zeichnung eines Monsters. Viele kleine, filigrane Schuppen. Annika löffelte in ihrem Eisbecher. Thorsten gab ihr das Notizbuch zurück. Sie blätterte darin.

»Wie bei vielen Amnesie-Patienten ist auch mein vorausschauendes Denken eingeschränkt«, sagte Annika.

»Das heißt, du kannst nichts planen?«

»In den meisten Fällen kann ich mich nicht einmal an meine Absichten erinnern.«

Sie löffelte den Eisbecher leer.

Thorsten nickte.

»Ich zahl mal. Besser, ich bring dich nach Hause.«

»Wo wohne ich eigentlich?«

»In einer Behindertenwohngruppe.«

»Das ist doch scheiße.«

»Die helfen dir da.«

»Ich will mir nicht helfen lassen.«

Thorsten nickte. »Wer will sich schon helfen lassen? Ich fahr dich trotzdem vorbei.«

Er sieht überhaupt nicht wie Bruce Willis aus

Wie jeden Abend überprüfte Thorsten seine Wohnungstür zunächst auf Einbruchsspuren, bevor er sie aufsperrte. Diesmal war er aber besonders vorsichtig. Er sah noch einmal kurz über beide Schultern – links/rechts –, ehe er sich nach unten beugte. Vorsichtig fuhr er mit Zeige- und Mittelfinger über den Rand der Tür. Bevor er aus dem Büro nach Hause ging, war wieder eine der seltsamen literarischen Droh-Mails eingegangen. Literatur war eine seltsame Bewaffnung, um einen Detektiv anzugreifen. Funktionierte aber irgendwie.

»*Nicht soll ausbleiben die Strafe;*
ist mir die Ehre versagt, soll nicht mir
die Rache versagt sein!«

»Das ist Ovid«, hatte Ralf gesagt.

»Ovid?«

»Ein römischer Dichter. Das Zitat stammt aus den *Metamorphosen*. Ein mythologisches Werk, in dem etwa zweihundertfünfzig Sagen verarbeitet wurden. Meistens wird ein Mensch oder ein Gott in eine Pflanze, ein Tier oder ein Sternbild verwandelt. Das Werk beginnt mit dem Chaos.«

»Ich hasse diesen Literaturscheiß.«

»Wenigstens ist das Arschloch gebildet.«

Nachdem er den Schlüssel ins Schloss gesteckt hatte, drehte sich Thorsten noch einmal um. Meistens war nichts hinter dem eigenen Rücken. Das war gut. Die Tür öffnete sich mit einem satten Seufzer, als wollte sie ihm zuflüstern: »Hey, ich bin unberührt«. Trotzdem achtete Thorsten beim Betreten der Wohnung immer darauf, dass sein Rücken Deckung hatte. Er ging einmal prüfend durch alle Zimmer, ehe er im Flur die Schuhe auszog und die Wohnungstür verriegelte. Anschließend öffnete er alle Fenster. Er stellte den Fernseher an, schaltete auf einen Nachrichtensender, ging aber sofort unter die Dusche, ohne die laufende Sendung eines Blickes zu würdigen. Nach dem Duschen schlüpfte er in bequeme Trainingskleidung und schloss die Fenster. Am Ende seines Feierabend-Rituals warf er einen Blick auf den Anrufbeantworter. Das rote Lämpchen blinkte nicht. Er gab seine Privatnummer und seine Freundschaft nicht verschwenderisch weiter.

Wie jeden ersten Donnerstag im Monat reinigte er an diesem Abend den Kühlschrank. Er verstand nicht, warum bei Ermittlungen so selten in Kühlschränke geschaut wurde. Gut, im realen Leben war dafür ein Durchsuchungsbeschluss notwendig, aber in Filmen brachen ständig Detektive oder Bullen, die sich nicht um die Vorschriften scherten – dafür aber supersympathisch waren –, in irgendwelche Häuser ein. In den Kühlschrank wurde nur geschaut, wenn man Drogen oder Babyleichen suchte, dabei gibt es nichts, das ähnlich viel über den oder die Bewohner einer Wohnung verrät. Selbst Doktor House kam meistens erst nach einiger Zeit auf die Idee, dass Keime im Kühlschrank für die Krankheit seiner Patienten relevant sein könnten. Thorstens nostalgisch gestylter Bosch dokumentierte beispielsweise schon von außen, dass seinem Besitzer Qualität und Design wichtig waren. Der bescheidene Inhalt war typisch für einen Single-Haushalt. Der fettarme Naturjoghurt und die Kiwis wiesen immerhin darauf hin, dass er gesunder Ernährung einen hohen Stellenwert einräumte. Die Bierflaschen belegten, dass er es mit dem Fitness-Trip nicht übertrieb. Ermittlungstechnisch wäre sein Kühlschrank ein echter Hammer.

Vorsichtig nahm Thorsten die Glaseinlegeböden aus den Halterungen, sprühte sie mit Desinfektionsmittel ein und spülte sie anschließend gründlich ab. Aus irgendeinem Grund war das Klischee weitverbreitet, dass sowohl Privatdetektive als auch männliche Singles nicht so auf Hygiene achten, aber Thorsten konnte dafür nicht als Beleg herhalten. Seit ihn Eva verlassen hatte, putzte er den Kühlschrank sogar öfter als vorher. Als sie noch zu zweit in der Wohnung gewohnt hatten, putzten sie den Kühlschrank nach Bedarf, also wenn er bereits anfing, ein wenig säuerlich zu riechen. Jetzt gab es die festen Putzzeiten. Damit kam Thorsten besser zurecht.

Eva war nicht unbedingt für einen festen Rhythmus. Sie war eher der spontane Typ gewesen. Vielleicht hatte er sich genau deshalb in sie verliebt. Es heißt ja, dass Gegensätze sich anziehen. Zumindest machten ihre unterschiedlichen Charaktere die Anfangszeit ihrer Beziehung spannend. Bevor sie nervig geworden war, und lange vor dem Stellungskrieg.

Thorsten hatte Eva in einer Videothek kennengelernt, in der sie als Aushilfskraft während der Semesterferien arbeitete. Die Videothek gab es schon lange nicht mehr. Seit man sich jeden Film, noch während er im Kino lief, illegal im Internet downloaden konnte, machte eine nach der anderen dicht. Thorsten war auf der Suche nach einem japanischen Actionthriller in der Videothek gelandet. Er hatte sich nur grob an die Handlung erinnern können. Ein todkranker Gangster begeht einen letzten spektakulären Raubüberfall. Den Titel hatte Thorsten vergessen, deshalb konnte Eva ihm nicht helfen. Sie war ja nur eine Aushilfskraft. Doch weil es sich um einen japanischen Film handelte, kamen sie schnell ins Gespräch. Eva studierte Japanologie. Im vorangegangenen Jahr hatte sie ein Auslandssemester in Japan verbracht. Sie erzählte von den Tokioer Taxifahrern, die immer freundlich nickten, wenn man ihnen einen Straßennamen sagte, aber nie genau wussten, wohin sie fahren mussten, weil alle Straßennamen mehrmals vergeben waren. Eigentlich gäbe es überhaupt keine richtigen Straßennamen in Tokio, behauptete Eva, aber Thorsten konnte sich eine Stadt ohne Straßennamen nicht vorstellen.

Als Thorsten Eva das erste Mal fickte, aß er dabei Sushi von ausgewählten Stellen ihres Körpers. Dabei bewegte er sich langsamer als gewöhnlich.

Gleich nach ihrem Einzug renovierte Eva die Wohnung. Thorsten fand es okay. Er hatte die Wohnung vernachlässigt. Sie hatte kein eigenes Gesicht und nun gab Eva ihr eins. Unter anderem pinselte sie große japanische Schriftzeichen mit schwarzer Farbe an die Wand ihres Wohnzimmers. Thorsten fragte sie, was die Zeichen bedeuten.

»Du bist Detektiv«, sagte sie schelmisch grinsend, »du wirst es herausfinden.«

Thorsten hatte die Schriftzeichen nicht übermalt, obwohl er bis heute ihre Bedeutung nicht kannte. Damals machten sie Pläne für einen gemeinsamen Japanurlaub.

»Am liebsten würde ich mit dir auf dem Kansai-Airport landen«, sagte Eva und Thorsten merkte, wie ihre Begeisterung mit jedem Wort wuchs. »Er liegt fünf Kilometer vor der Küste auf einer künstlichen Insel im Meer.«

Thorsten gefiel der Gedanke, mit Eva auf einer künstlichen Insel zu landen.

Er war überrascht, als sie während des Umzugs ein mit kleinen Steinchen gefülltes Glasbehältnis die Treppe hochtrug. Sie schleppte es mehrmals durch die gesamte Wohnung, bis sie schließlich einen freien Platz auf einer Kommode fand. Eva schnappte sich eine Gießkanne und füllte Wasser in den Glaskasten. Ihre Wangen waren bereits rot von der Anstrengung. So sah sie auch nach dem Sex aus.

»Was soll das?«, fragte Thorsten.

»Warte, Bruce Willis kommt gleich.« Eva rannte die Treppe hinunter. Schritte raus aus der Haustür. Schritte wieder rein und die Treppe hoch. Sie transportierte vorsichtig einen Fisch in einem mit Wasser gefüllten Kühlbeutel. Am Aquarium öffnete sie die Wäscheklammer, mit der sie den Plastikbeutel verschlossen hatte, und entließ den Fisch in sein neues

Heim. Hektisch schwamm er hin und her, so als müsste er sich erst einmal umsehen, obwohl es eigentlich nichts zum Umsehen gab.

»Ist das Bruce Willis?«

»Ja.«

»Er sieht überhaupt nicht wie Bruce Willis aus.«

»Sie haben den gleichen Synchronsprecher.«

Eva richtete das Aquarium in den folgenden zwei Jahren für Bruce Willis ein. Nach und nach entstand eine Miniatur-Wohnung mit Plastikstühlen aus einer Puppenwohnung, einem Computer aus der Playmobil-Polizeistation und einem Lego-Herd. Dann war Eva offensichtlich nicht mehr ausgefüllt von ihrem Studium und der Gestaltung des Lebensumfelds von Bruce Willis, dem Goldfisch. Deshalb fragte sie Thorsten, ob sie nicht Kinder haben wollten. Thorsten lachte, aber er merkte, dass er während des Lachens eine Gänsehaut bekam. Oder wenigstens eins, ergänzte Eva verhandlungsbereit und Thorsten hörte auf zu lachen.

Er sei noch nicht reif für Kinder, sagte er. Eigentlich sei man nie reif für Kinder, antwortete sie, das sei ja gerade das Geheimnis, dass man es automatisch werde, wenn sie erst einmal da seien.

Das Argument war so unschlagbar, dass sich Thorsten bis heute daran erinnern konnte. Seine Antwort darauf hatte er vergessen. Gelegentlich bastelte er sich Reaktionen zurecht. Eine mögliche Antwort wäre beispielsweise gewesen:

»Kinder sind so eine große Verantwortung. Das ganze Leben verändert sich.«

Nein, wahrscheinlich hätte er nicht »das ganze Leben verändert sich« gesagt, weil er damals schon wusste, dass Eva »das ist es ja gerade« darauf geantwortet hätte. Eva war der Meinung, das ganze Leben sei ein Fluss, dessen Strömung man sich ausliefern sollte. Sie liebte auch Überraschungen. Thorsten war der Meinung, dass die beste Überraschung die sei, wenn es ausnahmsweise einmal keine Überraschung gab. Ziemlich sicher hatte er nicht von Veränderungen gesprochen, wohl aber von Verantwortung. Im Nachhinein war sich Thorsten nicht sicher, ob es besonders mutig oder besonders feige war, gerade *Verantwortung* als Argument ins Feld zu führen. Vielleicht hätte er auch *Angst* dazu gesagt. Die Angst um die Kinder macht unfrei. Kaum sind sie da, schläft man unruhig und ist ständig damit beschäftigt, nach ihnen zu sehen, damit sie sich in der Wiege nicht das Kopfkissen übers Gesicht ziehen. Und dauernd eine Hand auf dem kleinen Babybauch, damit das Kind nicht vom Wickeltisch fällt, während man mit allerlei Verrenkungen eine Einmalwindel aus einem großen Karton zieht. Später dann die Angst, dass sie von einem Auto überfahren oder von einem Kampfhund angefallen werden. Manche Kinder erkranken an Leukämie. So eine Chemo ist nicht leicht, vor allem für die Mädchen wegen der Glatze. Andere werden wegen einer Erbkrankheit zum Pflegefall, die nur ausbricht, weil der Genpool der Mutter und der Genpool des Vaters nicht zueinanderpassen. Und das, obwohl sich die Eltern so gut riechen konnten. So gut, dass sie sogar Sex miteinander hatten. Austausch von Körperflüssigkeiten. Und dann muss man bei Kindern, die sich nicht bewegen können, obwohl sie elf Jahre alt sind und ihnen erste Schamhaare wachsen, in regelmäßigen Abständen den Schleim absaugen. Es gibt keine Sicherheiten, wenn man Kinder hat. Sogar der Weltuntergang wirkt noch bedrohlicher, wenn man seine Kinder davor beschützen muss.

Es gäbe sowieso keine Sicherheiten, hatte Eva gesagt, mit Kindern falle dieser Umstand nur mehr auf. Während der ersten Baby-Diskussion lächelte sie noch mitleidig. Dann wuchsen die Diskussionen zu Streitigkeiten. Irgendwann endeten sie in gehobener Lautstärke und mit Formulierungen wie »gefühlskalter Schlappschwanz« oder »eierloser Egoist«.

So ging das einige Monate, bis Bruce Willis eines Morgens mit dem Bauch nach oben an der Wasseroberfläche des Aquariums schwamm. Thorsten begrub ihn im Topf einer Zimmerpalme, während Eva bitterlich weinte. Nachdem sie aufgehört hatte zu weinen, erklärte sie Thorsten, dass sie ihn verlassen werde. Damit endete das Bruce-Willis-Zeitalter. Zwei Tage später holte eine Spedition ihre Möbel und die eilig, ohne Ordnung gepackten Umzugskartons ab. Das Aquarium war geblieben. Und die schwarzen Schriftzeichen im Wohnzimmer.

Nachdem Eva ausgezogen war, plagten Thorsten einige Wochen heftige allergische Anfälle, deren Ursache er sich nicht erklären konnte. Er hielt sorgsam alle Fenster geschlossen, obwohl der Spätherbst nicht gerade für vermehrten Pollenflug bekannt ist. Trotzdem musste er ständig niesen und ein Anti-Allergikum in die tränenden Augen träufeln. Als sein Hausarzt bei ihm eine leichte Form vom Asthma diagnostizierte, entsorgte er alle Teppiche in der Wohnung. Das Husten, Schniefen, Augenwischen ließ dennoch nicht nach. Schließlich wuchs ein Verdacht in ihm, für den er sich zunächst schämte, aber dann siegten doch Misstrauen und Neugier. Beides Grundvoraussetzungen für einen Detektiv. In gesteigerter Form Berufskrankheiten. Er untersuchte die ganze Wohnung und wurde schließlich fündig. Ein Bonsai, den Eva erst kurz vor ihrer Trennung gekauft haben musste, war die Ursache seiner Beschwerden. Eine Kiefernart. Sie wusste genau, dass er auf Kiefern allergisch reagierte. Der Baum stand hinter dem Fernseher. Besonders fies. Den Bonsai schenkte Thorsten einer Nachbarin, die sich unheimlich darüber freute, aber doch kein Verhältnis mit ihm anfing, obwohl er sich das wegen bestimmter körperlicher Attribute der Nachbarin gut ausmalen konnte. Die Nachbarin zog letztes Jahr mit ihrem Lebensgefährten in eine größere Wohnung, nachdem sie schwanger geworden war. Den Bonsai nahm sie mit.

Nachdem er mit Putzen fertig war, setzte Thorsten die Glasböden wieder in den Kühlschrank ein. Vor dem Einräumen der Lebensmittel blieb er eine Weile vor dem geöffneten Kühlschrank stehen und schaute hinein. Er bewunderte die Sauberkeit und Leere. Nichts war so weiß und hygienisch wie ein frisch geputzter Kühlschrank.

Der Täter kommt heute nicht

Bericht Ralf

Die Vier Jahreszeiten. *Mein bevorzugter Klassiksender beleidigt mich mit Vivaldis Brötchen-und-Marmeladen-Wunschkonzert. Reflexartig stelle ich das Autoradio aus. Ich will nicht hören, was der Durchschnitts-Klassiktrottel zum Frühstück auflegt, nachdem er in der Nacht zuvor das erste Mal seine neue Freundin geknallt hat. Während des Geschlechtsverkehrs schwillt im Hintergrund der* Bolero *von Ravel zu seiner vollen Größe an. Natürlich bin ich ungerecht. Hätten die Schöpfer dieser an sich erhabenen Musikstücke geahnt, dass ihre Werke zu Gebrauchsmusik verkommen würden, hätten sie vielleicht etwas Durchschnittlicheres komponiert. Etwas, das nicht bei der breiten Masse automatisch den Drang nach Frühstück oder Begattung auslöst.*

Die frühe Tageszeit erzeugt bei mir eine besondere Gnadenlosigkeit. Außerdem ist die Luft draußen zu kalt und das Auto zu eng. Die Fenster beschlagen laufend. Außer der Heckscheibe. Sie ist durch eine improvisierte Plastikfolie ersetzt. Die Musik, die mich bei Observationen kurz nach Sonnenaufgang bei Laune hält, muss erst noch komponiert werden. Allerdings bin ich nicht bedingungslos bereit, mich auf Neues einzulassen. Zwölftonmusik und die ganzen anderen avantgardistischen Verrenkungen der zeitgenössischen Tonkünste empfinde ich als körperlichen Angriff. Den Gedanken, einen anderen Sender einzustellen, verwerfe ich sofort wieder. Popmusik ist mein natürlicher Feind. Auch die Nachrichten habe ich ohne wirkliche Freude gehört. Die Werbung finde ich fair, weil in Radiospots so offensichtlich gelogen wird, dass man einfach damit einverstanden sein muss. Leider läuft nicht immer überall Werbung.

Die Thermoskanne wehrt sich mit einem Vakuum gegen den Versuch, geöffnet zu werden. Schließlich gibt sie mit einem schmatzenden Geräusch nach. Ich schenke mir Milchkaffee in einen blauen Plastikbecher, der den Kaffee unappetitlich aussehen lässt. Ich sollte freundlicher über die grün-braune Flüssigkeit denken. Immerhin ist der Kaffee noch lauwarm. Und schließlich war Iris extra zwei Stunden früher aufgestanden, um den Kaffee aufzubrühen und sich von ihrem Mann mit einer innigen Umarmung zu verabschieden. Wenn ich beruflich unterwegs bin, tut sie immer so, als wäre ich bei irgendeiner Anti-Terror-Spezialeinheit, die zu einem Einsatz in ein fernes moslemisches Land geschickt wird. Tatsächlich ist mein Einsatzort an diesem Tag nur ein besseres Wohnviertel am anderen Ende der Stadt. Iris ist eine warmherzige Frau, aber sie hat keine besonders guten Nerven.

»Ich muss nur einen Briefkasten beobachten, das ist alles«, habe ich ihr erklärt. »Die Besitzerin eines Einfamilienhauses hat uns beauftragt herauszufinden, wer ihr regelmäßig die Tageszeitung klaut. Sie hat einen ihrer Nachbarn in Verdacht.«

»Warum beobachtet sie ihren Briefkasten nicht selbst?«

»Sie ist Ärztin. Der Täter schlägt nur zu, wenn sie Frühdienst in der Klinik hat.«

»Hat sie keinen Mann?«

»Nein, anscheinend nicht. Außerdem macht es mehr Eindruck, wenn man den Täter mit Beweisen konfrontiert, die ein Privatdetektiv bei seinen Ermittlungen beschafft hat. Bist du eifersüchtig?«

»Natürlich nicht.«

»Das gibt es nur in Filmen, dass sich Detektive mit ihren Klientinnen einlassen.«

»Schon gut. Und warum hat sie ihren Nachbarn in Verdacht?«

»Keine Ahnung, aber mach dir mal keine Gedanken. Der Nachbar wird sich schon nicht als Hannibal Lecter entpuppen.«

»Findest du das etwa witzig?«, fragte Iris mit einem schrillen Kratzen in der Stimme.

»Was?«

»Den ekelhaften Hannibal-Lecter-Vergleich.«

»Entschuldige.«

»Das beweist nur, dass du dich kein bisschen in mich einfühlen kannst. Du hast keinerlei Verständnis.«

Iris war echt wütend gewesen. Sie hatte türknallend das Zimmer verlassen, bevor ich noch was sagen konnte. Vielleicht besser so. Wenn man versucht, Frauen zu beruhigen, werden sie nur nervöser. Eigentlich bin ich schon vor langer Zeit zu dieser Erkenntnis gelangt, trotzdem versuche ich immer wieder, Iris nicht mit ihren Sorgen alleinzulassen. Mission Impossible. Die Sätze, die man investiert, zerstören sich nach ein paar Sekunden selbst.

Ich nehme die Videokamera vom Beifahrersitz und klappe den Monitor aus. Eine geübte Bewegung mit dem Zeigefinger und der Briefkasten zoomt ganz nah heran. So ein Alu-Design-Briefkasten ist bestimmt sündhaft teuer. Eigentlich Blödsinn, die Kamera zu testen, wenn man es schon zwei Mal getan hat, aber je länger man wartet, desto vorbereiteter will man sein. Immerhin war die Zeitungsausträgerin bereits vor einer halben Stunde da gewesen. Der Täter hat den günstigsten Moment unmittelbar nach dem Einwerfen der Zeitung bereits verpasst. Entweder fühlt er sich sehr sicher oder er hat verschlafen.

Ich spiele gelangweilt am Autoradio herum. Die Vier Jahreszeiten *sind bereits beim Herbst angekommen.*

Mein Handy klingelt. Im ersten Moment rechne ich damit, dass Thorsten mich anruft, aber dann verwerfe ich den Gedanken wieder: Mein Kollege ist um diese Zeit nur wach, wenn es unbedingt erforderlich ist. Frühmorgendliche Observationen überlässt er deshalb gerne mir. Also doch Iris, die sichergehen will, dass ich noch nicht Hannibal Lecter in die Hände gefallen bin. Nur mit Mühe kann ich das Mobiltelefon aus meiner Hosentasche zerren, wo es wild vor sich hin klingelt und vibriert. Verdammt, ich werde wirklich zu fett.

»Der kommt heute nicht.«

Der Anrufer verstellt seine Stimme.

»Wer spricht da?«, frage ich, obwohl ich genau weiß, wer da spricht. Der Rache-Literatur-Psychopath.

»Da kommst du nie drauf.«

»Sehr witzig.«

»Wichtig ist nur eins: Der Täter kommt heute nicht.«

»Und warum?«

»Weil er gewarnt wurde.«

»Von wem?«

»Von mir natürlich. Ich habe ihm auch das Autokennzeichen mitgeteilt. Damit er sieht, wer ihn beobachtet. Was ist eigentlich mit der Heckscheibe passiert?«

»Woher hast du meine neue Handy-Nummer? Meine jungfräuliche Handy-Nummer?«

»Ja. Gute Frage. Woher wohl?«

»Du hast dich in unseren Büro-Rechner gehackt.«

»Vielleicht solltet ihr Superermittler euch bei Gelegenheit mal mit euren Sicherheitsmaßnahmen beschäftigen. Ihr seid angreifbar.«

Angreifbar sein *ist als Ermittler nicht so besonders gut. Deshalb versuche ich, die Initiative zu ergreifen.*

»Was willst du?«

Der Psycho am anderen Ende der Leitung kichert.

»Für's Erste reicht es mir, dass ihr angreifbar seid. Vergiss das nicht.«

Klick. Der Anrufer hat die Verbindung unterbrochen. Ich schaue instinktiv in den Rückspiegel, um sicherzugehen, dass sich dem Auto niemand von hinten nähert, aber durch die blaue Plastikfolie im Heck hätte ich nicht einmal King Kong näher kommen sehen. Suboptimal. Ich reiße die Fahrertür auf und klettere so behände aus dem Kleinwagen, wie er es für einen Mann mit meinen Körpermaßen zulässt, und umrunde ihn. Meine Gelenke sind steif vom langen Sitzen und knacken laut. Ich schaue mich um. Leere Vorgärten. Genug Deckungsmöglichkeiten hinter Hecken, Gartenhäuschen und Carports. Die Rosensträuche schicken noch nicht ihr Rot in die Vorstadt, sondern sehen vergammelt aus. Und dornig. Widerwillig macht der Nebel einer sehr blassen Sonne Platz. In einem der Gärten bellt ein Hund. Seine Schnauze schaut durch den Gartenzaun. Die Straße sieht aus, als würde Verkehr auf ihr nur zufällig stattfinden.

Wahrscheinlich mache ich nicht gerade einen besonders professionellen Eindruck. Auf einen potenziellen Angreifer. Aber ich bin vorbereitet. Nichts ist beunruhigender als das Gefühl, bei einer Observation selbst beobachtet zu werden. Ich gehe auf die Knie und schaue unter das Auto. Kein Sprengsatz. Schade um die neue Hose. Mit einem Seufzer lasse ich mich wieder auf den Fahrersitz fallen. Durch Vivaldis Vier Jahreszeiten *weht bereits der Winter. Ich stelle das Autoradio ab. Nach einer weiteren Stunde breche ich die Beobachtung des Briefkastens ab und fahre ins Büro. Die Bezahlung als Detektiv ist nicht annähernd so gut, wie sie sein sollte. Vor allem dann nicht, wenn man verheiratet ist. Singles haben es leichter, nicht erfolgreich zu sein. Und sie müssen ihren Ehefrauen auch keine seltsamen Telefongespräche verschweigen. Mir gefällt der Gedanke, auf mich allein gestellt zu sein und niemandem Rechenschaft ablegen zu müssen.*

Nachdem Thorsten den Bericht auf dem Diktiergerät angehört hatte, sagte er: »Du bist nicht der Typ, der gerne auf sich allein gestellt ist. Der Chandler-Sound in deinen Berichten passt überhaupt nicht zu dir.«

»Ah ja. Und sonst fällt dir nichts ein?«

»Ein bisschen viel klassische Musik in deiner Aufzeichnung.«

»Du bist ein Ignorant.«

Ralf war geladen. Das ganze Büro war angefüllt mit seiner Wut und dem Geruch, den man nach einer frühmorgendlichen Observation an sich hatte.

»Und du bist sicher, dass es derselbe Kerl war?«, fragte Thorsten.

»Natürlich bin ich sicher.«

»Hast du seine Stimme wiedererkannt?«

»Der Empfang war schlecht. Wahrscheinlich hat er seine Stimme verstellt.«

»Wir wissen also nicht, ob es dieselbe Person war.«

»Wir hatten innerhalb kürzester Zeit zwei Mal ein sehr ähnliches Problem, schon vergessen? Was glaubst du, wie viele Psychopathen durch die Gegend springen, die ein besonderes Interesse daran haben, unsere Aufträge zu sabotieren und nebenbei unsere Literaturkenntnisse via E-Mail aufzupolieren?«

»Schön, dass du das erwähnst. Wir haben bereits eine neue Mail im Postfach«, sagte Thorsten und klickte ein paarmal die linke Taste der Computermaus. Dann las er mit weihevoller Stimme von seinem Monitor ab:

»Eine starke Rache wär es
und des Teufels Spott.«

Ralf nickte.

»Kommt mir bekannt vor.«

»Streng dich nicht an, ich hab's bereits gegoogelt«, sagte Thorsten. »Es ist aus dem Nibelungenlied.«

»Jedenfalls ist der Typ mit dem literarischen Kanon des Abendlands bestens vertraut.«

»Ach was. Das kann sich doch jeder bequem im Internet zusammenklauen. Und wer sagt dir, dass es sich um einen Solisten handelt?«

»Du meinst, er ist kein Einzeltäter?«

»Das Wort wollte ich vermeiden. Er hat ja bisher nichts Strafbares gemacht.«

»Na super, eine Verschwörung von Psychopathen.«

Thorsten zuckte mit den Schultern.

»Möglich wär's.«

»Das war der gleiche Kerl. Ich spür das. Seit seinem Anruf heute Morgen habe ich Sodbrennen.«

»Hängt vielleicht mit deinen Ernährungsgewohnheiten zusammen.«

»Man hackt nicht auf dem Übergewicht seiner Mitarbeiter herum.«

»Zugegeben, es spricht einiges dafür, dass der Anrufer mit dem Kapuzenträger vom Baseball-Zwischenfall identisch ist. Aber was ist sein Motiv? Immerhin versucht er nicht, uns zu erpressen.«

»Bisher.«

»Gibt es jemanden, der wegen unserer Ermittlungen besonders schlecht auf uns zu sprechen ist?«

»Einen? Dutzende, würde ich sagen. Detektive machen sich viele Feinde. Wir spionieren Leute aus. Manchmal verachten uns sogar unsere Auftraggeber. Weißt du, wie viele Ehemänner uns für das Überbringen der schlechten Nachricht hassen? Meinst du, die sehen sich die Fotos von ihrer Frau beim Seitensprung gerne an?«

»Okay, dann gehen wir es mal aus einer anderen Perspektive an. Woher hat er die Informationen über uns?«

»Das hab ich mir schon überlegt. Es reicht nicht aus, dass er uns beobachtet. Damit allein hätte er nämlich noch keine Informationen über unsere Auftraggeber oder unsere Zielobjekte bei den Observationen.«

»Stimmt.«

»Es gibt drei Möglichkeiten. Nein, vier ...«

»Wahrscheinlich gibt es mehr als vier Möglichkeiten.«

»Hör dir erst mal die vier an: Er hört unser Telefon ab. Oder er ist hier ins Büro eingebrochen. Möglich wäre auch, dass er einen Informanten hat. Oder er hat sich in unsere Computer gehackt.«

Thorsten zog seine Jacke an und packte sein Handy ein. »Okay, lass das Anti-Viren-Programm über die Rechner laufen.«

»Mach ich.«

»Und ruf bei der Telefongesellschaft an. Die sollen überprüfen, ob mit unserem Anschluss alles okay ist. Hast du den Autoschlüssel noch?«

»Ja.«

Ralf holte den Autoschlüssel aus seiner Hosentasche. Thorsten hob die Hand, um ihn lässig aufzufangen. Der Schlüssel flog zu schnell und in einer fiesen Flugbahn. Im letzten Moment bewegte Thorsten seinen Kopf mit einer ruckartigen Bewegung zur Seite. Um Haaresbreite verfehlte ihn der Schlüssel.

»War das Absicht?«, fragte Thorsten.

Ralf zuckte mit den Schultern. »In Krimiserien klappt das immer.«

Thorsten bückte sich und hob den Autoschlüssel auf.

»Hast du einen Termin?«, fragte Ralf.

»Ich fahr mit Annika zu ihren Kindern.«

»Du fährst mit Annika zu ihren Kindern?«

»Ja.«

»Ich hab den Eindruck, das geht ein bisschen über das normale Maß an Ermittlungsarbeit hinaus.«

»Was soll das heißen?«

»Sie ist ein Zielobjekt. Sie ist behindert. Sie ist ein behindertes Zielobjekt. Sie zu nageln wäre auf jeden Fall unprofessionell.«

»Hast du *nageln* gesagt?«

»Ja. Nageln.«

»Kein Mensch sagt mehr *nageln*. Wenn du mich schwach anreden willst, dann mach es wenigstens auf eine ehrliche Art. Sag *ficken*.«

»Ich sag keine Wörter mit *F* am Wortanfang. Die kommen in meinem Wortschatz nicht vor.«

Du bist überhaupt nicht mutig

Noch bevor der Stadtrand zu sehen war, konnte Thorsten ihn riechen. Er drückte reaktionsschnell einen Schalter, aber der elektronische Fensterheber schloss die Beifahrerscheibe dennoch nur in aufreizend langsamer Geschwindigkeit. Obwohl Thorsten auch die Lüftung in Rekordzeit abstellte, wurde er sofort von einer allergischen Reaktion durchgeschüttelt, die in mehreren kurzen Niesanfällen mündete. Er hatte keine Ahnung, welche Pollen draußen im Tiefflug unterwegs waren, aber sie waren auf jeden Fall angriffslustig. In seiner Hosentasche suchte er nach einem Taschentuch. Natürlich keines da.

»Bitte«, sagte Annika und reichte ihm freundlich lächelnd ein Papiertaschentuch, das sie blitzschnell aus der Seitentasche ihres kleinen Rucksacks geholt hatte. Die perfekte Beifahrerin. Man merkte, dass sie einmal fürsorglich, verheiratet, eine Mama gewesen war. Bevor ihr Hirn gegrillt worden war.

»Bist du traurig darüber, dass sich dein Mann scheiden lassen will?«

»Ich kenne ihn ja nicht.«

»Nach dem Unfall habt ihr euch noch oft getroffen.«

»Ich wäre nie auf die Idee gekommen, dass er mein Ehemann ist, wenn wir einander nicht vorgestellt worden wären.«

»Du bist kein bisschen traurig?«

»Traurig? Ich weiß nicht. Manchmal denke ich darüber nach, wie ich früher war, weil er mich jetzt ja nicht mehr leiden kann.«

Langsam umschipperte Thorsten bepflanzte Barrieren, die sich wie Klippen in die Straße schoben, um Autofahrer mit einer unangepassten Fahrweise stranden zu lassen.

»Hier ist es«, sagte Annika. Sie kniff die Augen zusammen. »Glaube ich«, fügte sie hinzu.

Das Erdgeschoss des Hauses leuchtete in einem aggressiven Rot. Das obere Stockwerk war mit Metallplatten verkleidet. Thorsten fragte sich, ob sie irgendeinen praktischen Nutzen hatten. Wahrscheinlich war das ganze Aluminium nur aus optischen Überlegungen angebracht worden. Faktisch schlechtes Design.

»Ich warte besser hier.«

»Nein, komm ruhig mit, dann stell ich dir meine Kinder vor. Das wird ...«

Thorsten ließ ihr einen Moment Zeit. Sie suchte nach dem richtigen Wort.

»Ja?«

»Lustig.«

»Lustig? Deine Kinder kennen mich doch gar nicht.«

»Vielleicht ist *lustig* nicht das richtige Wort.«

»Bist du sicher, dass du nicht mit ihnen allein sein willst?«

»Du bist überhaupt nicht mutig.«

»Ich bin nicht mutig?«

»Nicht so wie die Detektive im Fernsehen.«

»Schon gut, ich komm mit.«

Annika hüpfte auf dem Gehweg zum Haus, als hätte sie Sprungfedern an den Füßen. Daneben kam er sich zwangsläufig schwerfällig vor.

Annika drückte auf den Klingelknopf. Durchs Haus quakte die Melodie von *When The Saints Go Marching In* in einer nervtötenden Donald-Duck-Version. Thorsten wusste aus Erfahrung, dass sich Klingeltöne nie so anhörten, wie man es beim Betätigen der Klingel erwartete. Außerdem öffneten anschließend nur selten Personen die Tür, die zum Klingelton passten.

Annikas Noch-Mann war ein durchtrainierter, bronzefarbener Surfer-Typ. Ein bisschen zu bronzefarben. Das Resultat von übermäßiger Sonnenbanknutzung.

»Hallo«, sagte Annika kurz, aber nicht unfreundlich und schob sich an ihrem Mann vorbei durch die Tür. Ein paar

Sekunden später vibrierten Thorstens Trommelfelle. Kreischende Geräusche übertönten sogar die Klingel, die sich weigerte, ihre überflüssige Arbeit einzustellen. Die Heiligen marschierten weiter. Die Begrüßung zwischen einer Mutter und deren fünfjähriger Tochter konnte verdammt laut ausfallen. Annika wirbelte ihr Mädchen herum. Nadine johlte. Annika lachte. Wenigstens gab die Klingel endlich auf. Der Mann in der Haustür starrte ihn immer noch an. Vielleicht nicht unbedingt feindselig, sondern ... Er war immerhin der Hausherr ... Doch, er starrte ihn feindselig an. Thorsten streckte die Hand nach vorne.

»Thorsten Kulik.«

Annikas Mann nahm widerwillig seine Hand. So wie man einen fremden Socken anfassen würde, den man in seiner Einkaufstüte fand.

»Andreas Fritsch.«

Nach dem Händeschütteln standen sie sich noch eine Weile unentschlossen gegenüber. Genauso unentschlossen fragte Andreas:

»Wollen Sie nicht reinkommen?«

»Na klar. Gern.«

Im Erdgeschoss des Hauses gingen der Essbereich, die Küche und das Wohnzimmer stufenlos ineinander über. Thorsten traute Andreas auf Anhieb nicht genug Geschmack für die Innenausstattung zu, auch wenn er nur einen labbrigen Händedruck als Indiz anführen konnte, der nicht zu dem durchtrainierten Rest passen wollte. Wahrscheinlich hatte Annika ihren Geschmack durchgesetzt. Thorsten war sich nicht sicher, ob ihr Sinn für Ästhetik noch unbeschädigt war. Immerhin war sie einigermaßen gaga.

Sah man durch große Terrassenfenster einen Garten beim ersten Besuch im Sonnenschein, konnte man sich den gleichen Garten nie mehr bei Regen vorstellen. Annika spielte mit ihrer Tochter Fußfall. Als Annika einen Ball zu köpfen versuchte, stolperte sie über einen Plastiktraktor. Sie fiel auf die Rippen. Annika lachte, obwohl es wehgetan haben musste. Sofort stimmte ihre Tochter in das Lachen ein.

»Sind Sie ein Betreuer aus der Behinderteneinrichtung?«, fragte Andreas.

»Nein.«

»Ein Freund?«

»Nicht direkt.«

»Ficken Sie sie?«

»Nein.«

»Schade für Sie. Sie fickt gut.«

»Dann fällt das als Scheidungsgrund ja schon mal weg.«

»Geht Sie das was an?«

»Ich bin Privatdetektiv. Ich wurde von der Versicherung wegen des Blitzunfalls beauftragt.«

»Beeindruckend. Besser, Sie gehen jetzt.«

»Ich glaube, dass Annikas Behinderung gar nicht der Grund für die Scheidung ist, sondern nur ein Vorwand. Einfach eine günstige Gelegenheit.«

»Ich bin Ihnen keine Rechenschaft schuldig.«

»Vielleicht gibt es eine, die noch besser fickt.«

»Sind das psychologisch fundierte Verhörmethoden?«

»Profitieren Sie eigentlich auch von der Versicherungssumme?«

»Hauen Sie ab.«

Die Terrassentür wurde mit einem kräftigen Ruck geöffnet. Annika streckte ihren vor Anstrengung roten Kopf herein.

»Ich hab doch auch noch einen Sohn, oder?«, fragte sie.

»Simon will dich nicht sehen. Er hat sich in seinem Zimmer eingesperrt.«

»Warum?«

»Seine Klassenkameraden hänseln ihn damit, dass seine Mutter auf einmal bescheuert ist.«

»Oh«, hauchte Annika. Einen Moment lang war alle Lebendigkeit aus ihr gewichen. Thorsten konnte sehen, wie sich ihre Muskeln anspannten. Sie brauchte ihren ganzen Körper, um sich zusammenzunehmen. Dann drehte sie sich um, lief zu ihrer Tochter und spielte weiter Ball.

»Etwas schonender konnten Sie ihr das wohl nicht beibringen?«

»Wenn es die Wahrheit ist.«

»Andreas, Sie sind ein Arschloch.«

»Wollten Sie nicht schon längst gehen?«

»Ich denk ja gar nicht dran.«

»Vielleicht ändert sich Ihre Haltung, wenn ich die Polizei rufe. Als Detektiv sagt Ihnen der Begriff *Hausfriedensbruch* sicher was.«

»Sie haben mich hereingebeten. Also kann es überhaupt kein Hausfriedensbruch sein.«

»Jetzt bitte ich Sie hinaus.«

»Soweit ich informiert bin, gehört das Haus zur Hälfte immer noch Annika. Ich halte mich einfach in ihrer Hälfte auf, okay?«

Mit einem Geräusch, das man eher von einem Nashorn erwartet hätte, stürzte Andreas auf Thorsten zu und versuchte, ihn am Kragen zu packen. Thorsten war erstaunt, dass seine Reflexe selbst ohne Aufwärmphase noch zufriedenstellend funktionierten, obwohl er das Karate-Training seit Monaten schleifen ließ. Den Oberkörper nach hinten drücken. Seitschritt. Die Hand des Angreifers schoss vorbei. Ein schneller Griff ans Handgelenk und die Finger nach oben drücken. Der Tritt in die Kniekehle war nicht mal besonders stark, aber Andreas knickte sofort ein. Thorsten merkte, dass es ihm Spaß machte, die Finger nach oben zu drücken, während Andreas vor ihm kniete.

»So was sollten Sie nicht versuchen«, sagte er zu Andreas. Genauer gesagt zu dessen Hinterkopf. An einer Stelle wurden die Haare bereits dünn. Andreas hatte in einem einzigen großen Schmerzenslaut die gesamte Luft aus seinen Lungen gepresst. Nun versuchte er sie mit einem zischenden Geräusch wieder in sich hineinzuhecheln, während er die Zähne zusammenbiss. Seine ganze Körperspannung sammelte sich in seinen verrenkten Fingern. Die Gelenke gaben ein ungesundes Geräusch von sich. Wenigstens jammert er nicht, dachte Thorsten. Er ließ los und ging einen Schritt zurück, obwohl er nicht glaubte, dass Andreas der Typ Mann war, der sofort wieder angriff.

Andreas massierte die Finger seiner rechten Hand. Sein Blick war auf seine schmerzenden Körperteile gerichtet. Oder auf den Boden. Einmal sah er kurz hoch. In dem Moment hätte Thorsten sich fast entschuldigt. Er erwartete, dass Andreas zu weinen anfing, und war froh, als er es nicht tat.

»Ich könnte Sie wegen Körperverletzung anzeigen.«

»Schon mal was von Notwehr gehört?«

»Musste das wirklich sein?«

»Ich weiß nicht. Wissen Sie es?«

Thorsten ging in den Garten. Annika saß mit Nadine im Sandkasten und füllte Sand in bunte Förmchen.

»Was macht ihr?«, fragte Thorsten.

»Wir backen Kuchen.«

Mit einer schnellen Bewegung aus dem Handgelenk heraus drückte Annika eines der Förmchen auf den Holzrand des Sandkastens. Vorsichtig hob sie das Plastik. Zurück blieb eine Muschel aus Sand.

»Und was macht ihr mit dem Kuchen?«

»Was wohl?«

Annika haute mit einer Plastikschaufel auf die Sandmuschel.

»Wir machen ihn wieder kaputt.«

Annika lachte. Nadine lachte mit und zerstörte auch einen Kuchen. Thorsten machte ein paar Fotos davon, wie die Damen im Sandkasten Kuchen zerstörten.

»Hör mal, Annika, ich warte draußen im Auto. Viel Spaß noch.«

»Ja. Bis dann.«

Thorsten drehte sich noch einmal um, aber Annika schaute ihm nicht hinterher. Sie war schon wieder damit beschäftigt, Sandkuchen zu backen.

Als Thorsten ins Haus kam, lehnte Andreas lässig an der Küchenthcke.

»Haben Sie lange geübt, um so dazustehen?«

»Wie viel würden Sie eigentlich verlangen, wenn ich Sie anheuern wollte?«

»Ich nehme nicht jeden Auftrag an.«

»Sie verdienen nicht annähernd so viel wie ich.«

»Andreas, wenn ich mit Ihnen verheiratet wäre, würde ich mir wünschen, vom Blitz getroffen zu werden. Sie sollten es auch mal mit einem Stromstoß versuchen. Vielleicht hilft's.«

Als Thorsten durch die Haustür ins Freie trat, atmete er kräftig durch. Trotz der Pollen.

Keiner ist gern hilfsbedürftig

Thorsten hatte sich in den Stand-by-Modus versetzt. Im Gegensatz zur Mehrheit der Bevölkerung stand er mit Wartezeiten nicht auf Kriegsfuß. Die meisten Supermarktkunden verloren die Nerven, wenn sie sich mit ihrem wegen des großen Gewichts schwer zu steuernden Einkaufswagen wieder mal ausgerechnet in der Schlange angestellt hatten, in der es am längsten dauerte. Thorsten akzeptierte das als den Normalfall. Und er wusste, dass die zusätzliche Kasse im Supermarkt erst aufmachen würde, wenn man bereits seinen gesamten Einkauf auf ein anderes Band gelegt hatte. Geduld gehörte zur Basisausstattung im Detektiv-Beruf. Ansonsten wurde man früher oder später entweder ein Fall für den Therapeuten oder für den Staatsanwalt.

Thorsten steckte eine CD der Wüstenrockband *Friends Of Dean Martinez* ins Laufwerk. Eine sehr einsame Musik. Die unendlich zerdehnt einsetzenden Gitarren krochen in Zeitlupe aus der fehlenden Landschaft. Als wären die Lautsprecher sehr weit weggeschoben. Irgendwo hinter die Neubausiedlung, wo sumpfige Wiesen darauf warteten, trockengelegt und als Bauland ausgewiesen zu werden. Durch die blaue Plastikfolie im Heck sah die ganze Straße modrig aus. Die bunten Häuser schienen von einer ansteckenden Krankheit befallen zu sein, vor der man ihre Bewohner unbedingt evakuieren musste.

Er rangierte das Auto auf einen Parkplatz im Schatten. Die Hitze im Auto wurde dennoch unerträglich. Der flirrende Wüstensoundtrack passte perfekt. Nur Instrumentalstücke. Gut, dachte Thorsten. Gesang hätte er jetzt nicht ertragen. Nach einer Viertelstunde öffnete er das Fahrer- und das Beifahrerfenster. Zugluft. Dafür nahm er allerlei allergische Reaktionen in Kauf. Tatsächlich ließ das erste Niesen nicht lange auf sich warten. Einen Moment lang nahm Thorsten sich trotzig vor, dem Pollenangriff standzuhalten, aber schnell wurde er durch einen Stakkato-Niesanfall eines Besseren belehrt. Zügig schloss Thorsten die Fenster und sofort brütete die Hitze wieder mit ihm im Auto.

Der Player startete die CD nach dem letzten Stück automatisch neu. Thorsten wischte sich mit dem Handrücken Schweiß von der Stirn und machte die Musik lauter.

Nach einer Stunde öffnete sich die Haustür. Annika gab Nadine noch einen Kuss. Das Mädchen winkte. Annika winkte zurück. Andreas erschien nicht an der Tür. Wenigstens so viel Anstand hatte er – oder so viel Angst. Fast den gesamten Weg zum Auto legte Annika rückwärtsgehend zurück. Lächelnd und *Winke-Winke* machend und Sachen sagend wie »*Wir sehen uns bald wieder, mein Schatz*«. Annika stolperte, aber sie fing sich sofort wieder. Dabei hörte Annika nicht auf zu winken. Als sie die Beifahrertür schloss, startete Thorsten den Wagen. Er umrundete den Wendehammer, den ein vertrocknetes Blumenbeet in der Mitte des Platzes aufwerten sollte. Nadine winkte immer noch. Annika summte ein Kinderlied und winkte zurück.

»Ich hab es mir in meinem Notizbuch aufgeschrieben«, sagte Annika. »Du brauchst es mir nicht zu sagen.«

»Was?«

»Wie meine Tochter heißt.«

»Nadine.«

»Nadine. Ein schöner Name. Findest du nicht?«

»Doch. Ein schöner Name.«

Annika fing wieder an zu summen, ließ es dann aber bereits nach den ersten Takten bleiben.

»Es ist ziemlich gestört, wenn man sich an den Namen seiner Tochter nicht erinnern kann, oder?«

»Nein. Das kann passieren.«

»Mein Sohn hasst mich.«

»Der hasst dich doch nicht.«

»Zumindest will er nichts mehr von mir wissen.«

»Er heißt Simon.«

»Ja, ich weiß.«

Thorsten rechnete damit, dass Annika anfangen würde zu weinen. Stattdessen stöpselte sie ihre Kopfhörer in die Ohren und stellte ihren MP3-Player an. *Thunder Road* war wirklich ein tröstlicher Song. Er hatte es bis zu diesem Zeitpunkt nicht gewusst. Bis Annika damit Trost fand.

Die Hitze im Auto wurde unangenehm, aber erst als sie die Häuser mit den Vorgärten hinter sich gelassen hatten, fuhr Thorsten die Seitenfenster nach unten. Trotzdem sonderten die Schleimhäute in seiner Nase sofort wieder Sekret ab. Mit einem leisen Fluch schloss er die Fenster wieder.

Annika stellte ihren MP3-Player aus und packte ihn weg. Sie holte aus ihrem Portemonnaie ein Foto und schaute es an. Eine Familie an einem sonnigen Tag am Strand.

»Ich kann verstehen, dass er mich nicht sehen will. Wer hat schon gerne eine gestörte Mutter?«

Thorsten wollte sagen, dass die Mutter okay, aber der Vater ein Arschloch war, konnte es sich aber im letzten Moment verkneifen. Als Detektiv lernte man früher oder später, seine Meinungsäußerungen zu zügeln, weil sie bestenfalls zu Chaos und schlechtestenfalls zu Verletzungen führten. Gebrauchen konnte man beides nicht.

»Wie heißt er noch mal?«

»Simon.«

»Danke.« Sie nickte. »Simon. Ich hätte auch im Notizbuch nachschauen können.«

»Ich hab mir den Namen ja gemerkt.«

»Ich hätte nicht fragen sollen.«

»Warum?«

»Weil ich nicht gerne hilfsbedürftig bin.«

»Du kannst mir vertrauen.«

»Ich bin trotzdem nicht gerne hilfsbedürftig. Keiner ist gern hilfsbedürftig.«

Von rechts schob sich ein roter Kombi in Thorstens Gesichtsfeld. Vorfahrtsstraße. Das Auto sollte nicht da sein. Einen Sekundenbruchteil kam Thorsten der rote Kombi überhaupt nicht bedrohlich vor, sondern gemütlich, aber dann heulte ein Alarmsignal in einer Gehirnregion, von der er bisher nicht gewusst hatte, dass sie überhaupt existierte. Der Kombi zu rot. Die Zeit passte nicht mehr zur Gegenwart. Sie war zu schnell. Beschleunigt. Der rote Kombi im Zeitraffer. Zu nah. Thorsten trat mit aller Kraft auf die Bremse. Ein Ruck, als würde ein Flugzeug im Meer notlanden. Der Sicherheitsgurt presste alle Luft aus den Lungen. Gegen die Straßenverkehrsordnung konnte man verstoßen, die Naturgesetze aber waren sehr, sehr streng. Sie gaben nicht nach. Vor dem Aufprall zerdehnten sich die letzten Meter in einzelne Bilder. Wie eine Fotoserie bewegte sich das andere Auto auf Thorsten zu. Er konnte den Unfall schon sehen, bevor er wirklich stattfand. Vielleicht wegen der vielen Unfallfotos, die er berufsbedingt betrachtet hatte. Bild für Bild. Blech auf Blech. Thorsten hörte nur den Anlauf zum Klirren. Krachen. Zerbersten. Ein ohrenbetäubender Knall zerrte an seinen Ohren. Die Gesichtsmuskeln verschoben sich seltsam. Dann wurde er von einer Explosion verschluckt. Irgendwas knallte an seinen Schädel. Zuerst war alles weiß. Dann schwarz.

⊙ ⊙ ⊙

Von sehr weit her drang ein Schrei in seine Bewusstlosigkeit. Die Lider waren schwerer als sonst. Helles Licht. Die Augen waren noch da, aber er hatte Angst sie zu öffnen, weil er vielleicht feststellen würde, dass ihm ein Arm fehlte, den er noch spürte. Von Körperteilen trennt man sich nur ungern. Mit aller Gewalt riss er die Augen auf. Ich hänge komisch im Autositz, dachte Thorsten. Sein Blick fiel auf das Lenkrad, aus dessen Mitte schlaff die Überreste des Airbags hingen. Wenigstens wurde ich nicht durch die Windschutzscheibe katapultiert, sagte sich Thorsten. So etwas wie Erleichterung machte sich in ihm breit, obwohl sein Körper anfing zu zittern. Keiner mag es, wenn der Körper vor sich hinzittert, keiner ist gern hilfsbedürftig, aber jeder ist gern am Leben. Egal ob zittrig oder hilfsbedürftig. Wenigstens die meisten.

Wieder der Schrei.

Annika stand auf der Straße. Den Oberkörper nach vorne gebeugt. Die Hände zwischen den zusammengepressten Schenkeln. Wieder schrie sie. So, als würde sie es mit dem ganzen Körper tun. Dafür hörte sich der Schrei seltsam wattiert an. Falsch ausgesteuert. Vollkommen ohne Höhen. Dumpf. Und zu leise. So, dass Thorsten sich eine Fernbedienung wünschte. Das muss man doch nachregeln können, dachte Thorsten. Wieder schrie Annika. Keiner der umherstehenden Passanten wagte es, etwas zu unternehmen. Ein groß gewachsener Rotblonder mit einem Spiderman-Shirt ging vorsichtig ein paar Schritte auf Annika zu. Die Hände hatte er auf die seltsame Art gehoben, mit der man in Fernsehthrillern signalisiert, dass man keine Waffen trägt. Wieder schrie Annika. Der Spiderman-Typ zog sich zurück.

Thorsten bereitete es einige Schwierigkeiten, sich aus dem Gurt zu befreien. Zuerst musste er einmal feststellen, ob er überhaupt noch Finger hatte. Spüren konnte er sie jedenfalls nicht. Das meiste andere an seinem Körper tat ihm weh, aber die Finger fühlte er nicht. Thorsten hob die Hand. Die Finger waren noch da. Sie waren nicht einmal blutig, obwohl er es irgendwie erwartet hatte. Spüren konnte er sie trotzdem nicht. Thorsten öffnete den Sicherheitsgurt mit dem Handballen. Das klappte nicht sofort. Neben dem Auto blieb er mit wackligen Beinen stehen. Der Wagen war Schrott. Jemand sagte etwas zu ihm. Zu leise. Thorsten konnte es nicht verstehen. Langsam ging er auf Annika zu. Ihr Gesicht und ihr Oberkörper waren mit weißem Staub bedeckt. Sie erinnerte ihn an ein verletztes Bombenopfer aus dem letzten Weltkrieg. Wieder schrie sie. Vorsichtig nahm Thorsten sie in den Arm. Er hielt sie fest. Thorsten wehrte sich gegen den Impuls, mit Annika zu Boden zu sinken, aber die Schwerkraft zerrte an ihm und schließlich gab er ihr nach. Glitt mit der schreienden Frau auf den Asphalt. Die Geräusche hörten sich weich an, wie unter Wasser. Vor allem Annikas Atem. Sie knieten auf der Straße. Thorsten drückte ihren Kopf an seine Schulter. Er strich ihr übers Haar. Annika schob ihn von sich weg. Sie holte ihren MP3-Player aus der Hosentasche, stöpselte die Kopfhörer ein und hörte *Thunder Road*.

⊙ ⊙ ⊙

Reglos lag Annika im Krankenwagen und hörte *Thunder Road*.

Thorsten saß neben ihr. Er konnte das wohlbekannte, leise Kratzen, das aus Annikas Kopfhörern drang, nicht hören. In seine Ohren hatte sich ein dumpfer Störton eingenistet, der eine ganze Reihe von Frequenzen schluckte.

»Meine Ohren!« Thorsten schaute den Sanitäter an und zeigte mit beiden Zeigefingern auf seine Ohren. »Ich glaube, mit meinen Ohren passt was nicht.« Thorsten schrie und sprach die Worte überbetont aus, so als wäre nicht er, sondern der angesprochene Rettungsassistent schwerhörig.

»Kommt von der Explosion des Airbags«, sagte der Sanitäter ruhig. »Ganz normal. Legt sich in ein paar Tagen wieder.«

Thorsten war nach Heulen zumute. Er war sich nicht sicher, warum. Vielleicht war es eine Auswirkung des Schocks, den er zweifelsfrei hatte. Oder sein Glück, noch am Leben zu sein, war noch so übermächtig, dass er nicht das richtige Fassungsvermögen dafür hatte. Das Glück, NICHT beim Flug durch eine Windschutzscheibe skalpiert worden zu sein. Das Glück, NICHT verrenkt auf der Straße zu liegen mit lauter Schaulustigen um den leblosen Körper. Vielleicht war ihm auch nur wegen des Autos zum Heulen. Totalschaden, ganz klar. Sicherheitshalber unterdrückte er die aufsteigenden Tränen so gut es ging. Thorsten wusste nicht, was er machen sollte, aber dann war es ganz einfach. Er nahm Annikas Hand und drückte sie. Sie zog ihre Hand aus seiner, aber er fasste sie erneut. Annika entfernte die Ohrstöpsel.

»Bist du böse mit mir?«, fragte sie mit zerkratzter Stimme. Thorsten war sich nicht sicher, ob sein Gehör die Stimme kaputt wiedergab oder ob sie wirklich kaputt war.

»Warum sollte ich dir böse sein?«

»Du drückst meine Hand.«

»Ich drück doch nicht deine Hand, weil ich dir böse bin.«

»Nein?«

»In einem Krankenwagen werden Hände gedrückt, weil man sich um jemanden sorgt, den man gut leiden kann.«

»Schön.«

Annika umklammerte ein paar Sekunden seine Hand so fest sie konnte. Dann lockerte sie den Griff und zog ihre Hand aus seiner. Sie winkte ihn zu sich. Er beugte sich nah zu ihrem Gesicht. Sie stöpselte die Kopfhörer in seine Ohren und drückte auf die Play-Taste. *Thunder Road*, aber komplett ohne Höhen als Tinnitus-Remix. Eigentlich sollte man nach einem Autounfall und mit kaputten Ohren nicht glücklich sein. Aber trotzdem. Thorsten war es irgendwie. Darüber, wie er Annika auf beschädigte Weise näherkam.

»Ich muss dich noch was fragen.« Thorsten kam sich sofort blöd vor, als er zu reden anfing, aber dann fragte er doch.

Rock ’n’ Roll stinkt

Nachdem sie aus dem Mietauto ausgestiegen waren, sagte Ralf: »Das ist unverantwortlich in deinem Gesundheitszustand.«

»Wie bitte?«, fragte Thorsten. »Du musst etwas lauter reden.«

Ralf winkte ab. Auf dem Weg vom Parkplatz zum *Monument Club* zauberte er eine kleine Plastikbox aus seiner Hosentasche und drückte sie Thorsten wie ein Geschenk in die Hand.

»Hier. Hab ich dir besorgt.«

»Ohropax?«

»Ich habe extra nicht die Klassiker aus Wachs genommen, sondern die aus Schaumstoff. Color. Damit sieht man cool aus.«

Thorsten starrte auf die bunt gemaserten Schaumstoffkegel und schüttelte ungläubig den Kopf. »Vor zwanzig Jahren hätte ich mir auch nicht träumen lassen, dass mir mal ein Freund vor einem Rockkonzert empfiehlt, Ohropax in meine Lauscher zu stecken.«

»Dein Arzt würde vermutlich die Hände über dem Kopf zusammenschlagen, wenn er wüsste, wie du deinen Abend zu verbringen gedenkst. Ich werde die Dinger auf jeden Fall benutzen, weil ich keine Lust habe, mein Klassik geschultes Gehör von Rockmusik kaputtmachen zu lassen. Deshalb habe ich es auch aufgegeben, als Ordner bei Rockfestivals zu arbeiten. Da kannst du gleich mit einem Presslufthammer rumhantieren.«

»Du musst wirklich nicht mitkommen, Ralf.«

»Hast du schon mal daran gedacht, dass du in dem Laden einfach umkippen könntest?«

»Ich kipp schon nicht um.«

»Auf jeden Fall ein leichter bis mittlerer Schock, hat der Arzt gesagt.«

»Höchstens ein leichter.«

»Verdacht auf ein Knalltrauma auf beiden Ohren. Weißt du, was ein Knalltrauma ist? Ich hab es mir erklären lassen. Womöglich bleiben deine Ohren dauerhaft geschädigt.«

»Dann kommt es auf das Scheißrockkonzert jetzt auch nicht mehr an.«

»Du gehst verantwortungslos mit dir um.«

»Als Freiberufler kann ich mir Krankheitsausfälle nicht leisten.«

»Aber kaputte Ohren kannst du dir leisten?«

»Bist du meine Mutter oder mein Partner? Gehst du nun mit rein oder nicht?«

»Dich kann man ja nicht allein lassen.«

Thorsten kannte den *Monument Club* seit seiner Jugend. Damals war der Eingangsbereich von oben bis unten mit Plakaten zugekleistert gewesen. Nun wiesen vereinzelte Poster in edlen Metallrahmen auf die nächsten Events hin.

»Hast du schon Tickets oder müssen wir uns noch welche kaufen?«

»Ich hab was viel Besseres.«

Thorsten holte zwei orangefarbene Bänder mit in Plastik eingeschweißten Papierkärtchen aus der Jackentasche und gab eines davon Ralf. Das andere legte er sich selbst um den Hals.

»VIP-Ausweise? Wie kommst du denn dazu?«

»Der Manager der Band hatte fast einen Orgasmus, als ich ihn anrief. Der kann sich für seine PR nichts Geileres vorstellen als die Ermittlungen eines Privatdetektivs.«

»Die machen aber keine Fotos?«

»Nein.«

»Videos?«

»Keine Videos. Keine Fotos. Keine Namen in irgendwelchen Pressemitteilungen. «

»Sehr gut. Ich hab nämlich keine Lust, ein Star im Internet zu werden.«

Der Saal des *Monument Club* war eine halbe Stunde vor dem offiziellen Konzertbeginn bereits erstaunlich gut besucht. Obwohl bisher nur die Instrumente der Band zu sehen waren, starrten fast alle Besucher zur Bühne. Das gleiche Phänomen führt dazu, dass in einer Wohnung alle Anwesenden in Richtung Fernseher schauen, selbst wenn er ausgestellt ist. Thorsten war dieses Mysterium vertraut, deshalb vermied er es, sich bei Befragungen in die Nähe eines Fernsehgeräts zu setzen: Besser, die Befragten sitzen mit dem Rücken zum Bildschirm. Das erhöht die Nervosität.

Der glatzköpfige Security-Mann am Eingang zum Backstage-Bereich schaute den beiden Detektiven kampfbereit entgegen. Thorsten klopfte auf den VIP-Ausweis. Der Security-Mann nickte. Ganz leicht bewegte sich der Schnurrbart. Vielleicht der Versuch eines Lächelns.

Die Detektive schlenderten durch einen Gang, der dringend Verschönerungsarbeiten nötig hatte.

»Wie heißt die Band eigentlich?«, fragte Ralf.

»MindToxic.«

Ralf nickte. »Wir werden die Ohrstöpsel auf jeden Fall brauchen.«

Die Türbeschriftungen mit dickem Filzstift hingerotzt. *Gaderobe* falsch geschrieben. Unprofessionell, dachte Thorsten. Vorsichtig öffnete er die angelehnte Tür. Sofort revidierte er alle Erwartungen, die er bezüglich einer Garderobe in einem Rockclub hatte. Keine süßlichen Rauchschwaden und riesige Spiegel mit einem Rahmen aus Glühlampen, hinter dem Pfauenfedern steckten. Stattdessen eine etwas größere Teeküche, die von zwei Neonröhren erhellt wurde. Vom Flair her einer Gefängniszelle nicht unähnlich. Nicht mal halb nackte Groupies waren zu sehen.

Ein Sonnenbrillenträger, der bei einem Ramones-Lookalike-Contest einen der vorderen Plätze belegt hätte, hob kurz den Kopf. Sehr kurz. Dann konzentrierte er sich wieder auf das Display seines Smartphones und bearbeitete es wild mit den Daumen. Das Spiel erforderte seine volle Aufmerksamkeit. Ein dürrer Muskelshirt-Träger mit wasserstoffblonden Haaren und roten Kontaktlinsen nahm einen Schluck aus einer Bierflasche, bevor er demonstrativ entspannt in Richtung Tür ging.

»Sind Sie der Detektiv?«

»Ja. Sind Sie der Sänger?«

»Nein. Ich bin der Bassist. Aber ich bin's gewohnt. Immer wollen alle mit dem Sänger reden.«

»Wo ist denn der Sänger?«

»Chewi ist dahinten. Unter dem Tisch. Ich glaub aber nicht, dass er mit Ihnen reden wird.«

»Warum?«

»Er ist introvertiert.«

»Sind nicht Bassisten introvertiert?«

»Bei uns ist es der Sänger.«

Thorsten ging in die Hocke. Unter dem Tisch saß ein langhaariger, bärtiger Kerl. Die Knie an die Brust gezogen. Stoned, dachte sich Thorsten. Oder nur sehr, sehr introvertiert. Oder doch psychisch krank. Oder einfach alles zusammen. Aus dem werde ich nichts herauskriegen. Und wenn, dann nuschelt der so, dass ich wegen des penetranten Brummens in meinen Ohren nichts verstehen werde. Thorsten stand wieder auf.

»Ehrlich gesagt, habe ich mir einen Detektiv anderes vorgestellt«, sagte der Bassist.

»Wie denn?«

»Wie im Film. Mit Trenchcoat und so. Und mit einem anderen Gesicht.«

»Dafür sehen Sie wie ein Bassist aus. Trotz der Kontaktlinsen.«

Der Bassist überlegte kurz. Thorsten konnte genau den Moment in seinem Gesicht ausmachen, als er beschloss, die

Anspielung locker zu sehen. Als Bassist musste man vieles locker sehen. Vermutlich hatte er sich deshalb auch das übertrieben laute, bellende Lachen angewöhnt, das Thorsten nun an sein Knalltrauma erinnerte. Der Schmerz bohrte sich durch die Gehörgänge.

»Ich heiße Han«, sagte der Bassist und streckte die Hand nach vorn.

»Thorsten. Habt ihr alle Star-Wars-Namen?«

»Nein, nur Chewi und ich. Unser Gitarrist heißt Spock.«

Han zeigte auf den Ramones-Verschnitt, der weiter wild das Smartphone bearbeitete.

»Und unser Schlagzeuger heißt Kirk.«

»Und wo ist der Schlagzeuger?«

»Auf dem Klo. Er ist vor jedem Auftritt so aufgeregt, dass er nirgendwo anders hin kann. Der hockt da stundenlang. Jeder geht mit dem Lampenfieber anders um. Stimmt's nicht, Spock?«

Spock gab ein grunzendes Geräusch von sich, ohne den Blick von seinem Videospiel abzuwenden.

»Und wie heißt Ihr Kumpel dahinten?«, fragte der Bassist, die roten Kontaktlinsen auf Ralf gerichtet, der auf der Türschwelle stehen geblieben war. Die Hemmschwelle, in einen Raum mit schlecht gekleideten Rockmusikern zu treten, konnte er nur langsam abbauen. Vielleicht genetisch bedingt. Außerdem war Ralf ein glühender Vertreter von *Sicherheit* und *planvollem Vorgehen*. Dazu gehörte, in entsprechenden Situationen einem Teammitglied den Rücken freizuhalten. Ralf hatte es selbst gerne, wenn ihm der Rücken freigehalten wurde. Allerdings hatte er bestimmte Vorstellungen, wie das am effektivsten geschehen sollte. Und er war sich sicher, dass Thorsten nicht der geeignete Mann war, um jemandem Rückendeckung zu geben. Gute Gründe, im Türrahmen zu lehnen. Möglichst lässig. Oder in der Art und Weise, wie sich Ralf Lässigkeit vorstellte.

»Ralf, ein Mitarbeiter unserer Detektei«, sagte Thorsten.

»Wow. Sherlock Holmes und Doktor Watson. Macht es Ihnen nichts aus, Doktor Watson zu sein?«, fragte Han in Ralfs Richtung.

»Macht es Ihnen nichts aus, Bassist zu sein?«, ging Thorsten stellvertretend für Ralf zum Gegenangriff über. Er wusste, dass Schlagfertigkeit nicht unbedingt zu den starken Seiten seines Mitarbeiters gehörte. Der Bassist lachte wieder. Ein kurzer, stechender Schmerz in Thorstens Ohr.

»Eine gute Basslinie packt dich an den Eiern. Jedenfalls, wenn du welche hast«, sagte Han und nahm einen Schluck Bier. Zufrieden nickte er danach mit dem Kopf.

»Können Sie sich noch an den Abend erinnern, an dem Sie und Ihre Freunde vom Blitz getroffen wurden?«, fragte Thorsten unbeeindruckt.

»Klar, das war bei einem Open-Air-Konzert. In so einem unterklassigen Fußballstadion mit nur einer Tribüne. Bis zuletzt war umstritten, ob das Konzert überhaupt auf dem Sportgelände stattfinden konnte, weil die Verantwortlichen der Fußballabteilung Angst hatten, dass sich nach dem Rockkonzert ihre Spieler an Scherben aufschlitzen. Deshalb gab es alle Getränke nur aus Plastikbechern. Vernünftig. Das mit den Plastikbechern weiß ich genau. Die Dinger wirbelten dauernd über die Bühne, als der Sturm aufkam. Erst kippten die halb leer getrunkenen, dann auch die vollen Becher um. Eine Sauerei. Unser Sänger ist in einer Bierlache ausgerutscht und voll auf den Rücken geknallt. Das hat sich vielleicht hässlich angehört, als hätte er sich einen Wirbel gebrochen, aber er hat einfach weitergesungen. Im Liegen. In der Bierpfütze. Ein Wunder, dass sein Rückgrat noch ganz war. Und sein Schädel. Mit dem Schädel bin ich mir aber nicht ganz sicher. Die Bühne war viel zu klein für eine vierköpfige Band. Wahrscheinlich war sie für Wahlkampfreden konzipiert. Ein fetter Politiker samt Blumenschmuck hätte gerade so Platz gehabt.

Wissen Sie, was ich an Open-Airs besonders hasse? Dass man meistens noch bei Tageslicht anfangen muss zu spielen. Das ist echt krank. An dem Abend wurde das Tageslicht schneller heruntergedimmt. Dicke, gelbrandige Wolken schoben sich vor die Sonne.«

»Wie spät war es da?«

»Vielleicht halb acht. Wir waren bei unserem vierten Stück, als mir das erste Mal diese godzillamäßigen Gewitterwolken aufgefallen waren. Aber genau kann ich's nicht sagen, weil Spock vorher ein Gitarrensolo hingelegt hatte, das echt endlos war. Ich kann das gar nicht einschätzen. Wie lang wird das Gitarrensolo gewesen sein, Spock? Zwanzig Minuten?«

Spock bewegte kaum messbar den Kopf. Eine Regung im Nanometer-Bereich. Wegen der dunklen Sonnenbrille ließ sich unmöglich sagen, ob er weiter das Display des Smartphones anstarrte oder ob er bereits knapp über dessen Rand sah.

»Hast du was gegen meine Gitarrensoli?«

»Sie sind zu lang.«

»Ach, leck mich.«

Han nickte kurz. Leiser, aber deutlich im ganzen Raum hörbar, sagte er zu Thorsten: »Seine Gitarrensoli sind einfach zu lang.«

»Lass mich in Ruhe, Motherfucker!«, fluchte Spock verächtlich, dann widmete er sich wieder vollständig seinem Videospiel. Es schien auf einen Höhepunkt zuzusteuern. Reifen quietschten, Schüsse fielen.

»Okay«, sagte Thorsten, »also es war etwa neunzehn Uhr dreißig. Was ist danach passiert?«

»Zuerst regnete es von einem Moment auf den anderen in Strömen. Die meisten Zuschauer verzogen sich auf die Tribüne. Die hockten dort dicht gedrängt auf den Plastiksitzschalen und froren. Mit einem Mal war es schweinekalt. Ein paar Zugedröhnte lebten direkt vor der Bühne noch ihr Woodstock-Ding aus und tanzten im Schlamm. Wahrscheinlich spielte gerade niemand ein Gitarrensolo. Bei einem Gitarrensolo tanzt kein Schwein.«

»Halt's Maul, Arschloch!«, knurrte Spock, während er auf das Smartphone einhämmerte.

»Ich will nichts mehr über Gitarrensoli hören«, sagte Ralf bedrohlich.

Han und Spock schauten kurz in seine Richtung.

»Ralf mag keine E-Gitarren«, erklärte Thorsten. »Ein Klassikfreak. Wir waren bei den Woodstock-Fans ...«

»Als der Hagel einsetzte, wurde das selbst den Schlamm-Hippies zu blöd und sie flüchteten ebenfalls unter das Tribünendach. Wir zogen auf der Bühne weiter unsere Show ab. Ein bisschen Gegenwind musst du verkraften können, wenn du *MindToxic* bist. Die Zuschauer hockten rum oder standen nass, frierend und stocksteif auf den Betonstufen der Tribüne. Ein paar von ihnen hatten an Regenjacken gedacht, an allen anderen klebten pitschnasse T-Shirts wie eine zweite Haut, weil das Tribünendach nicht dicht hielt. Irgendwann war der Wolkenbruch so stark, dass wir das Publikum nicht mehr sehen konnten. So als wären die und wir in verschiedenen Dimensionen. Das hat mich an Quantenmechanik erinnert, da gibt es eine Theorie ...«

»Können wir uns auf die Fakten beschränken, die man ohne Physik-Studium versteht?«

»Irgendwann wurde der Wind so heftig, dass uns die Plastikbecher ins Gesicht klatschten. Lautsprecherboxen und Teile des Schlagzeugs wirbelten durch die Luft. Gut, dass keiner mehr vor der Bühne gestanden ist, sonst wäre noch jemand von einem Schlagzeugbecken enthauptet worden. Die Seitenplanen der Bühne rissen ab und segelten wie riesige Fledermäuse durch die Luft. Wir wollten noch den einen Song zu Ende spielen, als der Blitz einschlug.« Pause. Der Musiker schwieg. Zuckte mit den Schultern und schüttelte den Kopf. Etwas Schweres legte sich auf seine Atmung.

Thorsten war sich sicher, dass sie den gesprächigsten Bassisten der Welt vor sich hatten. Vielleicht mit Ausnahme von Sting. Die plötzliche Sprachlosigkeit passte nicht zu ihm.

»Ja?«, fragte Thorsten vorsichtig.

»Was *ja*?«

»Wie haben Sie den Einschlag in Erinnerung?«

»Auf einmal konnte ich meinen Körper von außen sehen, als wäre es eine Live-Übertragung. Ich schwebte höher und höher durch einen dunklen Tunnel, aber am Ende des Tunnels schien ein helles Licht.«

Han fing an, hysterisch zu lachen.

Thorstens Ohren kapitulierten endgültig.

»Hast du das gehört, das mit dem Tunnel?«, fragte er Spock, aber der war vollkommen auf das winzige Display seines Smartphones konzentriert.

»Wirklich witzig«, sagte Thorsten.

»Was soll ich groß erzählen? Wir waren sofort bewusstlos. Als ich wieder zu mir kam, lag ich in einer Bierpfütze. Direkt neben meinem Gesicht dampfte einer meiner Turnschuhe vor sich hin. Ich wusste zuerst nicht, ob noch alle Körperteile an mir dran waren. Also hab ich erst mal nachgeguckt. Es hat eine Weile gedauert, bis mir klar wurde, dass ich von einem Blitz getroffen worden war. Unser Tontechniker hat es mir gesagt. Vorher hatte ich auch einen atomaren Erstschlag nicht ausgeschlossen.«

»Und die anderen Bandmitglieder?«

»Wälzten sich auch in Bierpfützen. Außer Chewi. Der war von der Bühne gestürzt. Er lag auf dem Bauch im Schlamm. Als ich ihn im Krankenhaus wieder traf, war sein Bart vollkommen verkrustet. Seine Haare auch. Er sah aus wie ein Terrakotta-Krieger.«

»Haben Sie seit dem Blitzunfall irgendwelche Veränderungen an sich wahrgenommen?«

»Das wird Doc-Klassik-Watson freuen: Seither habe ich das unbändige Bedürfnis, symphonische Werke zu komponieren.«

Han lachte über seinen Witz.

»Offensichtlich wurde Ihr Sinn für Humor nicht beeinträchtigt.«

»Außerdem sind bei mir die Finger der rechten Hand taub. Ich musste meine Spieltechnik umstellen. Spocks Gitarrensoli werden seit dem Unfall immer länger, aber wir lassen ihn machen, weil wir Angst haben, dass sonst sein Schädel platzt. Das wäre eine fiese Sauerei auf der Bühne. Vermutlich ist er seit dem Unfall stocktaub. Anders lässt sich sein Gitarrenspiel nicht erklären. Er muss die endlosen Soli ja nicht anhören.«

»Ich hör jedes Wort«, brummte der Gitarrist von hinten. Mit einem Druck aufs Display löste er eine Explosion aus.

»Unser Sänger kann sich keinen Text mehr merken. An seinem Mikrofonständer ist seitdem ein Notenhalter angebracht mit den Songtexten in Großschrift.«

»Und was ist mit dem Schlagzeuger?«

»Nichts. Was soll mit ihm sein? Das ist ein Schlagzeuger.«

»Klingt einleuchtend.«

»Sind wir dann fertig?«

»Nicht ganz.«

»Was gibt's denn noch?«

»Angeblich können Sie seit dem Unfall Ihre Instrumente spielen, ohne sie elektrisch zu verstärken und brauchen nicht mal eine Verbindung zur Soundanlage.«

»Moment mal, das haben wir bei der Versicherung nicht angegeben.«

»Stand in ein paar Zeitschriften.«

»Wir sind halt elektrifizierte Menschen. Unsere eigenen Kraftwerke.«

»Das widerspricht allen Gesetzen der Physik.«

»Ich dachte, Sie kennen sich mit Physik nicht aus?«

»Um zu diesem Schluss zu kommen, muss man kein Physiker sein. Da genügt gesunder Menschenverstand.«

»Ich glaub nicht wirklich an gesunden Menschenverstand. Sie etwa?«

»Ich habe auch meine Zweifel, aber Ralf glaubt dran. Nicht wahr, Ralf?«

Ralf zuckte mit den Schultern. »Ich glaub an das, was ich sehe, außer wenn es sich um Fotos im Internet handelt«, antwortete er.

»Die elektrische Band, die nach einem Blitzunfall keinen Strom mehr braucht«, sagte Thorsten und richtete einen strengen Blick auf Han. »Das ist doch nur ein billiger Werbegag.«

Han grinste verächtlich. »Dann passt bei unserem Konzert mal besonders gut auf«, sagte der Bassist und nahm einen langen Schluck aus seiner Bierflasche.

Auf dem Flur kam Thorsten und Ralf ein sehr bleicher, kahlköpfiger Mann entgegen, der bei jedem Schritt in den Kniekehlen einknickte. Das kühle Neonlicht saugte die letzten Farbreste aus seinem Gesicht. Könnte in einem alten Gruselfilm mitspielen, ohne geschminkt zu werden, dachte Thorsten. »Sind Sie der Schlagzeuger?«, fragte er.

»Halt's Maul«, zischte der bleiche Mann und schob sich an Thorsten vorbei, ohne Blickkontakt aufzunehmen. Mit einer Hand stützte er sich an der Wand ab.

»Er ist der Schlagzeuger«, sagte Ralf, »jede Wette.«

⊙ ⊙ ⊙

Der linke Daumen des Bassisten trommelte wild auf die dicken Metallsaiten. Vielleicht hatte er sich die Slap-Technik wirklich wegen der körperlichen Folgen eines Blitzschlags zugelegt. Thorsten wusste nicht so genau, was man einem Kerl mit dem Namen eines Weltraum-Cowboys glauben konnte. Die Zuschauer tanzten seit dem ersten Stück. Die Arme nach oben, Zeigefinger ausgestreckt. Ausdünstungen aus rhythmisch hochfedernden Körpern. Hoffentlich kommt keine Ballade, dachte Thorsten. Wenn sie aufhören sich zu bewegen, wird der Schweiß kalt und fängt an zu stinken. Dazu das ausströmende Gas von ein paar Hundert Feuerzeugen. Dann kippt mir Ralf um.

Wie ein Gefangener an einem Marterpfahl stand Ralf seit Beginn des Konzerts zwischen den enthusiastischen Fans. Aus seinem linken Ohr leuchtete ein weißer Ohropax-Schaumstoffkegel mit einer pinkfarbenen Maserung. Seine eingefrorenen Gesichtszüge verrieten, dass er sich an einen weit entfernten Ort wünschte.

Während eines Songs mit dem Titel *When I'm Dead Don't Ask Me Questions* klatschte Thorsten ein Biertsunami gegen den Nacken. Schnell lief das Bier über das Rückgrat bis in die Unterhose. Thorsten drehte sich um. Ein Brillenträger mit blonden Rastalocken lächelte ihn achselzuckend an. Hundertprozentig Absicht. Thorsten zwängte sich durch die Menschenmassen und orderte am Ausschank ein Bier. Seinen alten Platz konnte er leicht wiederfinden, weil der bewegungslose Ralf wie ein Fels in den anbrandenden Wogen der Tänzer stand. Thorsten schüttete dem blonden Dreadlockträger sein Bier ins Gesicht. Einen Moment lang blieb der Kerl stocksteif stehen. Thorsten grinste ihn auffordernd an. Der Provokateur schüttelte wie ein Hund das Bier aus seinen Locken. Er lachte. Thorsten lachte mit. Sie klatschten ab. Anschließend drängte sich Thorsten vor die Bühne. Er machte Fotos von den Instrumenten, den Lautsprecherboxen und dem restlichen Equipment der Band. Tatsächlich nirgends ein Kabel.

Auf dem Rückweg zu Ralf brach eine Rothaarige direkt vor Thorsten zusammen. Zum Glück stand ihr Freund neben ihr. Eine Wiederbelebung ist nicht jedermanns Sache.

Ralf starrte gequält auf die Bühne. *MindToxic* machte sich daran, einen neuen Lautstärke-Weltrekord aufzustellen. Die Ohropax hielten dem Lärm einfach nicht stand. In Thorstens Unfallopfer-Ohren ging das dumpfe Pochen in ein schrilles Pfeifen über.

⊙ ⊙ ⊙

»Die Instrumente sind tatsächlich nicht verkabelt«, sagte Thorsten auf dem Weg zum Auto.

»Du glaubst aber nicht ernsthaft, dass sich die Rocktrottel nach einem Blitzeinschlag in ihr eigenes Stromnetz verwandelt haben?«

»Ich glaube, dass die Naturgesetze ziemlich streng sind.«

»Wie machen sie es?«

»Sender am Mikro und der Rest Playback. Der Mischer spielt die Musik von einem am Mischpult angeschlossenen Notebook ab. Alles Verarsche.«

Ralf holte ein Pfefferminzbonbon aus einem kleinen Etui. »Ich glaube, alle außer mir fanden das Konzert gut«, sagte er, während er nachdenklich an dem Bonbon lutschte. »War das ein gutes Rockkonzert?«

»Ich weiß nicht. Ab dem Zeitpunkt, an dem der Tinnitus lauter wurde als die E-Gitarre, beschloss ich, meine Gehörgänge einfach nicht mehr zu beachten.«

»Fang jetzt bloß nicht zu jammern an. Ich hab dich ja gewarnt.« Ralf öffnete mit der Fernbedienung das Auto und beide stiegen ein. »Das Mietauto ist scheiße«, sagte Ralf. »Wenn ich bedenke, dass wir in deinem Pontiac sitzen könnten …«

»Der Pontiac ist ein Ford Mustang, du Ignorant.«

Nachdem Ralf den Schlüssel ins Zündschloss gesteckt hatte, zögerte er einen Moment. Er wandte sich Thorsten zu und schaute ihn vorwurfsvoll an.

»Du riechst abartig nach Bier.«

»Du bist einfach nicht wild genug für Rock 'n' Roll.«

»Rock 'n' Roll stinkt.«

Thorsten kramte aus dem Handschuhfach das Deospray heraus, das er auf der Fahrt zum *Monument-Club* in einem Drogeriemarkt gekauft hatte, und sprühte sich von oben bis unten damit ein. Dicke nach Schokolade riechende Parfumschwaden wälzten sich kleisterdick durchs Auto. Ralf hustete. Er riss die Fahrertür auf und sprang hinaus. Er ging neben dem Auto den Gehsteig auf und ab.

»Jetzt hab dich nicht so und steig wieder ein.«

»Mach verdammt noch mal die Beifahrertür auf, damit der Gestank rauszieht!«

»Das Deo überdeckt den Gestank.«

»Sehr witzig.«

Nach einer Minute setzte Ralf sich wieder hinters Lenkrad und steckte den Schlüssel ins Zündschloss. Anstatt das Auto zu starten, sah er Thorsten wütend an.

»Du bist echt krank«, sagte Ralf.

»Jetzt hab dich nicht so. Die Frauen stehen auf den Schokoladengeruch. Wie in der Werbung.«

»Das Zeug riecht überhaupt nicht nach Schokolade, sondern nach Toilettenreiniger.«

»Egal. Ich habe einfach das Deo genommen, das in den Fitnessstudios dieses Landes derzeit nach dem Duschen am meisten versprüht wird. Tarnung.«

»Ich fahr dich nach Hause. Du bist müde und sprühst dich mit Toilettenreiniger ein. Du brauchst unbedingt Schlaf.«

»Setz mich am Büro ab.«

»Willst du in dem Zustand noch arbeiten?«

»Da steht noch das Fahrrad. Damit fahr ich nach Hause.«

»Warum?«

»Ich will spüren, dass ich noch ganz bin.«

»So ein Schwachsinn. Ist das ein Cowboy-Ding?«

»Ja. Kannst du als Opernliebhaber nicht verstehen. In Opern machen *selbstverständlich* alle nur vernünftige Sachen. Ich hol das Auto morgen Vormittag bei dir ab.«

Ralf startete wütend das Auto. Beim Höherschalten legte er einen falschen Gang ein und sie wurden durchgeschüttelt. Thorsten musste lachen. Sofort erinnerten die verspannten Gesichtmuskeln ihn an den explodierenden Airbag. Und der Brustkorb an den funktionierenden Sicherheitsgurt. Mit einem Mal tat ihm alles weh. Der Unfall steckte ihm noch in den Knochen, den geprellten Muskeln, den angespannten Nerven.

Ralf war sogar noch mürrisch, als er seinen Kompagnon vor dem Büro verabschiedete. Da sind wohl ein paar Einheiten Teambuilding nötig, dachte Thorsten, während die Rückleuchten des Mietautos in der nächsten Seitenstraße verschwanden. Auf dem Weg durch die Toreinfahrt zum Hinterhof machte sich das Smartphone mit einem sägenden Ton bemerkbar. Während Thorsten zu seinem Fahrrad ging, las er die Nachricht von *Anonym*:

»Ich nehme an ihnen gewaltige Rache,
mit grimmigen Strafen. Dann werden sie erkennen,
dass ich der Herr bin, wenn ich mich an ihnen räche.«

Thorsten drehte sich um die eigene Achse. Checkte alle potenziellen Hinterhalte. Versuchte, möglichst wenig Angriffsfläche zu bieten. Er war kampfbereit und hasste es, Angst zu haben.

Thorsten beschloss, sich in sein Büro zurückzuziehen. Zeit zum Nachdenken. Zum Ruhigwerden. Ein Rückzugsort. Sein privates Machu Picchu. Ein Panic Room. Rennen wäre eine gute Idee. Trotzdem sah sich Thorsten noch einmal um. Berufskrankheit. Der Hinterhof war dunkel. Ruhig. Das Ausgeliefertsein biss sich in seinen Beinen fest.

Der Weg von den schwach beleuchteten Parkplätzen im Hinterhof ins Vorderhaus erschien Thorsten unübersichtlicher als sonst. Die Schatten waren fetter geworden. Potenzielle Hinterhalte schoben sich von allen Seiten ins Blickfeld. Unsicherheit war ein haariger Troll. Aus einem vertrauten Weg machte Angst einen Parcours virtueller Gemeinheiten und Gewalttaten. In die riesigen Mäuler der Abfallcontainer würde zwischen Müllsäcke mit Thunfisch-Dosen und Monatsbinden bequem eine Leiche passen.

Thorstens Smartphone vibrierte.

»Thorsten Kulik.«

Erst hörte er das Atmen, dann die Stimme.

»Rache ist ein Gericht, das am besten kalt serviert wird. Alte klingonische Weisheit. Ich kann dich übrigens gut sehen. Ich hoffe, das stört dich nicht.«

»Ich hab keine Angst vor dir«, brüllte Thorsten ins Telefon, während er hinter einer der Mülltonnen in Deckung ging. Er hasste es in Situationen zu kommen, in denen Mülltonnen Schutz boten.

»Du lügst dich an, aber mich kannst du nicht belügen.« Lachen. Vom Joker kopiert oder einem anderen Bösewicht in einem Superheldenfilm. »Ich kann dich immer noch hervorragend sehen. Wie du dich in diesem hässlichen Hinterhof einscheißt. Du bist ein Zielobjekt. Ein Opfer.«

Rauschen. Die Verbindung war unterbrochen.

Thorstens Augen waren flinker als sonst. Ruheloser. Kurze Blicke über die Schulter. Links. Rechts. Der Angreifer konnte von überall her kommen. Die Dunkelheit störte ihn sonst nicht, wenn er seinem Büro abends einen Besuch abstattete. Heute wirkte sie wie ein Textmarker, der einem gewöhnlichen Fahrradständer eine bizarre Wichtigkeit verlieh. Wenn einem die Dunkelheit erst einmal auffällt, dachte Thorsten, dann hat man sich schon an sie verloren. Eigentlich waren Verstecke der natürliche Freund eines Privatdetektivs, aber gelegentlich konnte man sich selbst auf seine Freunde nicht verlassen. Obwohl er es im gleichen Augenblick schwachsinnig fand, blieb Thorsten, wo er war. Sondierte die Lage. Auf einen Verfolger würde das jedenfalls einen lächerlichen Eindruck machen, wusste er. Wenn die Paranoia erst einmal einsetzt, ist man schon fast durch. Durch die Angst.

Bisher hatte ihn die kaputte Glühbirne im Eingangsbereich nicht gestört, aber jetzt traf Thorsten das Schlüsselloch nicht sofort und bei jedem Fehlversuch wurde er hektischer. Hektisch sollte ein Detektiv nicht werden, und erst recht nicht hektischer, trotzdem konnte Thorsten spüren, wie sich Schweißperlen auf seiner Stirn festsetzten. Je öfter er sich umdrehte, desto mehr Schatten lauerten im spärlichen Licht, das durch zwei blinde Glasscheiben über der Haustür fiel. Man konnte sich nicht gleichzeitig den Rücken freihalten und ein Schlüsselloch treffen. Thorsten tastete mit der linken Hand nach dem Schlüsselloch, während er mit der rechten versuchte, den Schlüssel einzuführen. Als er es erneut verfehlte, rutschte der Bart des Schlüssels über seinen Handrücken. Thorsten spürte, wie die Haut nachgab. Wahrscheinlich würde es bluten – ziemlich sicher sogar. Meistens bluteten Wunden nicht sofort, sondern erst, wenn der Körper sich damit abgefunden hatte. Thorsten versuchte die Hand zu untersuchen, aber die Dunkelheit war sprichwörtlich so, dass man die Hand nicht vor den Augen sah. Kräftig durchatmen. Thorsten atmete kräftig durch, um seine Aufregung herunterzufahren. Er konzentrierte sich auf seinen Körper. Tatsächlich fühlte sich seine Haut wieder an, als würde sie zu ihm gehören. Komischerweise hatte er das schon als Kind gekonnt. Ruhig werden, wenn man schon verloren hatte. Beim nächsten Versuch traf Thorsten tatsächlich das Schlüsselloch und sperrte die Tür mit einem Fluch auf. Morgen werde ich den Buluts Geld geben, damit sie die Glühbirne ersetzen, dachte Thorsten. Oder besser, ich schenke ihnen gleich eine Energiesparlampe. So würde er verhindern, dass sie das Geld für etwas anderes ausgaben. Und gleichzeitig etwas für die

Umwelt tun. Von selber würden die Vermieter nie auf die Idee kommen, die Lampe im Eingangsbereich auszuwechseln.

Thorsten stellte das Licht im Büro an. Als hätten sie nur auf ausreichende Beleuchtung gewartet, zwängten sich die ersten Blutstropfen aus dem Riss am Handrücken. Thorsten presste ein zusammengefaltetes Papiertaschentuch auf die Wunde. Natürlich war er sich bewusst, dass neue Feinde zu den Berufskrankheiten gehörten, die man sich als Privatdetektiv einfängt, aber wenn dann wirklich einer so aktiv wurde wie eben, war man doch überrascht. Thorsten mochte keine Überraschungen. Die beste Überraschung war, wenn es zur Abwechslung mal keine gab.

Thorsten sah sich im Büro um. Neben dem Monitor faltete die Madonna die Hände. Ein bisschen Beistand konnte nicht schaden. In einer Schreibtischschublade suchte er nach seinem Elektroschocker. Bei Gelegenheit musste er dringend für Ordnung in den Innereien seines Arbeitsplatzes sorgen. Als er den Elektroschocker gefunden hatte, steckte er ihn in seine Hosentasche, nahm die wundersame Mutter von Lourdes und rannte in den Hinterhof. Kein Feindkontakt. Niemand zu sehen. Die Madonnenfigur lag gut in seiner Hand. Sie steigerte seine Kampfbereitschaft. Schnell nach vorn. Auf die Straße. Irgendwo musste das Arschloch ja sein. Als er die Haustür aufriss, stand ihm ein Betrunkener gegenüber.

»Hey, hey, alles ganz cool«, stammelte der Betrunkene. »Du willst mich doch nicht mit der Mutter Gottes schlagen?«

»Sie war griffbereit.«

»Ich hab kein Geld dabei.«

»Mich interessiert dein Scheißgeld nicht. Ist hier jemand vorbeigekommen?«

»Wer soll'n vorbeigekommen sein?«

»Ein Psychopath.«

»Du bist der erste Psychopath heute Abend.«

»Ach, vergiss es.«

Thorsten ging zurück ins Büro und stellte die Jungfrau Maria wieder neben den Monitor. Den Elektroschocker behielt er in der Hosentasche. Die Wunde hatte aufgehört zu bluten. Kleine Hautfetzen standen nach oben, wo sie nicht hingehörten. Büro zu- und Fahrrad aufsperren. Losfahren. Fahrtwind. Muskeln, mit denen Thorsten bisher keine Bekanntschaft gemacht hatte, schmerzten. Der Unfall steckte ihm in den Knochen. Autos waren auch nicht sicher. Mit dem Rad nach Hause zu fahren, war die beste Entscheidung des Tages. In Bewegung sein.

Du bist kein Pornostar

Am nächsten Morgen stand Thorsten eine Stunde früher auf als sonst. Und viel langsamer. In Zeitlupe. Um den Schmerzen möglichst wenig Angriffsfläche zu geben. Immer ein Muskel nach dem anderen. Auf dem Weg ins Büro wollte er noch einen Abstecher zum Krankenhaus machen. Wegen des Unfalls fühlte er sich für Annika verantwortlich. Und außerdem fühlte er etwas, das über Verantwortung hinausging. In jedem Fall unprofessionell.

Normalerweise musste Thorsten seine gesamte verfügbare Selbstüberwindung abrufen, um sich aus den wohlig warmen Laken zu schälen. Nach einer Nacht wie der letzten wären aber wahrscheinlich auch die hartnäckigsten Morgenmuffel aus ihrem feindlich gesonnenen Bett geflüchtet. Qualvoll. Bei jeder Drehung hatten ihn übel gelaunte Prellungen angebrüllt. Und kreuz und quer durch seine Gehörgänge jagende Ohrengeräusche hatten ihn zwei schlechte Stunden am Einschlafen gehindert. Ein surrendes Brummen pegelte sich immer wieder hoch zu einem giftigen Pfeifkonzert. Thorsten wälzte sich von einer Seite auf die andere, aber egal wie er die Ohren positionierte, das angriffslustige Geräusch fräste sich von der Gehörschnecke im Innenohr bis in die letzte Synapse im Hinterkopf. Thorsten hatte das Gefühl, ein mit Watte ummanteltes Gefäß zu sein, das bis zum Rand mit Lärm angefüllt worden war. In Zehn-Minuten-Intervallen stand er trotz der Rückenschmerzen auf und beschritt die immer gleiche Wegstrecke zwischen dem Bett, dem Kühlschrank und der Toilette. Je mehr Bier er trank, desto öfter musste er aufs Klo. Ihm wurde klar, dass ihn nun auch noch die volle Blase am Einschlafen hinderte. Vielleicht, nein, sogar sicher wäre er schneller eingeschlafen, wenn er Schnaps getrunken hätte (höhere Wirkung bei geringerer Flüssigkeitsmenge), aber außer Bier hatte er nur noch einen einsamen, alten Sherry im Haus. Während eines dunklen Moments in einem Discounter war er der Überzeugung gewesen, dass man Sherry unbedingt zum Kochen brauchte. Tatsächlich fand Thorsten den Geschmack von Sherry schon immer abstoßend. Und seit Eva die gemeinsame Wohnung verlassen hatte, wurde in der kleinen Wohnküche überhaupt nicht mehr gekocht. Thorsten konnte sich keine Art von Verzweiflung vorstellen, die ihn Sherry trinken lassen würde. Nachdem er schließlich doch noch in einen unkomfortablen, viel zu leichten Schlaf gefallen war, träumte er immer wieder den gleichen Traum: Ein brütend heißer Sommertag. Eine von sehr gelben Weizenfeldern gesäumte Landstraße. Ein Überlandbus hält an einer Bushaltestelle mit quietschenden Reifen. Das Geräusch der Bremsen hallte in seinen Ohren wider, als wäre der Bus direkt über seinen Schädel gefahren. Dazwischen aufwachen; feststellen, dass das Bremsgeräusch auch im Wachzustand noch da ist. Zum Kühlschrank gehen und sich vornehmen, traumlos zu schlafen. Nach dem Einschlafen der gleiche Traum. Wieder ließen die quietschenden Reifen fast seinen Schädel platzen. Aufwachen, zum Kühlschrank gehen und sich vornehmen, von etwas anderem zu träumen, aber der Traum wiederholte sich in einer Endlosschleife. Warum hatte eigentlich noch niemand eine Fernbedienung erfunden, mit der man durch seine Träume zappen konnte? Einen Markt gäbe es auf jeden Fall. So konnte man nur viel zu früh aus dem Bett flüchten und sich duschen. Kalt. So kalt es ging. Zu warmes Wasser spülte nichts von dem weg, was vom Traum am Hirn kleben geblieben war. Erst unter der Dusche merkte Thorsten, dass die Umgebungsgeräusche nicht mehr so gedämpft klangen und auch das Pfeifen nicht mehr kurz davor war, die Schädeldecke wegzusprengen. Oder er redete es sich nur ein. Vielleicht setzte das Unterbewusstsein auf psychologische Kriegsführung, weil es anders gegen den Tinnitus nicht gewinnen konnte. Und angeblich gewöhnt man sich ja an alles.

Thorsten trocknete sich in Rekordgeschwindigkeit ab, soweit sein geschundener Bewegungsapparat es zuließ. Die Zehenzwischenräume ließ er aus, weil der Versuch sich zu bücken heftige Schmerzen verursachte. Aus dem Kleiderschrank zog er wahllos Kleidungsstücke, ohne darauf zu achten, ob sie zueinanderpassten. Bloß keine Zeit verlieren! Er wollte möglichst lange bei Annika im Krankenhaus bleiben.

In der Küche holte er ein Bio-Vollkornmüsli mit Trockenfrüchten aus dem Regal. Dann stellte er es wieder zurück, obwohl er wusste, dass gesunde Ernährung und ein ausgewogenes Frühstück wichtig waren, aber manchmal dauerte gesunde Ernährung einfach zu lange. Zu kurz über die Zähne geputzt. Gegen den Mundgeruch steckte er sich einen angegammelten Kaugummi in den Mund, den er speziell für solche Fälle in seinem Geldbeutel aufbewahrt hatte.

Thorsten fuhr mit dem Rad zu Ralfs Haus. Das Auto stand direkt vor dem Gebäude, das aus der Häuserzeile herausstach, weil es als Einziges aufwendig renoviert worden war – während die anderen Häuser in der Straße teilweise dem Verfall anheimgegeben waren. Thorsten freute sich, dass er bei der Autovermietung auf einen zweiten Schlüssel bestanden hatte. Er hatte im Moment keinen Bock auf Ralf. Und noch weniger auf dessen anstrengende Ehefrau. Er klappte die Rücksitze um und verstaute sein Bike im Kofferraum.

Auf dem Weg zum Krankenhaus steuerte er einen Fastfood-Drive-in an und orderte über die Sprechanlage einen Milchkaffee. Trotz der Abdeckung auf dem Pappbecher bekleckerte er sich beim ersten Schluck.

Vor der Klinik stellte Thorsten fest, dass die Zufahrt zum Parkhaus gesperrt war. Ein Wohnmobil steckte in der Einfahrt fest. Die Aufbauten waren nach hinten verschoben, die vordere Hälfte komplett abrasiert. Wenigstens fünfzehn Zentimeter zu hoch, dachte Thorsten. Die Versicherung zahlt das auf keinen Fall.

Alle anderen Parkplätze, selbst die extrem teuren in unmittelbarer Nähe des Eingangsbereichs, waren belegt. Thorsten stellte das Mietauto im absoluten Halteverbot ab. Wahrscheinlich der teuerste Parkplatz weit und breit, aber Thorsten sah es als Lotterie. Mit ein wenig Glück würde er ohne Strafzettel davonkommen.

Am Informationsschalter erkundigte er sich nach Annikas Zimmernummer. Anschließend kaufte er im Mini-Markt der Klinik eine völlig überteuerte Packung mit einer Mischung aus winzigen, einzeln verpackten Schokoriegeln. Ökologisch nicht sinnvoll. Er persönlich mochte den Riegel mit Kokosraspeln nicht, weil er darauf allergisch reagierte. Außerdem blieben die Kokosraspel immer zwischen den Zähnen hängen.

Der Fahrstuhl war zu langsam für ein Krankenhaus. Im zweiten Stock folgte Thorsten der orangen Bodenmarkierung, die zur Unfallchirurgie führte. Die Tür zum Stationszimmer stand offen. Sein erster Blick fiel auf einen Schrank, der über und über mit Postkarten aus allen denkbaren Urlaubsregionen beklebt war. Es wirkte, als wären die bunten Fotografien Teil einer Protestbewegung gegen das Grau der Büromöbel. An einem Schreibtisch saß eine Schwester, die in einer Mappe mit Schriftstücken blätterte. Schreibtische in Krankenhäusern sahen immer zu aufgeräumt aus, dachte Thorsten. Überhaupt waren Krankenhäuser zu leer. Die Gänge. Die Zimmer. Alles war klinisch sauber. Kein Wunder, dass man ans Sterben erinnert wurde. Und daran, dass Menschen Dreck machten. Vor allem beim Sterben machten sie Dreck.

»Entschuldigung«, sagte Thorsten.

Die Schwester drehte sich um und sagte mit einem automatisierten Lächeln »Hallo«.

»Ich hätte gerne eine Auskunft über den Gesundheitszustand von Frau Fritsch.«

»Sind Sie ein Angehöriger?«

»Nein.«

Das Lächeln der Schwester zog sich noch etwas mehr in die Breite.

»Dann darf ich Ihnen leider keine Auskunft geben.«

»Hören Sie – ich hab das Auto gefahren, in dem sie bei dem Unfall saß.«

»Tut mir leid. Trotzdem.«

Thorsten hob die Packung mit den Schokoriegeln hoch.

»Ich hab ihr Süßigkeiten gekauft.«

Die Schwester stand auf und ging zu Thorsten hinüber. Sie war ihm näher, als man es von einer Schwester erwartete, wenn man kein Patient war. Ihr Atem roch nach Pfefferminz.

»Eine Rippe ist angebrochen. Und der rechte Ellbogen ist verletzt. Wegen der Schwellung konnten wir den Arm noch nicht röntgen. Außerdem wahrscheinlich eine Gehirnerschütterung, aber aufgrund der Vorerkrankung wagt keiner der Ärzte eine gesicherte Diagnose, was den Kopf angeht. Von mir wissen Sie das aber nicht.«

»Danke.«

Thorsten streckte ihr seine Hand entgegen. Einen Moment lang schaute die Schwester ihn verwundert an, bevor sie zugriff. Dann gaben sie sich kurz die Hand. Die Schwester ging wieder zu ihrem Schreibtisch und Thorsten suchte Annikas Zimmer. Komisches Gefühl. Normalerweise schüttelte man einer Krankenschwester nicht die Hand. Selbst in den rührseligsten Serien passierte das nie. Ärzten wurde die Hand geschüttelt. Doctor House bekam von einem autistischen Kind sogar dessen Handheld-Konsole geschenkt. Eine Zehn auf der Gefühlsskala. In Krankenschwestern verliebte man sich bestenfalls, aber dann wurden sie geküsst. Thorsten hatte im Fernsehen noch nie gesehen, dass einer Schwester die Hand geschüttelt wurde.

Die Reihenfolge der Zimmer war verwirrend angeordnet. Zimmer 2094 folgte auf Zimmer 2110. Irgendein undurchsichtiges System steckte wohl dahinter, aber Thorsten verstand es nicht. Schließlich stand er doch vor Zimmer 2101. Zögernd klopfte er. Als keiner antwortete, pochte er stärker. Immer noch keine Antwort. Thorsten öffnete die Tür. Eine grauhaarige Frau lag der Tür zugewandt in ihrem Bett. Zunächst glaubte Thorsten, sie würde schlafen, bis sich sein Blick in ihren starren Augen verfing. Thorsten erschrak. Vielleicht, weil er einen Moment fürchtete, die alte Dame könnte gestorben sein. Bis sie blinzelte. Schnell schaute Thorsten weg. Eigentlich sollte ein Privatdetektiv nicht so empfindlich reagieren, wusste Thorsten. Er hätte ihren starren Blick erwidern und länger standhalten sollen. In einem Seminar des Berufsverbands hatte er einmal den Vortrag eines Psychologen gehört, der darüber referierte, dass man die eigenen Schwächen in Stärken umwandeln konnte. Die These hatte Thorsten auf Anhieb gefallen, aber für die Umsetzung fehlte ihm einfach die richtige Technik.

In einem zweiten Krankenbett auf der anderen Zimmerseite lag Annika. Kopfhörer in den Ohren. Thorsten trat an ihr Bett. Als Annika ihn sah, stellte sie den MP3-Player ab und entstöpselte ihre Gehörgänge.

»Hallo«, sagte Thorsten mit belegter Stimme. Er merkte, dass er verlegen war. Vielleicht, weil er den Unfall nicht hatte verhindern können, obwohl er immer gern alles unter Kontrolle hatte. Oder weil er Gefühle in Annika investierte. Und wegen der aus diesem Umstand resultierenden Gespräche im Krankenwagen. Thorsten war sich sicher, dass er sich dabei zum Idioten gemacht hatte.

»Sind Sie Arzt?«, fragte Annika.

Thorsten atmete aus. Aber nicht auf die erleichterte Art, bei der man durch das Ausatmen die verbrauchte Luft durch neue ersetzt, sondern wie jemand, aus dem alle Luft entwich. Er konnte die Enttäuschung auch im Nacken spüren. Wahrscheinlich machte sich Enttäuschung bei jedem Menschen in einer anderen Körperregion bemerkbar.

»Nein«, sagte er, »ich trage ja keinen Kittel.«
»Doctor House trägt auch keinen Kittel.«
»Kannst du dich etwa an Doctor House erinnern?«
»Natürlich. Ich verpasse keine Folge.«
»Okay«, sagte Thorsten lächelnd und nickte mit dem Kopf, obwohl er nicht wusste, warum er nickte. Und vor allem wusste er nicht, warum er lächelte. Er gestand sich ein, dass er überhaupt nichts verstand. Vielleicht muss man genau das akzeptieren, dachte Thorsten. Einen Moment lang wurde er ganz ruhig. Als hätte ihn jemand von der Stromversorgung genommen. Dann setzte er sich wieder in Gang. »Hier, ich hab dir was mitgebracht.« Thorsten legte die Packung mit den Schokoriegeln auf den Nachttisch.
»Danke. Ich glaub, das mag ich.«
»Bist du dir nicht sicher?«
»Eins davon mag ich nicht, aber ich kann mich nicht erinnern welches.«
»Wahrscheinlich das mit Kokos.«
»Keine Ahnung. Ich werde sie einfach mal probieren.«
»Gute Idee. Der Erdnussriegel hat aber besonders viele Kalorien.«
Beide lächelten sich an.
»Wer sind Sie?«, fragte Annika. »Sind wir verheiratet?«
»Nein. Du hattest einen Unfall. Ich hab das Auto gefahren.«
»Oh.«
»Du hast eine Rippe angebrochen und mit deinem Ellbogen ist irgendwas, sagt die Schwester, aber den Arm konnten sie noch nicht röntgen, weil er zu geschwollen ist.«
»Und was ist mit meinem Kopf?«
»Was soll mit deinem Kopf sein?«
»Ich kann mich überhaupt nicht an den Unfall erinnern.«
»Macht nichts. Das war ein stinknormaler Verkehrsunfall. Kannst du dich überhaupt an irgendwas erinnern?«

»Ich weiß nicht.«

»Vielleicht an irgendwelche Träume letzte Nacht?«

»Ich hab davon geträumt, ein Pornostar zu sein.«

»Du bist kein Pornostar.«

»Kennen wir uns schon lange?«

»Nicht so lange, aber dafür ziemlich gut. Wir haben miteinander deine Kinder besucht.«

Annika schaute ihn verständnislos an.

»Ich habe Kinder? Bist du ihr Vater?«

»Nein.«

Thorsten holte seine Kamera aus der Jackentasche und suchte eines der Fotos, das er von Annika gemacht hatte, während sie mit ihrer Tochter im Sandkasten spielte. Er reichte ihr die Kamera. Ungläubig starrte Annika den Monitor an.

»Komisch, wenn man plötzlich Mutter ist. Wie heißt sie?«

»Nadine.«

»Hab ich noch mehr Kinder?«

»Einen Sohn. Simon.«

»Und warum ist er nicht auf dem Foto?«

»Er ist schon zu alt für Sandkastenspiele. Und fotoscheu ist er auch.«

»Ich will meine Kinder sehen.«

»Ja, ich weiß.«

Annika richtete sich im Bett auf, bis der Schmerz sie festhielt. In einer halb aufrechten, halb liegenden Stellung. Alle Luft presste sich in einem Seufzer aus ihr heraus. Sie fiel zurück aufs Kopfkissen. »Du musst mir helfen«, sagte sie schwer atmend. »Meine Sachen sind im Schrank mit dem blauen Schmetterlingsaufkleber.«

»Ich werde dich zu deinen Kindern bringen, wenn es dir besser geht.«

»Mir geht's besser.«

»Nur weil du nicht im Koma liegst, heißt das nicht, dass du in der Lage bist, einen kleinen Familienausflug zu unternehmen.«

»Ich will meine Kinder sehen. Kennenlernen.«

»Wahrscheinlich besuchen sie dich heute Nachmittag sowieso. Nach der Schule. Nach dem Kindergarten.«

»Gut.«

Annika dachte nach.

»Kannst du mir noch die Namen meiner Kinder aufschreiben? Ist doch blöd, wenn ich mich nicht an sie erinnere.«

»Was ist mit deinem Notizbuch?«

»Welches Notizbuch?«

Thorsten fand es sofort im Nachttisch und gab es Annika. Auf der ersten Seite stand in Großbuchstaben: SIMON. In Klammern dahinter der Vermerk *Sohn*. In der Zeile darunter NADINE (Tochter). Sie sah sich die Buchstaben lange an. Las sie laut vor. Formte sie noch mal lautlos mit den Lippen. Sodass man sie von ihnen ablesen konnte.

»Am besten, du schreibst mir deinen Namen auch auf«, sagte Annika.

Thorsten schrieb unter die Kindernamen seinen in eine eigene Zeile und machte daneben einen Kreis mit Pfeil nach oben. Annika studierte seinen Namen aufmerksam. Ein Name mehr, den man buchstabieren konnte.

»Woher kennen wir uns eigentlich?«

»Ich kann mich nicht mehr genau erinnern.«

Annika schaute ihn zweifelnd an. Sie schien sofort bemerkt zu haben, dass er log.

»Aus dem Internet«, sagte Thorsten.

Annika lächelte.

»Das Internet ist gut.«

»Deinen eigenen Namen kannst du dir aber merken.«

Annika nickte.

»Klar. Den habe ich über jede Seite des Notizbuchs geschrieben.«

Sie las den Namen ab:

»ANNIKA (ich).«

⊙ ⊙ ⊙

Ralf murmelte ein karges »Hallo«, als würde er gerade etwas Übelschmeckendes verzehren, das er weder schlucken noch ausspucken mochte. Eine Begrüßung knapp über der Schneefallgrenze. Den Blick wandte er keinen Moment vom Computer-Monitor ab.

Thorsten setzte sich in seinen Schreibtischstuhl, startete den PC, schaute Ralf an und wartete. Die Madonnenfigur neben dem Bildschirm lächelte Thorsten freundlich zu, während sich Ralf einfach weiter seiner Internet-Recherche widmete.

Selbst als Thorsten einen Kugelschreiber aus dem transparenten Stifteköcher nahm und den Mechanismus der Mine mit einem enervierenden Klicken in einer sehr schnellen Taktfrequenz betätigte, reagierte Ralf nicht.

»Bist du noch sauer wegen der Schokoladen-Deo-Geschichte von gestern Abend?«, fragte Thorsten.

Ralf starrte ihn an.

»Hältst du mich für so einen Vollidioten?«

Thorsten hob abwehrend die Arme.

»Entschuldige. War nicht so gemeint. Ich konnte ja nicht ahnen, dass du deine Tage hast.«

Ralf versuchte es mit einem Lächeln. Es funktionierte nicht so richtig.

»Vor der Tür stand wieder ein Bonsai. Ich habe ihn in die Restmülltonne gesteckt, wie du es immer machst. Ich hoffe, das war okay.«

»Ja klar. Was für eine Baumart?«

»Ein Ahorn. Hast du schon gehört? In Hessen ist eine ganze Gruppe Golferinnen vom Blitz getötet worden.«

»Ich hab's im Radio gehört. Werden wir vermutlich nicht untersuchen müssen. Der Fall liegt ja ziemlich klar.«

Ralf fischte aus seiner Ablage ein Blatt heraus und schob es so weit über den Schreibtisch, wie es seine Körperfülle und sein offenkundiger Missmut zuließen.

»Und eine neue Mail haben wir auch bekommen.«

»Eine Arschloch-Mail?«

Statt einer Antwort widmete sich Ralf wieder seiner Maus, seiner Tastatur, seinem Monitor.

Thorsten beugte sich nach vorne, schob den Computer-Ausdruck mit der flachen Hand zu sich und las.

»Sag ihnen, mein Handwerk ist Vergeltung –
Rache ist mein Gewerbe.«

»Das ist Shakespeare, oder?«, fragte Thorsten.

Ralf hob seinen Kopf und starrte ihn entsetzt an.

»Soll ich das für Sie einloggen? Sie haben noch den Telefon-Joker.«

»Okay, ich liege daneben.«

Ralf rieb mit Daumen und Zeigefinger über seine Augenbrauen.

»Schiller. *Die Räuber«*, sagte er. »Hättest du ausnahmsweise mal selbst deine Schullektüre gelesen und den Aufsatz nicht von deinen Mitschülerinnen schreiben lassen, dann wüsstest du es.«

»Shakespeare. Schiller. Ich finde, ich lag gar nicht so sehr daneben. Einer der üblichen Verdächtigen musste es ja sein.«

»Und was machen wir jetzt? Seit Neuestem passiert immer etwas, wenn so eine Mail kommt.«

»Zunächst mal brechen wir nicht in Panik aus. Wir sind ja vorbereitet.«

»Sind wir das?«

»Natürlich. Wir sind Profis.«

Ralf legte seine Stirn in Falten und schaute an die Decke. Dann fing er zu lachen an.

»Ich weiß nicht, was es da zu lachen gibt«, sagte Thorsten und holte einen Comic aus der Schreibtischschublade. Er legte die Beine hoch und begann zu lesen.

Ralf trocknete seine Lachtränen mit einem Taschentuch.

»Warst du schon beim Arzt?«, fragte er.

»Sogar im Krankenhaus«, antwortete Thorsten, ohne von dem Comic aufzuschauen, in dem er gerade blätterte.

»Im Krankenhaus?«

»Ich habe Annika besucht.«

»Warum?«

»Keine Ahnung.«

Thorsten betrachtete das Titelblatt des Comics. Die in der Luft schwebende, stählerne Superschurkin breitet ihre Arme aus. Sie lässt einen Regen aus Schrauben, Nägeln und anderem Metallschrott auf den am Boden liegenden, rotgewandeten Helden niederregnen. *Murder, Magnetism and Magenta!* Thorsten zuckte mit den Schultern.

»Verantwortung. Ich saß am Steuer des Unfallautos.«

Ralf schaute ihn entgeistert an. Die Wangen lachtränenfeucht. Die Augen noch gerötet.

»Sie konnte sich nicht an mich erinnern.«

Ralf atmete hörbar aus.

»Dann bist du auch nicht verantwortlich.«

»Als ich aus dem Krankenhaus kam, wurde gerade das Leihauto abgeschleppt. Weißt du, was es kostet, ein Auto beim Abschleppdienst wieder auszulösen?«

»Ich will's nicht wissen. Wie geht es deinen Ohren?«

»Du brauchst nicht lauter zu sprechen. Bin schon wieder auf Kurs. Das Pfeifen hat nachgelassen und ich hör nicht mehr alles so gedämpft.«

»Es war eine Schwachsinnsidee, in dem Zustand ein Rockkonzert zu besuchen.«

»Möglich.«

Thorsten widmete sich wieder dem Comic.

»Was machst du eigentlich gerade?«, fragte Ralf.

»Wonach sieht's denn aus?«

»Sieht aus, als wärst du ein Zehnjähriger, der gerade Schule schwänzt.«

»Ich recherchiere wegen der Blitzunfälle.«

»In einem Comic?«

»Eines der prominentesten Blitzopfer ist Barry Allen, wissenschaftlicher Mitarbeiter der Polizei. CSI würde man heute sagen. In einer stürmischen Nacht schlug ein Blitz in Barrys Chemielabor ein. Der Inhalt der zerberstenden Chemiebehälter schwappte über ihn, während er gleichzeitig selbst vom Blitz getroffen wurde. Ein ziemlich heftiger Cocktail, den andere wahrscheinlich nicht überlebt hätten, aber Barry entwickelte daraufhin Superkräfte. Der Unfall im Labor hatte ihn superschnell gemacht. Er nähte sich ein hübsches, enganliegendes Kostüm, rot mit gelbem Blitz. *The Flash* war geboren.«

Thorsten zeigte auf das Titelbild des Comics.

Ralf zuckte mit den Schultern.

»Schaut ein bisschen tuntig aus. Aber ich kenne mich mit Superhelden nicht aus. Ich glaube, die haben alle tuntige Kostüme.«

»Der Flash ist so schnell, dass er über die Wasseroberfläche laufen kann, ohne unterzugehen. Er läuft abgeschossenen Pistolenkugeln hinterher und hält sie auf, bevor sie ihr Ziel erreichen. Die gesamte Bevölkerung einer nordkoreanischen Großstadt rettet er vor einer nuklearen Explosion, indem er sie durch den Druckunterschied mitreißt, den er mit Beinahe-Lichtgeschwindigkeit erzeugt. Mach das mal nach! Eine halbe Million Menschen gerettet, weil du selbst einen Blitzunfall hattest. Genau genommen ist Barry Allen allerdings nur einer von vier Blitzmännern, die es in den letzten siebzig Jahren gab. Sein Nachfolger war sogar in der Lage, schneller als Lichtgeschwindigkeit zu laufen.«

»Und was wurde aus Barry Allen?«

»Er starb in der Krise der Paralleluniversen und wurde durch seinen Vorgänger ersetzt.«

Ralf hob die Hand.

»Stopp. Mehr will ich gar nicht wissen.«

Thorsten legte den Comic zurück in die Schreibtischschublade.

»Superkräfte wären nicht schlecht«, sagte er. »Jedenfalls, wenn wir sie hätten.«

»Hast du ein lukratives Beschäftigungsangebot für einen unausgelasteten Privatermittler? Wenn nicht, dann verplempere ich hier nicht länger meine Zeit, sondern gehe nach Hause und schau mir den Don-Giovanni-Mitschnitt aus der Met an, den mir ein Freund geschickt hat.«

»Ich wusste gar nicht, dass du Freunde hast.«

»Weil ich Beruf und Privatleben trenne.«

Thorsten nickte. Er dachte darüber nach, wann das letzte Mal sein Privatleben und sein Beruf keine gemeinsame Schnittmenge hatten. Sich einen glücklichen Moment lang nicht gegenseitig drangsalierten. Er konnte sich nicht erinnern. Das Schicksal eines Freiberuflers.

»Du brauchst nicht so beleidigt zu schauen«, sagte Ralf. »Ich habe keinen Bock auf einen Burnout oder psychosomatische Erkrankungen.«

»Versteh ich.«

»Ich neige zu beidem.«

»Versuch die Oper bis vier Uhr abzuschließen. Danach hab ich eine Observation für dich.«

Ralf verdrehte die Augen.

»Das Zielobjekt ist hoffentlich nicht wieder eine Nymphomanin«, stöhnte Ralf.

Thorsten schüttelte den Kopf.

»Ein Arbeitgeber hat den Verdacht, dass einer seiner Angestellten krankfeiert und stattdessen schwarzarbeitet.«

»Wer ist der Arbeitgeber?«

»Ein Marktführer in der Döner-Fabrikation.«

»Hört sich schon jetzt beschissen an. Als was arbeitet unser Zielobjekt?«

»Als Schlachter. Genau genommen als Schächter. Die Firma verarbeitet nur Fleisch, das von Tieren stammt, die nach den islamischen Vorschriften geschächtet wurden.«

»Und wie soll die Schwarzarbeit ausschauen? Heimliches Schlachten im Wohnzimmer?«

»Keine Ahnung, aber du wirst es herausfinden. Nimm das Mietauto.«

»Ich mag keine Fälle mit Fleischverarbeitung. Schon gar nicht, wenn sie rituell geprägt sind.«

»Hast du irgendwelche schlechten Erfahrungen in die Richtung?«

»Bisher nicht, aber ich hab das Gefühl, dass ich unmittelbar davorstehe.«

»Du wirst schon nicht zu Döner verarbeitet. Seit dem Fleischskandal hat die Lebensmittelkontrolle ein Auge drauf.«

»Na, schönen Dank. Warum übernimmst *du* das nicht?«

»Ich hab noch einen Termin bei Doktor Fleischer von der Versicherung. Und danach fahr ich noch mal raus zu Gruber.«

»Wie kommst du dahin?«

»Mit dem Mustang.«

»Wow, das Batmobil ist aktiv. Wird bestimmt eine schöne Spazierfahrt da raus. Trotzdem schade um das Benzin, das du verbrauchst. Gruber verarscht uns doch bloß.«

»Er hat ein Blitz-Forum im Internet gegründet.«

»Der Typ ist ein Betrüger.«

»Neue Blitzopfer. Neue potenzielle Versicherungsbetrüger. Das Schöne an Social Networks ist ja gerade, dass sie vernetzt sind.«

Ralf öffnete seine Schreibtischschublade und holte eine keramikbeschichtete Nagelfeile hervor. Geübt perfektionierte er die Rundungen seiner Fingernägel.

»Bring mir bitte ein Heiligenbildchen mit.«

»Mach ich.«

Die Madonnenfigur neben dem Monitor konzentrierte sich immer noch fromm auf ihre gefalteten Hände. Das war ihr Job.

Da draußen gibt es haufenweise Betrüger

Doktor Fleischer lehnte sich entspannt in seinem beeindruckenden Schreibtischstuhl zurück. Vor einem Panoramafenster mit Aussicht auf eine Straße, in der nie etwas passierte. Umschwirrt von Modellen abgestürzter Flugzeuge. Das Leder des Schreibtischsessels knurrte. Zementgraue Augen blickten Thorsten direkt ins Gesicht.

»Gestern wurden auf einem Golfplatz in Hessen mehrere Golferinnen von einem Blitz getötet. Sie hatten in einem Holzunterstand Schutz gesucht. Die Trolleys mit den Schlägern unmittelbar neben sich. Zu viel Eisen.«

»Bedauerlich«, sagte Thorsten.

»Immerhin ein klarer Fall zur Abwechslung. Die Holzhütte wurde beim Einschlag vollkommen zertrümmert. Wie bewerten Sie Ihre bisherigen Ermittlungsergebnisse?«, fragte Doktor Fleischer. Sein Tonfall klang neutral. Wie sich *Neutralität* anhört, wenn besonderer Wert auf sie gelegt wird.

Thorsten fokussierte ein Flugzeugmodell, um seine Pupillen nicht unruhig in alle Richtungen wandern zu lassen. Die Augen sind Denunzianten. Überläufer. Augenbewegungen verraten, ob sich jemand erinnert, lügt oder fabuliert.

»Die Ermittlungen sind auf einem guten Weg«, antwortete Thorsten.

»Wie definieren Sie *gut*? Im Sinne von *professionell*?«

»Aus Ihrer Frage schließe ich, dass unsere bisherigen Erkenntnisse Sie vermutlich nicht zufriedenstellen.«

»Sie stellen mich ganz und gar nicht zufrieden.«

»Ich denke, die Ausrichtung stimmt. Allerdings muss ich zugeben, dass es unseren Ermittlungen bisher an verwertbaren Erkenntnissen fehlt. Ergebnisse werden aber noch nachgeliefert. Entschuldigung, das ist schlechtes Deutsch.« Thorsten war nervös. Er mochte es nicht besonders, nervös zu sein.

Doktor Fleischer lächelte zufrieden.

»Ich freue mich immer, wenn einer meiner Dienstleister selbstkritisch ist.«

Thorsten nickte. Schuldbewusst. Am liebsten hätte er das Schuldbewusste in seinem Ausdruck sofort wieder zurückgestopft, aber es drehte bereits Pirouetten mitten im Raum. Das Lächeln war aus Doktor Fleischers Gesicht verschwunden.

»Sie haben uns noch keinen einzigen Betrugsfall geliefert, Herr Kulik.«

»Das ist nicht so einfach. Die Folgen von Blitzschlägen lassen sich nicht so einfach nachweisen. Blitze hinterlassen oft nicht mal eine Eintrittswunde und schädigen die Opfer ganz unterschiedlich.«

»Ich habe Sie auf die entsprechenden Personen angesetzt, um Erkenntnisse zu generieren, die über die medizinischen Diagnosen hinausgehen.«

»Wir arbeiten daran. Geben Sie mir noch etwas Zeit.«

»Erinnern Sie sich an die Fußballer, die vom Blitz getroffen wurden?«

»Natürlich. Ich war auf dem Vereinsgelände und habe mit dem Trainer gesprochen.«

»Sehr gut. Kennen Sie auch dieses Video?« Doktor Fleischer betätigte eine Taste auf seinem Notebook und drehte es in Thorstens Richtung. Ein Video bei YouTube. Einer der Fußballer, die vom Blitz getroffen wurden, zeigte Ballkunststücke. Übersteiger. Ball im Nacken. Schere. Crossover. In unglaublicher Geschwindigkeit wurde der Ball zwischen den Füßen hin und her jongliert. Beim nächsten Trick ließ der Junge den Ball zwanzig Sekunden auf dem Kopf tanzen. Doktor Fleischer drehte das Notebook wieder zu sich. »Wie finden Sie das Video?«

»Der Kerl hat's echt drauf.«

»Alles aufgenommen nach dem Blitzunfall. Wissen Sie, wie ich auf das Video gestoßen bin?«

»Vermutlich haben Sie den Namen des Spielers gegoogelt.«

»Genau. Ich würde das als professioneller Ermittler nämlich als Erstes machen. Sie nicht, Herr Kulik?«

Einen kurzen Augenblick lang knabberte Thorsten an seiner Unterlippe. Als er es bemerkte, hörte er sofort wieder auf. Und starrte auf ein Flugzeugmodell.

»Wenn man mitten in einer Ermittlung steckt, übersieht man manchmal die einfachsten Sachen. Wie im wirklichen Leben.«

Doktor Fleischer runzelte die Stirn.

»Anscheinend sind unsere intensiven Ermittlungen noch verbesserungswürdig«, sagte Thorsten. Er gab sich alle Mühe, weder den Parkettboden noch ein abgestürztes Flugzeug anzuglotzen. Er schaute direkt in die strengen Augen des Versicherungsmanagers.

Doktor Fleischer beugte sich nach vorn.

»Zur Professionalität gehört auch die Suspendierung von Aufgaben, die aufgrund mangelnder Kompetenz nicht mit ausreichender Qualität bearbeitet werden können.«

Thorstens Schleimhäute im Rachenbereich waren von einem Moment auf den anderen komplett ausgetrocknet. »Wir arbeiten daran«, sagte er mit heiserer Stimme.

Doktor Fleischer lächelte. »Woran? An der Professionalität oder an der Kompetenz?«

»Wir arbeiten an allem«, sagte Thorsten. Die Feuchtigkeit, die in seinem Rachen fehlte, hatte sich auf seine Stirn geflüchtet.

»Sehr gut. Betrachten Sie dieses Gespräch als kleinen Stimulus, falls Sie von uns auch künftig Aufträge erhalten wollen.«

Thorsten nickte, während sich Doktor Fleischer für eine kleine Gesprächspause entschied, bevor er jovial fortfuhr: »Da draußen gibt es haufenweise Betrüger. Sie müssen sie nur pflücken. Wie reife Früchte.«

Ich bin kein Katzenfeind, sondern Allergiker

Am Stadtrand stoppte Thorsten den Mustang an einer fahrgastlosen Bushaltestelle. Er schob eine CD von *Calexico* in das Laufwerk. Der CD-Player war die einzige Neuerung, die Thorsten im Auto installiert hatte. Er genoss die Überlandfahrt. Die Beschleunigung des Mustang. Die Musik mit ihren flirrenden mexikanischen Mariachi-Trompeten. Den Cinemascope-Sound. Dringend notwendige Psychohygiene nach dem Rapport bei Doktor Fleischer. Die engen Kurven auf der Fahrt ins Mittelgebirge nahm Thorsten, als würde er jedem Gegenverkehr als Sieger entgegentreten – solange der Gegner kein Traktor war. Vor Grubers Haus hielt er mit quietschenden Reifen.

Die Fotos auf dem Gehweg hatten eine Wanderung unternommen und baumelten nun wie Weihnachtsschmuck in den Obstbäumen und Holunderbüschen. Noch etwas war anders: Gruber war als Motiv den Fotografien beigetreten. Im Kirschbaum wehten Abzüge, die ihn in verschiedenen Lebensabschnitten zeigten. Schon als Kind hatte er eine charakteristische Kopfform gehabt. Als junger Mann war er sogar gut aussehend gewesen, später dann aber schlecht gealtert. Vor der Haustür lagen dekorativ zwei Katzen in der Sonne. Die kleinere, getigerte flüchtete unter eine Gartenbank. Die dreifarbig gemusterte Katze blieb quer auf dem Fußweg liegen. Ihre Augen waren mit offensichtlich gespieltem Desinteresse auf den Besucher gerichtet. Nur ihre Schwanzspitze bewegte sich nervös hin und her. Schönes Tier, dachte Thorsten. Die großen, schwarz-roten Fellzeichnungen auf weißem Grund sahen aus wie die Umrisse von Kontinenten auf einem Globus aus dem 16. Jahrhundert, als man noch nicht von allen Erdteilen die genaue Form kannte. Thorsten überlegte, ob er über die Katze steigen oder um sie herumgehen sollte. Er entschied sich dafür, einen kleinen Bogen einzuschlagen. Katzen traute er einfach nicht. Mal ganz abgesehen davon, dass er auf alle Felltiere hoch allergisch reagierte. Thorsten drückte den Klingelknopf. Ein heller, schnörkelloser Klingelton. Die dreifarbige Katze drängte sich an seine Beine. »Was soll'n das werden?«, Thorsten machte einen leichten Schlenker mit dem Bein, aber die Katze zeigte sich unbeeindruckt und rieb sich nur umso fester an ihm. Er konnte sich dunkel erinnern, dass ein dreifarbiges Fell in der Regel geschlechtspezifisch war, aber er wusste nicht mehr, ob dieses Merkmal bei männlichen oder bei weiblichen Katzen auftrat. »Bist du Männchen oder Weibchen?«, fragte Thorsten. Die Katze schaute ihn groß an. »Ich werde den Teufel tun und dich hochheben. *Du* kriegst ja davon keinen Asthmaanfall.« Er klingelte erneut. Diesmal ließ er den Finger etwas länger auf dem Klingelknopf. Die Katze rieb ihren Kopf an Thorstens Beinen. Er konnte spüren, dass seine Augen anfingen zu tränen.

»Wie ich sehe, haben Sie schon Freundschaft geschlossen.«

Obwohl sie seltsam gedämpft klang, erkannte Thorsten Grubers Stimme sofort. Thorsten drehte sich um und gab sich alle Mühe, keinen allzu erstaunten Eindruck zu hinterlassen, aber er wusste, dass ihm das nicht hundertprozentig gelang. Statt des Anblicks eines alten Mannes in schlecht sitzender Trainingskleidung bot sich ihm ein Fantasy-Spektakel. Gruber stand in einem silberfarbenen Schutzanzug an einem Eck des Hauses und mühte sich damit, einen großen, unförmigen Helm abzunehmen. Er wirkte wie eine seltsame Züchtung aus einem Imker und einem Kosmonauten aus einem alten osteuropäischen Science-Fiction-Film.

»Ich nehme mal an, die Katze schließt mit jedem Freundschaft, der an Ihrer Haustür klingelt, weil sie so an den Futternapf kommt.«

»Katzen sind pragmatisch eingestellt.«

Unter einigen Verrenkungen gelang es Gruber schließlich, den Helm vom Kopf zu ziehen. Die grauen Haare klebten schweißnass an der Kopfhaut.

Thorsten zeigte auf Grubers Anzug.

»Haben Sie heute noch etwas Besonderes vor? Einen kleinen Weltuntergang beispielsweise?«

Gruber sah an sich herunter.

»Ach, Sie spielen auf meinen Schutzanzug an. Der fällt mir gar nicht mehr auf, so sehr bin ich ihn gewohnt. Ohne gehe ich überhaupt nicht mehr aus dem Haus. Vier Blitze reichen. Letztendlich tue ich sogar der Versicherung einen Gefallen.«

»Und das Ding soll helfen?«

»Das ist ein Schutzanzug gegen Hochspannung. Ich habe ihn nach meinen eigenen Entwürfen anfertigen lassen. Vielleicht lasse ich ihn sogar patentieren.«

»Den Heiligenbildchen vertrauen Sie wohl nicht mehr?«

Gruber griff in seine Brusttasche und holte ein Hochglanz-Heiligenbildchen hervor. »Den heiligen Donatus habe ich selbstverständlich auch immer dabei. Meistens sogar mehrere seiner Sorte. Ich bin für Rundumschutz.«

»Und wie funktioniert der Anzug?«

»Er besteht aus mehreren Schichten unterschiedlicher Materialien. Schwer entflammbares textiles Gewebe als äußerste Schicht. Darunter eine Metallfolie, die eine hohe elektrische Leit- und Stromtragfähigkeit besitzt. Das Innenfutter ist aus einem saugfähigen textilen Flächengebilde. Die leitende Metallschicht ist geerdet und bildet einen Faradayschen Käfig. Sie merken schon: Ich lass mich nicht mehr überraschen.«

»Haben Sie auch einen Schutzanzug auf Lager, der vor Felltieren schützt?«, fragte Thorsten mit einem Blick auf die immer noch um seine Beine streifende Katze.

»Dafür gibt es eine einfachere Methode«, antwortete Gruber und holte aus einer Tasche des Schutzanzugs einen Schlüssel, mit dem er die Haustür aufschloss. Schnell drängte sich die Katze durch den schmalen Türschlitz. Sie rannte zu einem Futternapf und begann gierig zu fressen. An der Garderobe im Eingangsbereich des Hauses öffnete Gruber den Reißverschluss seines Schutzanzugs. Er zog den widerspenstigen Overall an sich herunter, bis er knöcheltief in einer großen, silberfarbenen Pfütze zu stehen schien. Unter der Montur trug Gruber nur Unterwäsche. Die Muskeln seines rechten Beins waren tatsächlich verkümmert. Thorsten ertappte sich dabei, wie er die Behinderungen des alten Mannes scannte. Verschämt blickte er zur Seite. Stockflecken an der Wand.

»Sie dürfen ruhig reinkommen«, sagte Gruber zu Thorsten, der abwartend im Türrahmen stand. »Die Privatdetektive im Fernsehen sind nicht so zögerlich. Haben Sie noch Fragen an mich?«

Thorsten machte einen Schritt über die Türschwelle.

»Ehrlich gesagt, wollte ich Sie austricksen.«

»Na, das wird Ihnen vermutlich nicht mehr gelingen, nachdem Sie mich darauf aufmerksam gemacht haben. Ganz sicher bin ich mir aber nicht.«

»Ich hatte vor, mich als eine alte Urlaubsbekanntschaft auszugeben, die auf der Durchreise spontan vorbeischaut.«

»Warum das denn?«

»Um zu überprüfen, ob Sie sich wirklich nicht an mich erinnern können.«

»Ich habe Gedächtnislücken, keine Amnesie.«

Gruber setzte sich auf einen Stuhl im Flur und zog eine Jogginghose über. Das abgemagerte Bein war weniger beweglich. Er musste nachhelfen, indem er das Knie mit beiden Händen umklammerte und gegen seinen Brustkorb zog.

»Ich glaube Ihnen«, sagte Thorsten.

Gruber schaute ihn enttäuscht an.

»Ach, nein. Lassen Sie uns das Spiel nicht kaputt machen. Ich habe hier nur wenig Abwechslung. Wo sollte ich im Urlaub gewesen sein?«

»Mallorca.«

»Tatsächlich?«

»Was stört Sie an Mallorca?«

»Mallorca ist so gewöhnlich. Wenn Sie sich schon die Mühe machen und ein Märchen erzählen, dann könnten Sie als Ort des fiktiven Geschehens schon etwas Beeindruckenderes wählen.«

»Na gut, nehmen wir die Seychellen.«

»Schon besser. Und was haben wir so miteinander erlebt?«

»Wir haben uns beim Frühstücksbüfett kennengelernt. Später waren Sie am Swimmingpool ständig damit beschäftigt, meine Frau anzubaggern.«

»Haben Sie ein Foto von Ihrer Frau?«

»Natürlich.«

Thorsten holte ein Foto aus seiner Brieftasche und reichte es Gruber.

»Blöder Test. Heidi Klum ist jeden Tag im Fernsehen. Wollen Sie einen Kaffee?«

»Bemühen Sie sich nicht.«

»Auf keinen Fall. Der Kaffee ist schon fertig.«

Thorsten folgte Gruber ins Innere des Hauses und setzte sich an den Küchentisch. Während Gruber die Kanne von der Wärmeplatte der Kaffeemaschine nahm, sprang eine weiße Katze auf den Tisch und miaute Thorsten mit einem seltsamen Laut an. Als könne sie Fremdsprachen. Ein Schaf vielleicht, das eben geschoren worden war und nun fror. Die Katze sprang vom Tisch, aber sie hörte nicht auf, ununterbrochen zu maunzen. Gruber stellte eine Tasse Kaffee vor Thorsten ab und setzte sich ihm gegenüber.

»Danke«, sagte Thorsten.

»Wollen Sie sehen, wie ich per Telekinese die Kaffeetasse schweben lassen kann?«

»Nein, danke. Wie viele Katzen haben Sie?«

»Sieben. Und ein paar, die unregelmäßig kommen. Sie laufen mir zu. Ich kann keine Geschöpfe abweisen, die meine Hilfe brauchen. Letzten Herbst war eine Schildkröte vor meiner Tür. Leider hat sie es nicht über den Winter geschafft.« Gruber beugte sich nach vorn, als wolle er Thorsten ein Geheimnis anvertrauen. »Katzen können das Wetter vorausfühlen. Sie sind sozusagen nicht nur meine Haustiere, sondern auch meine Lebensversicherung. Ich glaube ihnen mehr als irgendwelchen Meteorologen. Leckt sich eine Katze gegen den Fellstrich, so folgt Regen, Sturm und Wind. Vielleicht sollten Sie sich auch eine Katze zulegen. Wie man hört, nehmen die Unwetter zu.«

»Ich mag keine Katzen. Genau genommen mag ich überhaupt nichts mit Fell.«

»Der Volksmund sagt, dass Katzenfeinde bei Regen und Wind begraben werden.«

»Ich bin kein Katzenfeind, sondern Allergiker.«

»Vielleicht bekommen Sie mildernde Umstände.«

Thorsten trank einen Schluck Kaffee. Im gleichen Moment sprang eine rot getigerte Katze auf seinen Schoß. Thorsten verschüttete Kaffee auf sein Hemd. Das wird hoffentlich nicht zur Gewohnheit, dachte Thorsten.

»Geh runter, Nero«, befahl Gruber zärtlich, »der Herr mag dich nicht.«

»Schon gut. Ich will es mir lieber nicht mit ihm verscherzen.«

Gruber hob den Kater von Thorstens Schoß.

»Warum haben Sie das Internet-Forum aufgemacht?«, fragte Thorsten.

»Weil ich Internet habe. Haben Sie etwa geglaubt, das gäbe es hier nicht? Ist ja das weltweite Netz. Im Forum tauschen sich Blitzopfer aus Osnabrück mit Blitzopfern aus Sydney aus. Vorher war ich mir nicht sicher, ob es auf der Südhalbkugel überhaupt Blitze gibt.«

»Warum sollte es auf der Südhalbkugel keine Blitze geben?«

»Subjektive Wahrnehmung, nehme ich an. Wenn du vier Mal vom Blitz getroffen wurdest, bildest du dir irgendwann mal ein, dass alle in deiner Gegend sein müssen.«

»Innerhalb kürzester Zeit haben sich enorm viele User bei Ihrem Forum angemeldet.«

»Ja, ich war auch erstaunt, wie viele Menschen vom Blitz getroffen werden.«

»Glauben Sie, dass das realistische Zahlen sind?«

»Ich weiß nicht. Bestimmt sind ein paar dabei, die nur behaupten, vom Blitz getroffen worden zu sein. Das ist das Internet. Da kann man jeder sein, der man gern wäre. Sogar jemand mit einem besonderen Schicksal.«

»Haben Sie die Seite selbst eingerichtet?«

»Was soll die Frage? Halten Sie mich für einen Trottel?«

»Immerhin wollen Sie eine Versicherungsleistung wegen einer Einschränkung der zerebralen Fähigkeiten in Anspruch nehmen.«

»Okay, Sie halten mich für einen Trottel.«

»Und, haben Sie die Webseite nun selbst eingerichtet?«

»Nein. Das hat meine Krankenschwester gemacht. Die Blonde in Strapsen, die mich sonst immer auf den Topf setzt.«

»Sie sind zur Mitarbeit verpflichtet.«

»Ich sag gar nichts mehr.«

»Es ist das gute Recht der Versicherung, Nachforschungen anzustellen.«

»Die Versicherung will mich nur verarschen.«

»Stimmt es, dass Sie gerade dabei sind, ein Treffen von Blitzopfern zu organisieren?«

»Wie kommen Sie denn darauf?«

»Es steht auf Ihrer Homepage.«

»Ist es verboten, wenn Unfallopfer sich treffen?«

»Nein.«

»Warum interessieren Sie sich für unseren Kongress?«

»Ach, ein Kongress ist es mittlerweile.«

»Wollen Sie wieder Fotos machen?«

»Ich würde vielleicht gerne Ihre Zusammenkunft besuchen. Ihren Kongress, meine ich.«

»Ein Geheimagent kommt doch nicht zu Besuch. Er infiltriert.«

»Ich bin kein Geheimagent.«

»Bitte keine Spitzfindigkeiten.«

Gruber schaute Thorsten misstrauisch an.

»Ich würde noch jemanden mitbringen«, sagte Thorsten.

In Grubers Blick wandelte sich das Misstrauen in einen Anflug von Verständnislosigkeit.

»Auch ein Blitzopfer.«

Grubers Miene entspannte sich. Urplötzlich umzuckte ein leichtes Lächeln seine Mundwinkel.

»Vermutlich eine Frau.«

»Spielt das eine Rolle?«

»Für mich nicht. Für Sie?«

Thorsten leerte mit einem kräftigen Schluck die Kaffeetasse.

»Ich dachte es mir schon die ganze Zeit«, sagte Gruber.

»Was?«

»Sie sehen verliebt aus.«

»Kaum bemüht man sich um jemanden, wird es einem negativ ausgelegt.«

»Nichts ist negativ am Verliebtsein. Natürlich müssen Sie vorsichtig sein. Erst lassen Sie Katzen auf den Schoß, dann einen Menschen an sich heran und schließlich wechseln Sie ins feindliche Lager.«

»Ich wechsle überhaupt nirgendwo hin.«

»Haben Sie ein Foto von ihr?«

»Nein. Warum fragen Sie?«

»Mir helfen Fotos weiter.«

»Ich werde sie Ihnen bei Gelegenheit vorstellen.«

Gruber ging ans Fenster. Er schaute nach draußen. Auf einer Wiese hinter dem Haus graste ein Pferd.

»Gehört das Pferd Ihnen?«

»Ja«, antwortete Gruber. »Es ist dumm, aber es will bei jedem aufziehenden Gewitter in den Stall. Selbst wenn es noch kilometerweit weg ist.« Gruber drehte sich um. Er schaute seinen Besucher streng an. Oder fürsorglich. Thorsten konnte den Blick nicht zweifelsfrei einordnen. »Ich werde Ihnen etwas über diese neue Art Mensch erzählen. Die Blitzmenschen. Unser Vorbild ist Roy Sullivan. Er hält den Rekord als menschlicher Blitzableiter. Sullivan war Forstbediensteter im Shenandoah-Nationalpark und überlebte insgesamt sieben Blitzeinschläge. Der erste Blitz traf ihn 1942, der letzte 1977. Er verlor einen Zehennagel. Verschmorte sich die Augenbrauen. Und seine Haare wurden in Brand gesetzt. Das Trommelfell wurde auch in Mitleidenschaft gezogen. So ein Blitz kann ganz gehörig Krach machen. Aber ansonsten war Roy unkaputtbar. Bis er sich mit einer Pistole in den Kopf schoss.«

»Weil er Angst vor einem weiteren Blitzschlag hatte?«

»Aus Liebeskummer.«

»Romantische Geschichte.«

»Ich wollte Sie lediglich auf die Gefahren hinweisen.«

»Mir sind die Gefahren bekannt.«

»Roy Sullivan war schon einundsiebzig. Alt genug eigentlich. Er hätte es besser wissen können. Trotzdem hat er seine Emotionen nicht überlebt. Ich für meinen Teil bin immer Junggeselle geblieben.«

Thorsten schaute Gruber skeptisch an.

»Ich bilde mir ein, Sie draußen auf einem Hochzeitsfoto gesehen zu haben.«

»Tatsächlich? Wo?«

»Im Kirschbaum. Da hängen doch nur Fotos von Ihnen.«

»An jedes Detail kann ich mich natürlich nicht mehr erinnern.« Gruber hob Nero hoch und streichelte ihn. »Sie können gerne zu unserem Kongress kommen, wenn es der Wahrheitsfindung dient«, sagte er freundlich.

Irgendetwas ist kaputt

Während Thorsten von Grubers Anwesen ins Tal fuhr, sendete sein Handy einen Hallo-Wach-Ruf. Wirklich fieser Signalton, bei dem man unweigerlich zusammenzuckte. Thorsten war nicht überrascht. Oben bei Gruber hatte er keinen Mobilfunk-Empfang gehabt und jetzt drängte die Warteschleife unbeachteter Nachrichten in sein Leben. Er steuerte den Mustang noch durch ein paar abenteuerliche Kurven über die Landstraße. Schneller als man sollte, aber von den eigenen Fahrkünsten überzeugt. Der Mustang motivierte ihn zusätzlich. Im ersten Dorf hielt er an einer menschenleeren Schulbus-Haltestelle mit flächendeckendem Graffiti an.

Eine SMS von Ralf: *»Betriebsunfall. Ich falle die nächsten Tage aus. Hör dir meinen Bericht an. Das Diktiergerät habe ich auf deinen Schreibtisch gelegt.«*

Weder über Festnetz noch über sein Mobiltelefon war Ralf zu erreichen. Thorsten startete das Auto und machte sich auf dem schnellsten Weg in die Stadt. Als ihn ein sehr gemächlich fahrender Traktor ausbremste, fluchte Thorsten erst innerlich, dann laut. Gelegentlich ließ er den Motor aufheulen. Leere Drohungen – die Strecke war zu unübersichtlich zum Überholen. Während er dem Traktor hinterherschlich, dachte Thorsten darüber nach, dass er sich eventuell mit der buddhistischen Glaubenslehre beschäftigen sollte, um nicht dauernd vom Stress in den Arsch getreten zu werden.

In der Stadt gaben ihm die roten Ampeln genügend Gelegenheit, sich in den schlimmsten Fantasien zu ergehen. Bösartige Imaginationen, in denen Kettensägen und Fleischerhaken eine Rolle spielten. Gedankengebäude, die von Plastiksprengstoff zerfetzt wurden. Tatsächlich war die Wirklichkeit erwartungsgemäß auch nicht besonders einladend.

Das Büro sah aus wie Fukushima nach dem Tsunami. Ein

zertrümmerter Computer-Monitor auf einem Stapel zerfetzter Aktenordner, umgekippte Papierkörbe und aus den Halterungen gerissene Schreibtischschubladen. Selbst die Bilder waren samt Dübeln aus den Wänden gerissen und ihre zerpflückten Überreste auf dem Boden verteilt worden. Feindesland. Der Einbrecher hatte verdammt viel Mühe investiert, um etwas zu finden. Die Mutter Gottes stand unversehrt auf dem Schreibtisch. Sie lächelte tröstlich. Daneben lag Ralfs Diktiergerät.

Bericht Ralf

Allmählich freunde ich mich mit dem Mietauto an. Vor allem mit der exzellenten Hi-Fi-Anlage, die die erste Suite der Wassermusik *in erhabener Transparenz erklingen lässt. Das Horn, das Händel als Hauptinstrument gewählt hat, hört sich an, als würde es auf dem Rücksitz gespielt. Händel war ein ausgebuffter Musikprofi, der genau wusste, wie viel Feierlichkeit dem Instrument innewohnt. Hornklänge durchdringen den Körper, bis sich die gesamte Körperbehaarung aufstellt. Den Nackenhaaren des englischen Königs Georg I. war es wohl nicht anders ergangen, als auf dem Orchesterschiff, das der königlichen Barke folgte, die Hörner ertönten. Eine Lustfahrt flussaufwärts der Themse an einem schönen Julitag des Jahres 1717. Die raschelnden Gewänder der adeligen Damen. Überall der Geruch nach Puder. Das Flirren von Sinnlichkeit. Selbst in einem gemieteten Kleinwagen bildet sich an den Fußsohlen eine Gänsehaut, wenn sich die Hörner durch den Körper schneiden.*

Ich beobachte bereits seit zwei Stunden das Haus des Schlachters von der gegenüberliegenden Straßenseite aus. Ein Lieferwagen, von dem Kisten entladen werden, würde sich auf Fotos verdammt gut machen. Ein Tiertransport wäre der Hauptgewinn. Einen Tiertransporter kann man sich allerdings nur schwer zwischen den ganzen Mietshäusern vor-

stellen. Wenn der Kerl wirklich schwarzarbeitet, macht er es nicht hier. Nicht in seinem Wohnzimmer.

Zwei Mädchen auf Fahrrädern und ein Junge am Steuer eines elektromotorbetriebenen Kinder-Ferraris rasen aus der Ausfahrt auf den Gehweg. Vermutlich die drei Kinder der Zielperson. Die Altersangaben in den Unterlagen stimmen ungefähr mit dem geschätzten Alter überein. Der Ferrari rammt eines der Mädchen vom Fahrrad. Heulend und mit einem blutigen Knie läuft es zurück ins Haus.

Als das Cembalo einsetzt, stutze ich. Vielleicht ist Misstrauen eine Berufskrankheit. Trotzdem kaum vorstellbar, dass der zarte, helle Ton eines Cembalos die königliche Lustfahrt bereichert haben sollte. Um zwischen den vielen starken Instrumenten wie Hörnern oder Trompeten bestehen zu können, hätte es schon eine ganz Armee von Cembalos auf einem riesigen Schiff gebraucht. Der elektrisch betriebene Kinder-Ferrari mit absichtlich verstärktem Motorengeräusch übertönt das zarte, helle Tasteninstrument locker. Ein Cembalo wäre das ideale Musikinstrument für einen Detektiv. Ein Musikinstrument, das nur so tut als ob. Ein Klavier, das Gitarre spielt. Zu leise für einen Kinder-Ferrari. Zu leise für eine Wohngegend, die niemals die Kulisse für einen ordentlichen Detektiv-Film abgeben würde. Einerseits nicht nobel genug – andererseits zu aufgeräumt, um verkommen zu wirken.

Ich habe Hunger. Weit und breit kein Imbissstand. Nicht mal ein Bäcker. Hunger macht mich übellaunig, obwohl es für meine Figur besser wäre, ihn einfach auszuhalten. Stundenlang im Auto sitzen macht fett. Wütend klopfe ich auf den Power-Knopf der Stereoanlage und versenke die Wassermusik. Oboen passen überhaupt nicht hierher. Es ist sowieso unvorsichtig gewesen, in einem Viertel wie diesem viel zu laut Händel zu hören. Der unspektakuläre Gehweg vor den Backstein-Mietskasernen aus dem frühen 20. Jahrhundert wird von einer müden Nachmittagssonne in ein viel zu freundliches Licht getaucht. Dazu würde Brahms passen. Diese ganze beschissene, überfreundliche Musik.

Ein schmächtiger, mittelgroßer Typ mit einer Baseballmütze, einer verspiegelten Sonnenbrille und einem Ed-Hardy-Shirt schlendert über den Gehweg. Schaut sich um. In meine Richtung schaut er etwas länger. Die Sonne leitet über die Brillengläser Blitze auf mich um. Der Kerl fischt ein Smartphone aus einer Hosentasche. Seine Finger flutschen behände über das Display. Verdammte Scheiße, das ist er, denke ich und schon klingelt das Handy.

»Du schon wieder«, stöhne ich.

Der Anrufer lacht. Einen Moment, bevor ich das Lachen höre, konnte ich es bereits auf dem Gehweg sehen. Professionell gereinigte Zähne, die in der Sonne blinken.

»Was ist denn das für eine Begrüßung? Wir treffen uns im Hinterhof.«

»Auf keinen Fall.«

»Es ist ein sehr schöner Hinterhof.«

»Ich wüsste wirklich nicht, warum ich mich dort mit einem Scheißkerl wie dir treffen sollte.«

»Denk mal drüber nach. Weil Detektive Ermittlungen anstellen.«

»Bei Ermittlungen bestimmt man selbst, bei Hinterhalten nicht.«

»Trouble gehört zum Business. Zum Berufsbild. Der Sache auf den Grund gehen.«

»Ich hab's schon begriffen.«

»Licht ins Dunkel bringen.«

Klick.

Die Baseballmütze, die Sonnenbrille, das Ed-Hardy-Shirt verschwinden in einer schmalen Einfahrt zwischen vernarbten Backsteinen.

Ich öffne die Fahrertür und zwänge mich aus dem Auto. Spontan. So spontan es Menschen mit meinen Körpermaßen vermögen. Dann stehe ich einen Moment schwer atmend auf der Straße herum. Zugegeben ohne Plan. Sofort hasse ich es, ohne Plan zu sein. Also setze ich mich in Bewegung. Während ich die Straße überquere, lege ich mir eine notdürftige Taktik zurecht: Sollte ich auf einen der Hausbewohner treffen, würde ich mich als Versicherungsvertreter vorstellen. Immerhin kann ich auf diese Weise mit etwas Glück in Erfahrung bringen, ob der Schlachter zu Hause ist. Wenn mir das Zielobjekt, der türkische Fleischer, begegnet, werde ich einen Eindruck davon bekommen, ob der Kerl wirklich krank ist. Allerdings noch ohne Beweiskraft.

Natürlich ist die Situation im Hinterhof scheiße. Wie alles, für das man nicht die Rahmenbedingungen geschaffen hat. Es ist verdammt heiß. Ein heftiger Schweißausbruch überschwemmt meine Poren. Angeblich kann man seine Drüsen trainieren, aber meine Drüsen machen, was sie wollen. Vorne klebt das Hemd an meinem Bauch. Auf meinem Rücken sammeln sich Rinnsale zu einem Schweißstrom, der vom Rückgrat in die Gesäßspalte fließt. Immerhin bin ich in einer höheren Gewichtsklasse als dieser Irre, der uns seit Wochen stalkt.

Ich versuche, unter keinen Umständen nervös zu werden. Normalerweise erfolgt Konterspiel aber aus einer sicheren Deckung heraus. Schweißgebadet überquere ich die Straße. Vielleicht sind die Kopfschmerzen nur auf Flüssigkeitsverlust zurückzuführen. Es ist heiß.

Einen Moment bleibe ich vor dem Haus stehen. Atme entschlossen ein und aus. Die Hitze zwischen den Häusern verschafft meiner Lunge keine Erleichterung. Meinem Hirn auch nicht. Das Hemd klebt auf der Haut. Ich biege in den Torweg zum Hinterhof ein. Dem Schatten und der angenehmen Kühle vertraue ich nicht. Der Psychopath wartet dort auf mich.

An der Eingangstür des Hauses werfe ich einen kurzen Blick auf die Klingelschilder. Die Namen der Hausbewohner sind mit dicken, wasserfesten Filzstiftlettern auf die Plastikfensterchen geschrieben, hinter die für gewöhnlich kleine Namensschilder geschoben werden. Entweder kein Geld dafür da oder häufig wechselnde Bewohner, denke ich mir.

Ich gehe weiter durch die Toreinfahrt. Hier ist die Luft kühler. Kräftig durchatmen. Kontrolliert atmen ist wichtig.

Klick.

Ralf hatte das Diktiergerät ausgemacht. Thorsten konnte sich vorstellen, wie Ralf in den Hinterhof ging, um die Lage zu sondieren. Hätte Thorsten nie gemacht. Seine Körpergröße verlieh Ralf eine trügerische Sicherheit. Thorsten verließ sich lieber auf seinen Instinkt. Und auch der funktionierte nicht immer perfekt.

Die Aufnahme ging weiter.

Okay, Thorsten – du kannst es dir denken. Es ist scheiße gelaufen. Ich überlege mir auch dauernd, was ich besser hätte machen sollen. So ist es gewesen: Als ich aus der Toreinfahrt rauskomme und ins Freie trete, schließe ich reflexartig die Augenlider und greife nach der Sonnenbrille in der Brusttasche meines Hemds. Die Sonne blendet mich zielgenau wie ein Teenager mit Laserpointer. Sofort verabschiedet sich die Farbbalance. Einen Moment lang wird alles weiß. Acrylweiß. Pastellweiß. Aquarellweiß. Als mich der Baseballschläger an den Waden trifft, höre ich ein unmissverständliches Knacken aus meinem Körper. Irgendetwas ist kaputt. Ich kippe um wie ein gefällter Baum. Scheiße, ich hätte die Sonnenbrille früher aufsetzen sollen.

Ich schlage mit der Schulter voran auf den Betonsteinen auf, alle Luft presst sich aus den Lungenflügeln. Die Sonnenbrille rutscht über den Boden. Dabei macht sie ein Geräusch, als würden aus einem Tischkicker neue Kugeln herausgelassen. Die Sonne blendet mich, bis sich der Irre breit-

beinig über meinen am Boden liegenden Körper stellt. Scheiße, denke ich, du betrittst jetzt das Reich des Schmerzes. Voll mit der Faust ins Gesicht. Die Nase auf jeden Fall gebrochen. Ich schlucke Blut. Die Hand, die ich zur Abwehr gehoben habe, fuchtelt vor meinem Gesicht herum, als würde sie nicht zu mir gehören.

Als der Psycho auf meinen Brustkorb springt, glotze ich auf sein Ed-Hardy-Shirt, während mir die Luft wegbleibt. Lauter Totenköpfe. Er lässt seine Knie auf meine Oberarme gleiten. Obwohl das Arschloch viel leichter ist als ich, fühle ich mich, als hätte man mich auf dem Boden festgetackert. Ein Käfer auf dem Rücken. Zappelnd.

»Willst du dich etwa wehren?«, fragt der Kerl, der auf mir sitzt, grinsend.

Ich gebe mir Mühe, nicht allzu viel Blut zu schlucken, damit ich nicht kotzen muss. Aus irgendeinem Grund kann man im Liegen leichter schielen und den erbarmungswürdigen Zustand der eigenen Nase überprüfen. Vor ihr bilden sich rote Schaumbläschen, die langsam mein Gesichtsfeld einrahmen. Spann deine Muskeln an, denke ich. Spann die Muskeln an. Ich versuche mich aufzurichten und meine Gliedmaßen zu bewegen.

»Ich merk's genau: Du willst dich doch wehren.«

Ich schüttle den Kopf.

Wieder ein Faustschlag mitten ins Gesicht. Ich kann genau spüren, wie sich einzelne Teile der Nase noch weiter verschieben.

»Du hast nichts begriffen, Ralf. Leider. Glaub mir: Was ich jetzt mache, tut mir mehr weh als dir.«

Der Angreifer steht auf, holt mit dem Baseballschläger aus und bricht mir mit einem gezielten Schlag ein paar Rippen. Mit Hochdruck presst sich die Luft aus meinen Lungen. Ich versuche, mir den Schmerz nicht anmerken zu lassen. Funktioniert natürlich nicht wirklich gut. Wenigstens hat er nicht gelacht, als er zuschlug. Ich werte das als gutes Zeichen bezüglich meiner Überlebenschancen. Sicher bin ich aber nicht.

»Vielleicht hast du es jetzt begriffen«, sagt der Irre übertrieben freundlich.

Mir ist es peinlich, wie ich nach Luft japse, aber mein Körper macht das ganz von selbst. Der Drecksack sieht mir dabei zu. Vielleicht mitleidig. Oder belustigt. Vielleicht teilnahmslos. Seine Augen sind hinter einer verspiegelten Sonnenbrille versteckt. Ich glaube, das erwähnte ich schon. Nach einer gefühlten Ewigkeit sagt der Kerl schließlich was: »Hey Ralf, ich steh nicht auf Gewalt. Überhaupt nicht. Wäre überhaupt kein Problem, dir auf der anderen Seite auch noch ein paar Rippen zu brechen. Mach ich aber nicht. So bin ich nicht drauf. Psychomäßig. Gewalt als Selbstzweck finde ich abscheulich.«

»Ich merk's schon«, stimme ich ihm zu. Blut sammelt sich in meinem Rachen. Ich muss den Brechreiz unterdrücken. Eigentlich habe ich schon die ganze Zeit das Bedürfnis zu kotzen.

»Ich könnte dich fertigmachen«, sagt der Kerl.

»Ja, könntest du«, sag ich.

»Merk dir das«, zischt er und rammt mir die Spitze seines Schuhs in die Seite. Genau dorthin, wo er mir eine Minute zuvor die Rippen gebrochen hat. Die Schmerzen ziehen meinen ganzen Brustkorb nach innen. Ich schnappe nach Luft. Der Angreifer wendet sich ab und schlendert, gemächlich seinen Baseballschläger schwingend, durch die Toreinfahrt. Ich sehe ihm mit in den Nacken gelegtem Kopf nach. Wie eine Schildkröte, die man auf den Panzer gelegt hat.

Nachdem er verschwunden ist, versuche ich meinen Körper zu ordnen. Es gelingt mir schlecht. Ich bin in meine Einzelteile zerlegt. Auf den Boden gematscht. Von hinten ein röhrendes Geräusch. Haarscharf fährt der kleine Junge mit seinem Kinder-Ferrari an meinem Gesicht vorbei. Der Knabe dreht eine sportliche Runde auf dem Hof und hält mit quiet-

schenden Reifen neben mir. Er begutachtet meinen Gesamtzustand, dann schaut er mir in die Augen.

»Warum liegen Sie hier?«, fragt er.

»Ich genieße die Aussicht.«

»Brauchen Sie Hilfe?«

»Nein, ich mach nur einen Boxenstopp.«

»Ich hole meinen Vater.«

»Das wirst du schön bleiben lassen«, sage ich, weil ich Hilfe von Personen aus der Döner-Fabrikation unbedingt vermeiden will.

Der Junge schaut mich sehr ernst an.

»Ich glaube, Sie brauchen Hilfe.«

»Ich brauch keine Hilfe. Hau ab!«

Der Junge gibt Gas und fährt davon.

Das Aufstehen bereitet Mühe. Genau genommen tut es verdammt weh. Das Hemd ist hinüber. Alles voller Blut. Das rechte Bein schmerzt unnachgiebig beim Versuch, es zu belasten. Der Knöchel verweigert seine Arbeit komplett. Er scheint überhaupt nicht mehr da zu sein. Hoffentlich beobachtet mich keiner. Das ist peinlich. Zuerst auf die Knie. Dann auf allen vieren durch den Torweg zu der Eingangstür der Torauffahrt. Erniedrigend, nicht mehr aufrecht gehen zu können. An einem Türknauf ziehe ich mich nach oben. Ich versuche, den rechten Fuß zu belasten. Fühlt sich wie ein Wurmloch an, durch das man in das Reich des Schmerzes tritt. Keine andere Wahl, als mich mit dem Schmerz anzufreunden. Ich humpele zurück zum Auto.

Auf halbem Weg nähert sich wieder das bösartig verstärkte Röhren des Mini-Ferraris. Der dunkelhaarige Junge fährt einen Bogen und hält elegant direkt vor meinen Füßen. Lächelnd reicht er mir meine Sonnenbrille. »Sie haben Ihre Brille verloren.«

Obwohl mir nicht danach ist, lächle ich zurück. Ich zwinge mich. »Danke.« Ich setze die Sonnenbrille auf. Der Junge fährt weiter. Auch mit Sonnenbrille sind die Schmerzen noch da. Der Körper scheint an verschiedenen Stellen geschreddert zu sein. Das Einsteigen ins Auto ist eine einzige Qual. Schwer atmend lasse ich mich auf den Fahrersitz fallen. Der Schweiß läuft von der Stirn in die Augen. Die Beine sind noch draußen. Autos, die von der geöffneten Fahrertür behindert werden, hupen. Ich hebe das schmerzende Bein, indem ich mit den Händen nachhelfe. Schnell die Socke nach unten schieben und Check: Der Knöchel ist mittlerweile auf seinen doppelten Umfang angeschwollen. Ich habe keine Ahnung, wie ich mit dem schmerzenden Sprunggelenk Gas geben oder bremsen soll. Für gewöhnlich denkt man nicht an seine Gliedmaßen. Sie sind einfach da und funktionieren. Gerade funktioniert nichts mehr. Die Scheißfehler übernehmen die Vorherrschaft in meinem Leben. Jetzt werde ich erst mal ärztliche Versorgung in Anspruch nehmen. Thorsten, ich weiß schon, das hätte vorteilhafter laufen können. Tu mir einen Gefallen: Mach mir keine Verbesserungsvorschläge, wenn wir uns das nächste Mal sehen. Reicht, was ich mir wahrscheinlich von Iris anhören muss. Over and out.

Thorsten stellte das Diktiergerät ab. Keine neuen Erkenntnisse – außer der, dass Ralf auch noch an seinem Chandler-Sound arbeitete, nachdem er krankenhausreif geschlagen worden war. Thorsten begann den Gedanken zu akzeptieren, dass sein Kompagnon ein Volltrottel war. Erfolglos versuchte er ein weiteres Mal, ihn telefonisch zu erreichen.

In seinem verwüsteten Büro wollte Thorsten nicht bleiben. Es sah aus, als würde es zu niemandem gehören. Wie ein Geisterort, der schon vor langer Zeit aufgegeben worden war. Vermutlich war es eine gute Idee, in Bewegung zu bleiben, wenn man selbst zum Gejagten geworden war. Er musste sich mit der Rolle erst anfreunden. Den Gedanken verwarf er sofort wieder. Damit, ein Opfer zu sein, würde er sich nie anfreunden können. Die heilige Jungfrau auf seinem Schreibtisch lächelte aufmunternd.

Als Thorsten die Tür hinter sich abschloss, kam mit schweren Schritten sein Vermieter Eren die Treppe herunter. Der übergewichtige Eren war genau das Gegenteil seines Bruders Ali, der gut fünfundzwanzig Zentimeter größer war und einen von täglichen Fitnessstudio-Besuchen gestählten Körper hatte.

»Und, alles fit?«, fragte Eren.

»Ja, alles super.«

»Heute Morgen war ganz schön Lärm in deinem Büro.«

»Ich hab nur ein bisschen aufgeräumt.«

»Hat sich nach verdammt viel Schrott angehört.«

»Das kannst du laut sagen. Hatte sich eine Menge Müll angehäuft.«

Eren nickte verständnisvoll. »Man wird den ganzen Scheiß einfach nicht los. Zuerst fällt er dir nicht auf. Er sammelt sich an und dann wirst du ihn einfach nicht los.«

»Bis man reinen Tisch macht.«

»Ja, Mann«, sagte Eren, während er in den Hinterhof schlurfte. »Bis man reinen Tisch macht.«

»Warte mal, Eren!«

Der Vermieter drehte sich behäbig um.

Thorsten zeigte nach oben. »Die Birne ist kaputt.«

»Aha.«

»Ich besorge eine neue und bring sie dir vorbei.«

»Cool, Mann.«

Schwerfällig setzte sich Eren wieder in Bewegung.

Als Thorsten aus der Haustür trat, bellte ihn der fiese Signalton an, der ihn darauf hinwies, dass eine neue SMS eingegangen war: *»Fort ihr Zweifel, herbei du Rache! Er komme, der Falsche, er trete herein, er nähere sich, sterbe, und alles geschehe, was geschehen mag!«*

Verdammtes Arschloch, dachte Thorsten und drückte die Nachricht weg. Ich brauche unbedingt einen neuen Signalton. Der alte geht gar nicht mehr. Macht auf die Dauer paranoid.

Auf dem Nachhauseweg kaufte Thorsten ein Sixpack und verbrachte den Abend Bier trinkend mit einer Fernsehserie, in der die Detektive sich klüger anstellten als er selbst.

Dem ernsten Anlass angemessen

Zu viel Bier getrunken. Kalt geduscht, um aufzuwachen. Und die Ränder unter den Augen zu bearbeiten. Thorsten versuchte Ralf anzurufen. Nichts. Er entschloss sich, bei seinem Kompagnon vorbeizufahren. Vielleicht war wenigstens Iris zu Hause. Ihr war zuzutrauen, dass sie nicht ans Telefon ging, wenn sie Thorstens Nummer auf dem Display erkannte.

Überraschenderweise fand er direkt vor Ralfs Wohnhaus einen Parkplatz. Vor ein paar Jahren war bei der Komplettsanierung ein verglaster Außenfahrstuhl an der Rückseite des Hauses angebracht worden. Thorsten hatte es bisher immer lustig gefunden, an den Balkonen der Mieter vorbeizufahren. Erster Stock: Eine ältere Dame in sehr bunten, afrikanischen Kleidern pflanzt Blumen um. Zweiter Stock: Drei Studenten beugen sich über einen Grill und versuchen wild wedelnd, mit der aktuellen Ausgabe der *Jungen Welt* Feuer zu entfachen. Dritter Stock: Eine Blondine mit Nippelpiercing sonnt sich mit einer Frauenzeitschrift auf dem Schoß oben ohne. Dem ernsten Anlass angemessen entschied sich Thorsten diesmal für den Aufstieg durch das Jugendstil-Treppenhaus, bei dessen Renovierung alle Auflagen des Denkmalschutzes penibel befolgt worden waren. Wie wilder Wein rankte sich das schmiedeeiserne Geländer die Treppe entlang nach oben. Aufwendig gearbeitete Weinlaubornamente rahmten die Türen ein und wucherten in alle Ecken.

Im vierten Stock klingelte Thorsten. Die dunkelbraune Massivholz-Kassettentür wurde nur einen Spalt weit geöffnet. Gerade so weit, dass ein Augenpaar ungehindert den ungebetenen Besucher mustern konnte. Thorsten erkannte in Iris' Blick den Impuls, die Tür schnell wieder zu schließen. Thorsten überlegte sich, ob er einen Fuß in den Türspalt schieben sollte. Allerdings war die Tür stabil und er schätzte

Iris so ein, dass ihr ein gebrochener Fuß überhaupt nichts ausmachen würde – jedenfalls, solange die kaputten Knochen zu ihm gehörten. Thorsten hatte sich noch nie so ganz genau erklären können, warum Iris ihn nicht mochte. Immerhin waren Ralf und er Geschäftspartner. Fuß in die Tür oder nicht? Iris schaute immer noch wütend. Zum Glück wurde ihm die Entscheidung, ob er wirklich einen üblen Knochenbruch riskieren sollte, abgenommen, weil Ralfs Frau die Tür ein paar Zentimeter weiter öffnete.

»Ist Ralf da?«

»Was willst du?«

»Was wohl? Meinem Kollegen einen Krankenbesuch abstatten.«

»Lass ihn in Ruhe.«

»Er ist mein Kompagnon. Natürlich fühle ich mich verantwortlich.«

»Verpiss dich.«

»Bitte. Er würde es auch wollen. Jedenfalls, wenn es sein Gesundheitszustand zulässt.«

Iris dachte kurz nach. Es bereitete ihr sichtliches Missfallen über Argumente nachzudenken, die von Thorsten kamen.

»Komm rein. Aber wehe, du regst ihn auf.«

»Ganz bestimmt nicht. Ich reg ihn auf keinen Fall auf.«

Er folgte Iris durch den langen Flur. Ralfs Wohnung konnte mit dem Treppenhaus in keiner Weise mithalten, egal wie viele Botticelli-Kunstdrucke und Poster von Opern-Aufführungen er auch aufhängen mochte. Thorsten musterte die Poster im Vorbeigehen. *Nabucco* in der Arena von Verona. *Aida* auf der Bregenzer Seebühne. *Der fliegende Holländer* in Bayreuth.

»Wart ihr da überall?«

»Ja. Stört's dich?«

»Warum sollte mich das stören?«

»Ralf meint, du wärst kulturell nicht besonders gut drauf.«

Thorsten gab es auf. Iris und er würden keine Freunde mehr werden.

Vor der Schlafzimmertür drehte sich Iris zu Thorsten um.

»Vergiss nicht, was du mir versprochen hast: Keine Aufregung!«

»Geht klar.«

Im Schlafzimmer war es dämmrig. Kleine Lichtpunkte fielen durch die Öffnungen zwischen den Lamellen der Jalousie. Thorstens Augen mussten sich kurz an die Lichtverhältnisse gewöhnen. Ralf lag teilnahmslos im Bett. Über seiner Nase und seinem rechten Auge waren Verbände mit einem durchsichtigen Heftpflaster angebracht.

»Hallo Ralf.«

»Hallo Thorsten«, antwortete Ralf mit belegter Stimme. So als wären auch seine Stimmbänder bandagiert.

»Würdest du uns einen Moment allein lassen, Iris?«, fragte Thorsten.

»Auf keinen Fall.«

»Es ist schon in Ordnung«, sagte Ralf zu seiner Frau.

»Ich werde auf keinen Fall gehen.«

»Du hörst doch, was Ralf sagt.« Thorsten wählte den Unterton eines Diplomaten, obwohl das ganz und gar nicht seine Art war. »Es ist in Ordnung.«

»Überhaupt nichts ist in Ordnung.«

»Ich komm schon zurecht«, erklärte Ralf halbherzig.

»Nein.«

Iris verschränkte die Arme vor sich. Sie hatte große Brüste und die Art und Weise, wie sie die Arme vor ihnen verschränkte, strahlte etwas Endgültiges aus.

»Wie geht's dir, Ralf?«

»Geht schon. Den Umständen entsprechend.«

»Nasenbeinbruch«, bellte Iris mit vorwurfsvoller Stimme dazwischen. »Blutergüsse am rechten Auge. Schwere Gehirnerschütterung. Zwei Rippen gebrochen. Sprunggelenkfraktur. Das muss operiert werden, wenn der Knöchel abgeschwollen ist. Ein Schneidezahn ist wahrscheinlich nicht mehr zu retten. Außerdem Verdacht auf einen Jochbeinbruch. Der Kopf muss noch mal geröntgt werden.«

»Das mit dem Gesicht wird schon wieder«, sagte Thorsten. Er versuchte, einen optimistischen Tonfall hinzukriegen. Aufmunterungen waren allerdings nicht seine große Stärke.

Ralf richtete sich keuchend im Bett auf. »Am schlimmsten ist die Sprunggelenkfraktur. Der Kerl hat mir mit dem Baseballschläger das Wadenbein gebrochen. Dadurch ist weiter unten die Syndesmose gerissen.«

»Die was?«

»Die Syndesmose. Das ist die Verbindung zwischen Waden- und Schienbein. Die wollen sie mit einem speziellen Faden aus der Weltraumforschung wieder zusammennähen. Der Assistenzarzt meinte, allein der Faden sei teurer als sein Auto.«

»Solltest du mit diesen Verletzungen nicht besser im Krankenhaus liegen?«, fragte Thorsten.

Von hinten brüllte Iris: »Der Idiot ist auf eigene Verantwortung aus dem Krankenhaus raus.«

Thorsten kratzte sich am Kopf. Etwas Besseres fiel ihm nicht ein.

»Nach der OP darf ich das Bein mindestens sechs Wochen nicht belasten«, sagte Ralf.

»Wie schaut es mit leichten Büroarbeiten aus?«

»Ich finde, es wird Zeit, dass du gehst«, zischte Iris. Sie hatte einen hochroten Kopf. Iris hob eine Augenbraue, was wohl unterstreichen sollte, dass sie kurz vor der Explosion stand.

»Tut mir leid«, sagte Ralf.

»Dir tut gar nichts leid!«, kreischte Iris in extrem hoher Tonlage. »Das Arschloch muss sich bei dir entschuldigen. Immer gibt er dir die beschissenen Aufträge, weil du zu gutmütig bist.«

»Beruhig dich wieder.«

»Ich denke überhaupt nicht daran, mich zu beruhigen.«

Ein fettes Schweigen stand im Raum. Nach einer Weile merkte Thorsten, dass er blöd mit dem Kopf nickte und auf seiner Unterlippe herumbiss. »Scheiße. Wie kann sich ein Schrank wie du nur von einem Amateur so fertigmachen lassen?«, fragte er.

Ein Gegenstand flog haarscharf an Thorstens Kopf vorbei. Er konnte den Luftzug spüren. Eine Blumenvase zerschellte an der Wand. Die Scherben und die Blumen verteilten sich über den Boden, während das Wasser in mehreren Rinnsalen die Wand hinunterlief.

»*Dir* wäre das natürlich nicht passiert!«, Iris' Stimme überschlug sich. »Du suchst dir ja nur Jobs, bei denen du Frauen abschleppen kannst.«

Thorsten zuckte mit den Schultern. »Ich hätte nicht mal eine Ehefrau, die sich um mich kümmert.«

Iris stemmte die Hände in die Hüften. Ihre Nasenflügel bebten.

»Sollen wir dich bemitleiden?«

Ralf richtete sich mühsam im Bett auf. Er stöhnte. »Hört schon auf«, sagte er keuchend. »Thorsten, es ist mir echt peinlich. Das passiert mir nicht noch mal.«

»Kannst du ihn beschreiben? Wie hat der Kerl ausgesehen?«

»So, dass man ihn nicht wiedererkennt«, antwortete Ralf mit tonloser Stimme. »Mittelgroß. Schmächtig. Schulterlange Haare. Baseballkappe. Verspiegelte Sonnenbrille. Er schaut nicht so aus, wie man ihn sich vorstellt.«

»Ich stelle mir ihn überhaupt nicht vor. Woher weiß der Kerl, wohin wir gehen? Was wir machen?«

»Ich hab keine Ahnung! Ich hab das Antivirenprogramm über den Computer laufen lassen. Ich hab das Telefon auseinandergeschraubt. Ich hab sogar unter dem Auto nach einem

Sender gesucht. Ich hab keine Ahnung! Ich hab keine Ahnung!«

Iris setzte sich neben Ralf aufs Bett und legte eine Hand auf seine Stirn. »Beruhig dich, Baby«, flüsterte sie. Thorsten erinnerte die Szene an einen Hollywood-Film aus den Vierzigerjahren. Ralf als ein im Ersten Weltkrieg verletzter Soldat, der im Lazarett von einer Krankenschwester getröstet wird, weil er gerade festgestellt hat, dass er beinamputiert ist. Natürlich war Iris wie jede Diva zu gut geschminkt für die Rolle der Krankenschwester.

»Was hast du der Polizei gesagt?«, fragte Thorsten vorsichtig.

»Keine Polizei. Ich hab im Krankenhaus angegeben, dass ich auf der Treppe gestürzt bin.«

»Ja, das war voll bescheuert«, kommentierte Iris trocken.

»Danke«, sagte Thorsten.

»Ich werde dir nicht viel helfen können. Wer weiß, was sich der Verrückte noch einfallen lässt«, flüsterte Ralf. Sein Gesicht war blass und schweißglänzend. Das Gespräch schien ihn sehr mitzunehmen.

»Schon gut. Mach dir keine Gedanken. Du musst erst mal wieder fit werden. Das ist das Wichtigste.«

»Genau. Deshalb wird jetzt geschlafen. Die Besuchszeit ist beendet«, sagte Iris streng. »Hau ab, Thorsten!«

An der Schlafzimmertür drehte sich Thorsten noch einmal um.

»Ich krieg den Kerl.«

»Verpiss dich«, antwortete Iris.

»Gut, dass ihr einen Fahrstuhl habt, solange Ralf Krücken braucht und so.«

»Ja, das ist gut. Ich kann ihn ja schlecht die Treppe hochschleppen«, ätzte Iris.

Thorsten hatte das Gefühl, noch irgendetwas Optimistisches sagen zu müssen. Zuerst wollte ihm nichts einfallen, aber dann hatte er einen Geistesblitz. »Ralf, ehrlich: Bei deinem Übergewicht solltest du lieber die Treppe nehmen, wenn dein Sprunggelenk wieder durch den TÜV ist.«

Iris schlug nicht so hart zu, wie er es ihr zugetraut hatte. Wahrscheinlich war sie insgeheim auch der Überzeugung, dass Ralf zu fett war.

Das Jugendstil-Treppenhaus strahlte eine himmlische Ruhe aus. Er ließ sich Zeit beim Hinuntergehen. Die nächsten Wochen ohne Mitarbeiter würden hektisch genug werden.

Mit einer unmerklichen Bewegung

Wie alle Blumen entfalteten auch die Rosen, die Thorsten mitgebracht hatte, erst in einem Krankenhauszimmer ihren vollen Geruch. Lag wahrscheinlich daran, dass Rosen heutzutage überhaupt nur noch in Ausnahmefällen riechen.

Annika erinnerte sich. Allerdings nur an Thorstens letzten Besuch. Genau genommen nur an Teile davon. Mehr kann man nicht erwarten, dachte Thorsten. Der Umgang mit Menschen, die vom Schicksal wie von einem Hochgeschwindigkeitszug gestreift worden waren, lehrte Demut. Ein normales Seelenleben konfrontierte einen erwachsenen Mann in der ersten Welt nicht häufig mit so einer Gefühlslage. Drei Tage zuvor hatte er Annika in einem Rettungswagen einen Heiratsantrag gemacht, dessen Motivation sich ihm im Nachhinein auch nicht mehr vollständig erschloss. Wieso war er als überzeugter Single überhaupt auf so eine aberwitzige Idee verfallen? Drei Tage, das sind nur zweiundsiebzig Stunden. Der Unfall, natürlich eine Extremsituation. In solchen Momenten zeigt sich der wahre Charakter, sagt man. Vielleicht hatte auch nur der Instinkt sich zu reproduzieren die Oberhand gewonnen, nachdem man dem Tod ein wenig näher gewesen war als gewöhnlich. Annika hatte geantwortet, dass sie den Antrag gerne annehmen würde, dass sie aber noch verheiratet sei, wenn sie sich recht erinnere. Auf ihre Erinnerung dürfe man allerdings nicht wetten, deshalb sage sie einfach »Ja«, auch wenn es eventuell rechtlich bedenklich sei. Danach hatten sie sich geküsst. Und ein paar Gedächtnisverluste später redete das gleiche Paar darüber, dass man im Krankenhaus Badeschlappen tragen sollte, um sich keinen multiresistenten Keim einzufangen. Natürlich verschwieg Thorsten den Heiratsantrag und tröstete sich damit, dass man bei Amnesie-Kranken immer eine zweite Chance bekam.

Gemeinsam mit Annika sah er fern. Der Apparat war auf einem in alle Richtungen schwenkbaren Metallarm montiert. Zuerst zappten sie schnell durch die Programme, bis sie bei einer der ersten Folgen von *Hawaii Five-0* hängen blieben. Natürlich die Original-Serie. Sie lachten über die Klamotten, die man Ende der Sechzigerjahre getragen hatte, und über den sehr geraden Scheitel des Hauptdarstellers. Trotzdem mochte Thorsten die Serie, obwohl er Krimis sonst aus dem Weg ging. Das waren noch Zeiten gewesen, in denen immer die Guten gewannen und dabei sichtlich Spaß haben durften. Exotische Landschaften. Vulkaninseln mit traumhaften Palmenstränden. Und Mädchen, wie es sie nur im Fernsehen gibt. Sinnliche Frauen werden durch eine Kamera betrachtet noch sinnlicher. Heute trugen die Drehorte eine Düsternis in sich, die irgendwie auf die Protagonisten abfärbte. Die meisten Helden waren gebrochen. Wovon eigentlich? Von dem bisschen islamistischen Terror? Von dem Fernbleiben jedweder Vision? Selbst James Bond brauchte ein Quantum Trost. Man merkte heutigen Filmen an, dass es Schwerarbeit sein musste, cool zu sein.

In einer Werbepause kam Doktor Singh zur Visite. Bei der Begrüßung lächelte er Annika mit seinem selbstbewusst vorgetragenen, exotischen Charme an. Doktor Singh hatte die gepflegten, strahlend weißen Zähne, die dazu erforderlich waren. Entweder sehr gute Pflege oder sehr gute Zahntechniker. Thorsten hatte die Erfahrung gemacht, dass selbst Frauen, die den Aussagen von Medizinern grundsätzlich skeptisch gegenüberstanden und eher auf ihre Heilpraktikerin hörten, einem indischen Arzt bedingungslos vertrauten, selbst wenn der Doc mit Naturheilverfahren überhaupt nichts am Hut hatte. Vielleicht, weil Inder in einem Arztkittel einfach sexy aussehen.

Thorsten stand auf und verließ das Zimmer, bevor er dazu aufgefordert werden musste. Nach fünf Minuten kam Doktor Singh wieder heraus. Obwohl Thorsten sich noch auf die Zunge beißen wollte, sprudelte es aus ihm heraus: »Wie geht es ihr?«

»Gehören Sie zur Familie?«

»Nein. Ich bin ... ich bin ihr ...«, Thorsten wollte einfach nicht die passende Bezeichnung einfallen. *Privatdetektiv* konnte er schlecht sagen. *Verlobter* auch nicht. Annika erinnerte sich überhaupt nicht daran, dass sie bereit war, ihn zu heiraten. Der Arzt schaute ihn abwartend an. Thorsten zuckte resignierend mit den Schultern. »Ich hab das Auto gefahren. Das Unfallauto.«

»Soweit ich weiß, trifft Sie keine Schuld.«

»Trotzdem fühle ich mich verantwortlich. Ich hole sie ab, wenn sie entlassen wird.«

»Sie wird morgen entlassen«, antwortete Doktor Singh. »Fahren Sie vorsichtig.«

Dann verschwand er so schnell, dass Thorsten nicht genau wusste, ob das strahlende Weiß, das immer noch im Krankenhausflur stand, von seinem Arztkittel oder seinen Zähnen ausgegangen war.

Als Thorsten zurück ins Zimmer kam, hatte Annika auf einen Verkaufssender umgeschaltet, auf dem gerade ein ultraleichtes Trainingsgerät beworben wurde, mit dem man alle Problemzonen angehen konnte und das sich zudem mit wenigen Handgriffen zusammenlegen ließ.

»Ich werde dich morgen abholen«, sagte Thorsten.

»Schön. Wo fahren wir hin?«

»Zu dir nach Hause.«

»Also zu meinen Kindern?«

»Kannst du dich an sie erinnern?«

»Habe ich keine Kinder?«

»Doch. Einen Jungen und ein Mädchen. Simon und Nadine.«

»Bist du der Vater?«

»Nein.«

»Ich will trotzdem zu den Kindern.«

»Im Moment lebst du nicht bei ihnen.«

»Wo lebe ich denn?«

»In einer Behindertenwohngruppe.«

Annika starrte ihn mit weit aufgerissenen Augen an. »Ich will in keiner Behindertenwohngruppe leben. Wenn du mich abholst, wirst du mich nicht in eine Behindertenwohngruppe bringen.«

»Okay. Wenn du willst, kannst du auch mit zu mir kommen.«

»Kenne ich dich dafür denn gut genug?«

»Ich hab keine Ahnung, wie gut man sich dafür kennen muss.«

Es klopfte an der Tür. Andreas Fritsch kam mit den Kindern herein. Thorsten hatte eigentlich keine Lust, schon wieder aus dem Zimmer zu gehen, aber er spürte, dass sein Anstand ihn dazu zwang. Gegen seine Erziehung konnte er einfach nicht ankämpfen. Das Mädchen lief quietschend zu Annika hin und umarmte sie. Annika freute sich, obwohl sie sich vor ein paar Minuten an das Kind nicht hatte erinnern können. Der Junge blieb in der Nähe des Vaters. Andreas legte ihm sanft eine Hand auf die Schulter und schob ihn eine Winzigkeit nach vorn. Thorsten hatte Andreas diese kleine Bewegung nicht zugetraut. Solche Kleinigkeiten entgingen ihm als Privatdetektiv nicht. Gerade deshalb war er manchmal von seinen eigenen Beobachtungen erstaunt.

»Hallo Mama«, sagte der Junge. Er stand stocksteif vor dem Bett. Annika fuhr ihm lächelnd mit den Fingern über die Wange. Er ertrug es tapfer. Nachdem Annika mit ihren Liebkosungen fertig war, holte er eine kleine Spielkonsole aus seiner Hosentasche und reichte sie mit ausgestreckten Händen seiner Mutter. »Hier Mama, ich hab dir etwas mitgebracht. Damit dir nicht so langweilig ist.«

Als Thorsten an Andreas vorbeigehen wollte, berührte der ihn am Arm, aber nur so leicht, dass man es keinesfalls als Angriff werten konnte.

»Kann ich Sie einen Moment sprechen?«

Die beiden Männer gingen nach draußen. Thorsten folgte Andreas auf kurze Distanz. Er wusste nicht, welches Verhältnis er zu Andreas hatte. Was war das für ein Typ? Ein Kotzbrocken, der versucht hatte, ihn zu verprügeln und dem er daraufhin um ein Haar die Finger gebrochen hatte. Ein Vater, der seinen Sohn mit einer für die Mutter unmerklichen Bewegung nach vorne schob. Manchmal half es nichts, ein intaktes Gedächtnis zu haben. Vielleicht konnte er Andreas nur deshalb nicht leiden, weil dieser zufällig mit Annika verheiratet war. Das Einzige, was Thorsten sicher wusste, war, dass er nicht schon wieder Lust auf eine Schlägerei hatte.

Andreas öffnete die Tür und schloss sie hinter Thorsten wieder. Beide standen sich einen langen Moment unschlüssig gegenüber.

»Das war ziemlich ergreifend, als Simon seiner Mutter die Spielkonsole gegeben hat«, sagte Thorsten.

Andreas zuckte mit den Schultern. »Simon hat seit letzter Woche ein Smartphone. Sonst hätte er das Teil wahrscheinlich nicht hergegeben. Tragbare Spielkonsolen sind nicht mehr der neueste Stand der Technik. Ich habe Simon gesagt, er soll das Smartphone zu Hause lassen. Damit er nicht dauernd damit rumspielt.«

»Annika wird das Gerät trotzdem hüten wie einen Schatz.«

Die beiden Männer schauten auf den Fußboden. Zwischen ihnen verlief ein orangefarbener Streifen des Farbleitsystems. Thorsten und Andreas sahen gleichzeitig hoch.

»Es tut mir leid«, sagte Andreas.

»Sie müssen sich nicht bei mir entschuldigen. Ich mache nur meinen Job.«

»Ich meine es ernst. Keine Ahnung, was in mich gefahren ist. Vielleicht war ich eifersüchtig.«

»Eifersüchtig? Ich denke, Sie wollen sich von ihr trennen?«

»Ja, aber ich liebe sie immer noch.«

»Meistens sagen Frauen solche Sachen.«

»Was für Sachen?«

»Sachen, die nicht zusammenpassen wollen.«

»Sie können sich nicht vorstellen, wie das ist, mit jemandem verheiratet zu sein, der die zwölf gemeinsamen Jahre einfach vergessen hat, während man selbst eine Vergangenheit mit sich herumschleppt, die man nicht mehr teilen kann. Annika kann sich nicht an unser erstes Date erinnern, unseren ersten Streit, die Geburt unserer Kinder. Vor allem hat sie vergessen, wie es sich angefühlt hat, sich in mich zu verlieben. Ich hab ihr immer und immer wieder unser Hochzeitsvideo gezeigt. Wie wir uns gegenseitig die Ringe an den Finger steckten und sie vor Glück weinte. Wie sie laut lachte, als wir vor der Kirche mit ganzen Lkw-Ladungen Reis beworfen wurden und diesen riesigen Baumstamm mit einem stumpfen Sägeblatt durchsägen mussten. Einmal haben wir uns zehn Mal hintereinander das Video vorgespielt. Immerzu: Lachen. Weinen. Baustämme zersägen. Mit Reis beworfen werden. Weinen. Lachen. In guten wie in schlechten Zeiten. Mit Reis beworfen werden. Lachen. Weinen. Schwerstarbeit. Ich hatte gehofft, die Bilder würden eine Tür in ihr öffnen. Aber da gibt es keine Tür. Und wenn doch, dann ist nichts mehr dahinter. Es ist alles ausradiert. An manchen Tagen war ich mir nicht einmal sicher, ob sie sich selbst im Video erkennt. Ich kaufte sogar einen hochauflösenden Fernseher mit riesiger Bildschirmdiagonale und Surroundsystem, aber selbst das hat nicht geholfen. Größere Tränen und lauteres Lachen von allen Seiten helfen auch nicht. Ich bin ihr fremd. Und sie ist mir vertraut. Ich kenne ihre Stärken und Schwächen, oder was ich dafür halte, aber sie ...«

Die Tür zum Krankenzimmer öffnete sich einen Spalt.

»Willst du nicht wieder hereinkommen?«, fragte Simon mit einem Gesichtsausdruck, der übermäßig unterstreichen sollte, wie unwohl er sich fühlte.

»Ja, okay«, antwortete Andreas und ging wieder ins Krankenzimmer.

Thorsten folgte ihm und blieb in der Mitte des Zimmers neben Andreas und Simon stehen.

»Kann ich mal dein Handy haben?«, fragte Simon seinen Vater.

»Muss das jetzt sein?«

»Mir ist langweilig.«

Wortlos gab Andreas ihm das Mobiltelefon. Simon setzte sich auf einen Stuhl und begann zu spielen. Dem röhrenden Sound nach schien es ein Spiel mit getunten Autos zu sein. Annika kuschelte immer noch mit ihrer Tochter. Es schien beiden zu gefallen, nebeneinander im Bett zu liegen und den ungelenken Ausführungen eines Moderators auf dem Verkaufssender zu folgen. Mittlerweile wurde ein Pfannenset aus einem in der Weltraumforschung erprobten Material angeboten. Zwischen zwei Pfannen ließ Annika ihren Blick von Andreas zu Thorsten und wieder zurück wandern. Sie bewegte den Kopf mit der Gleichmäßigkeit eines Roboters.

»Mit wem von euch beiden bin ich eigentlich verheiratet?«, fragte Annika.

»Mit mir«, antwortete Andreas. Seine Antwort klang sehr nüchtern. Keine Spur Selbstmitleid schwang mit.

»Okay«, antwortete Annika lächelnd, ohne dabei einen der beiden Männer anzusehen. Es war nur ein reflexartiges Lächeln, wusste Thorsten. Annika richtete ihre gesamte Aufmerksamkeit wieder auf den Verkaufssender. Der Sprecher, der das Pfannenset anpries, klang wie die deutsche Synchronstimme von Jack Nicholson. Irgendein Werbefuzzi musste herausgefunden haben, dass deutsche Hausfrauen

Jack Nicholson mit Kochen in Verbindung bringen. Oder einfach mit Sex. Der Boden der Pfannen war leicht konkav gewölbt, dadurch entstand beim Erhitzen ein Vakuum, das eine effiziente Wärmenutzung garantierte. Sonst gibt es ja für nichts Garantien, dachte Thorsten. Die Bundeskanzlerin hatte erst vor Kurzem empfohlen, beim Braten eines Spiegeleis an die Weltraumforschung zu denken, was natürlich Quatsch war. Thorsten hatte einmal ausprobiert, was passiert, wenn man ein Ei in die Mikrowelle legt. So eine Sauerei hatte die Bundeskanzlerin bestimmt noch nicht gesehen.

»Ich nehme Ihre Entschuldigung an«, erklärte Thorsten beiläufig, während er Andreas am Arm zur Tür zog.

Im Gang stellten die Krankenschwestern die Rollwagen mit dem Abendessen bereit. Die Plastikbehältnisse waren in mehreren Fächern über- und nebeneinander angeordnet, als würden sie in Etagenbetten schlafen. Die Essensbehälter leuchteten rot, gelb und blau. Vermutlich *Standard, Kalorienarm* und *Vegetarisch*. Thorsten verspürte den spontanen Impuls nachzusehen, welches Essen sich unter welcher Farbe verbarg.

»Sie wird morgen entlassen«, sagte Thorsten. »Wollen Sie sie holen?«

»Ich weiß nicht. Und Sie?«

»Ich weiß auch nicht.«

»Und ich dachte immer, Detektive haben für alles eine Lösung.«

»Nicht mal die Lebensberatung hat für alles eine Lösung. Oder die Telefonseelsorge. Detektive beobachten und ziehen eine Schlussfolgerung.«

»Und eine Schlussfolgerung ist keine Lösung?«

»Auf keinen Fall. Manchmal verhindert sie die sogar.«

»Annikas Gedächtnis hat unter dem Unfall noch mal gelitten.«

»Wahrscheinlich der Schock.«

Eine Weile standen sich die Männer gegenüber, ohne etwas zu sagen. Die Krankenschwestern teilten das Abendessen aus. Zurück im Zimmer stellte Thorsten fest, dass Annika ihr Abendessen noch nicht angerührt hatte. Einen Augenblick lang zögerte er. Dann hob er den Deckel vom Plastikbehältnis. Wurst- und Käsescheiben. Rot war *Standard.* Die Wurstscheiben sahen ein wenig zu rosa aus, um natürlich zu wirken. Wie man sich Fleisch vorstellt, wenn man sich nicht mit der Erkenntnis aufhalten will, dass dafür Tiere geschlachtet werden. Barbie-Wurst. Annika lachte laut. Thorsten stülpte schnell den Deckel über das Abendessen. Erst dann merkte er, dass das Gelächter nicht ihm galt, sondern dass Annika sich über eine Szene in *Die Simpsons* amüsierte. Nadine lachte zeitversetzt mit. Vermutlich wurde sie vom Lachen ihrer Mutter angesteckt, ohne den Gag wirklich verstanden zu haben.

Schlechter Strom

Seit Ralf am hellichten Tag in einem Hinterhof verletzt worden war, erschien Thorsten auch der eigene Hinterhof bösartig, vor allem, wenn es dunkel war. Vielleicht waren die Mülltonnen, der Fahrradständer und die langen Schatten, die eine vereinsamte Lampe warf, schon vorher feindselig gewesen, aber Thorsten war diese Stimmung zuvor noch nie aufgefallen. Er gestand sich ein, dass er unsicher war. Wenn man immer wieder stehen blieb, um dem Geräusch seiner eigenen Schritte nachzulauschen, war man definitiv unentspannt.

Als Thorsten die schwere Holztür öffnete, leistete sie erwartungsgemäß mit einem knarrenden Geräusch Widerstand. Er war froh, dass er den finanzschwachen Vermietern seines Büros mittlerweile eine fabrikneue Energiesparlampe geschenkt hatte. *Kompaktleuchtstofflampe* hieß es offiziell. Er hatte die beiden Brüder sogar beim Einsetzen der Lampe in die Fassung beobachtet. Die Freude hielt an, bis er den Lichtschalter bediente. Anschließend fiel seine Begeisterung in sich zusammen. Die gewundenen Leuchtröhren der Lampe flackerten vor sich hin wie eine Kerze, deren Docht in einem Wachsmeer ertrank. Die uralten Stromleitungen und Elektroinstallationen des Hauses waren marode wie die DDR Ende der Achtziger. Immerhin würde selbst das flackernde Licht helfen, sich diesmal nicht mit seinem Schlüssel die halbe Hand wegzuraspeln. Er steckte ihn ins Zylinderschloss. Ein Geräusch hinter ihm ließ alle seine Bewegungen auf der Stelle einfrieren. Fang nicht an zu spinnen, dachte Thorsten, aber als er sich umdrehte, wurde ihm endgültig klar, dass der Tag keinen versöhnlichen Abschluss nehmen würde. An der gegenüberliegenden Wand des Treppenhauses lehnte ein Typ in einem grünen Parka, der eine Motorradmaske über den Kopf gezogen hatte. Thorsten hatte keine Mühe, sich zusammenzureimen, wen er vor sich hatte. Durch die drei Öffnungen der Maske wirkten die Augen und der Mund größer. Oder vielleicht passten die Gesichtsproportionen tatsächlich nicht. Seine ganze Auffassungsgabe, auf die er sonst so stolz war, stürzte ab. Ausgeliefert sein.

Sich jedes Detail merken für später. Sich unbeeindruckt geben, trotzdem einen Rückwärtsschritt machen. Dabei über einen Gegenstand stolpern. Ins Straucheln kommen. Mit den Schultern gegen die Bürotür knallen. So hart auf dem Boden landen, dass das Steißbein aufschreit. Thorsten versuchte, sich mit den Handflächen vom Boden abzustützen. Schmerz. Sofort zog er die rechte Hand zurück. Neben ihm stand ein Bonsai. Eine Kiefer in einer rechteckigen, unglasierten Schale.

Thorsten sah den Angreifer von unten. Blöde Position.

»Also, um das gleich mal deutlich zu sagen: Ich mache seit zehn Jahren Kampfsport«, sagte er.

»Ach ja«, antwortete der Vermummte. »Und ich hab das.« Er holte eine Pistole aus einer Tasche seines Parkas und richtete sie auf Thorsten.

»Schaut nach Kunststoff aus. Ist das eine Glock oder eine Spielzeugpistole?«

»Eine Glock 17, auch taktische Tupperware genannt. Die Entwickler haben jeden dekorativen Zierrat weggelassen und sich auf größtmögliche Zuverlässigkeit, Präzision und Feuerkraft der Waffe konzentriert.«

»Das kann jeder Idiot im Internet nachlesen.«

»Die intuitive Bedienbarkeit sichert auch in Belastungssituationen eine reibungslose Handhabung.«

»Bist du gestresst?«

»Willst du es ausprobieren?«

»Ich finde, wir sollten cool bleiben. Was willst du von mir?«

»Was wohl? Ich will, was mir zusteht.«

Eins auf die Fresse, dachte Thorsten, sagte es aber nicht. *Am Boden liegend* war wirklich keine gute Position.

»Hey Mann, ich hab ehrlich keine Ahnung, wovon du redest.«

»Ich mach dich fertig. So wie deinen Freund Ralf.«

»Ralf ist nicht mein Freund. Er ist mein Geschäftspartner.«

»Egal. Was hältst du davon, wenn ich dir als kleinen Vorgeschmack deine Kniescheibe zerschieße?« Der Vermummte senkte die Pistole und zielte auf Thorstens linkes Knie. »Wenn ich nicht kriege, was mir zusteht, betrittst du die Welt des Schmerzes.«

»Ich kenne den Film. Die Welt des Schmerzes. Das ist aus *The Big Lebowski.*«

»Halt die Fresse, Mann!«, brüllte der Vermummte. Dabei sah sein von schwarzer Baumwolle eingerahmter Mund überdimensioniert aus. Der Kerl musste unter der Maske schwitzen wie ein Schwein. Thorsten wusste, dass schlechtes Körpergefühl oft genug zu noch schlechteren Entscheidungen führte. Keine beruhigende Erkenntnis. Vor allem, weil der Maskierte gerade mit der Pistole wie ein Parkinson-Kranker in seine Richtung fuchtelte. Reflexartig schloss Thorsten die Augen. Auch unabsichtlich konnte sich jederzeit ein Schuss lösen. Dass sich der Wichser die Handhabung seiner Schusswaffe offensichtlich aus zweitklassigen Gangsterfilmen abgeschaut hatte, war auch nicht wirklich beruhigend. Thorsten spürte alle möglichen Körperstellen, denen er sonst keinerlei Aufmerksamkeit widmete. Hoffentlich trifft er keine Arterie, dachte er. Kein inneres Organ. Kein Gelenk. Ganz ruhig. Der Kerl will dich nicht töten. Noch nicht. Thorsten stellte sich vor, wie nach einem Kopfschuss der Schriftzug *Game Over* auf der Leinwand erscheint. Ende der Vorstellung. Kalter Schweiß lief in dicken Tropfen über seine geschlossenen Lider.

Mit einem heftigen Knarren wurde die Tür zum Hinterhof aufgestoßen. Als Thorsten die Augen öffnete, war der vermummte Psychopath verschwunden, stattdessen schlurfte sein kleiner, übergewichtiger Vermieter Eren den Hausflur entlang.

Atmen, dachte Thorsten. Atmen und Schweiß aus dem Gesicht wischen. Erens Bauch wölbte sich unter einem XXL-Shirt mit dem Schriftzug *Fat & Happy*.

»Was machst du da am Boden?«, fragte Eren.

»Ich bin über den Bonsai gestolpert. Für das Licht im Treppenhaus ist der Vermieter zuständig«, antwortete Thorsten, während er aufstand.

»Wir haben die Birne ausgewechselt«, sagte Eren.

»Ja«, antwortete Thorsten, »aber man sieht trotzdem nichts, sie flackert ununterbrochen.«

Eren sah hoch und verzog seine Gesichtszüge zu einem Ausdruck größten Bedauerns. »Das ist schlechter Strom«, stellte er fest. Dann wuchtete er sein Fett die Treppe hoch.

Thorsten schloss die Tür zum Büro auf. Nachdem er sie von innen wieder versperrt hatte, lehnte er sich an die Raufasertapete und wischte sich mit dem Ärmel über die schweißnasse Stirn. Er knipste das Licht nicht an, weil er keine Lust hatte, gut ausgeleuchtet zum Opfer eines Heckenschützen zu werden. Langsam glitt er mit dem Rücken an der Wand nach unten und atmete durch. Es gab Situationen, in denen man die wichtigsten Körperfunktionen vernachlässigte. Thorsten war bemüht, einen Rhythmus für seine Atmung zu finden. Auf allen vieren kroch er zu seinem Schreibtisch. Dabei stieß er den Abfallkorb um. Mit den Fingern streifte er zusammengeknüllte Papierkugeln. Hinter den wuchtigen Schreibtischen ging er in Deckung. Doch ein guter Kauf. Thorsten wischte mit seinem Handrücken über die Stirn, um den Schweißfluss zu stoppen, der ihm seit Minuten ununterbrochen in die Augen lief. Sofort bildeten sich neue Schweißperlen für den Gegenangriff. Thorsten zog sein Handy aus der Hosentasche. Den Gedanken die Polizei zu rufen, verwarf er sofort wieder. Wenn sich die Hilflosigkeit eines Privatdetektivs in so einer Situation erst einmal herumgesprochen hatte, konnte der seine Firma gleich dichtmachen. Bloß keine Panikreaktionen, beruhigte sich Thorsten mit mäßigem Erfolg. Einen Moment lang dachte er über seine derzeitige Situation nach, bevor er Eva anrief. Nach der Trennung hatte er ihre Nummer aus den Kontaktdaten in seinem Handy gelöscht, aber er kannte sie immer noch auswendig. Die Gehirnregion, in der Thorstens Würde beheimatet war, wünschte sich, dass Eva das Telefon nicht abnehmen würde, aber natürlich meldete sie sich prompt nach dem zweiten Läuten mit jener Stimme, die ihm eine seltsame Geborgenheit zu schenken vermochte. Das Scheißgehirn war erleichtert, obwohl es dafür keine rationalen Gründe gab.

»Hallo, hier ist Thorsten.«

Kurzes Schweigen. Dann sprach Eva in einer neuen Stimmlage weiter. Jetzt deutlich aggressiver.

»Was willst du?«

»Nichts Bestimmtes. Einfach fragen, ob es dir gut geht.«

»Ja.«

»Was *ja*?«

»Mir geht's gut.«

»Hast du einen neuen Goldfisch?«

»Nein, ich habe mit Goldfischen abgeschlossen. Was willst du wirklich?«

Thorsten zögerte. Er wusste nicht recht, wie er sich gegenüber Eva, die ihn viel zu gut kannte, ausdrücken sollte, ohne ein paar neue Schützengräben durch ihre Beziehung zu buddeln. Schließlich wählte er den direkten Weg.

»Schick mir keine Bonsais mehr.«

»Ich schick dir keine Bonsais.«

»Dann stellt sie vermutlich eine andere Person vor meiner Bürotür ab.«

»Ja, vermutlich.«

»Sag mal, hast du jemanden auf mich angesetzt?«

»Bitte?«

»Einen Kerl, der Ralf und mich aufmischen soll.«

»Du hast mal wieder Ärger, was? Und da fällt dir nichts Besseres ein, als mich anzurufen.«

»Ich hab mir nur überlegt, wer ein Motiv haben könnte …«

»Und da bist du auf mich gekommen?«

»Ehrlich gesagt, ja.«

»Ach ja, und wen soll ich angeheuert haben? Einen psychopathischen Killer?«

»Das trifft es ziemlich gut.«

Eva stöhnte genervt. »Was ist denn das wieder für eine Scheiße? Ein Killer! Ich hab dir schon immer gesagt, dass dir diese idiotischen Filme nicht guttun.«

»Immerhin hieß dein Goldfisch Bruce Willis.«

»Lass den Goldfisch aus dem Spiel.«

»Tut mir leid.«

»Und du scheinst immer noch zu glauben, dass ich dich mit einem Bonsai umbringen will. Du bist ja vollkommen paranoid.«

»Du hast den Typen also nicht geschickt?«

»Nein!«

Eva brüllte so laut ins Telefon, dass statt einer menschlichen Stimme nur noch ein Fauchen zu hören war. Obwohl Thorsten den Hörer sofort weggerissen hatte, klirrte es in seinem Ohr. Scheinbar waren Ohrengeräusche die typische Berufserkrankung eines Privatdetektivs. Nach Evas Wutanfall kam das Gespräch ins Stocken. Thorsten glaubte ihr. Sie hatte den Psycho auf keinen Fall geschickt. Er schämte sich dafür, sie angerufen zu haben.

»Gibt's sonst noch was?«

»Ja. Die japanischen Schriftzeichen, die du bei mir an die Wand gemalt hast. Was bedeuten die?«

»Fick dich.«

Klick. Eva hatte aufgelegt. Thorsten blieb noch eine Weile an den Schreibtisch gelehnt im Dunkeln sitzen. Er starrte das Hintergrundbild seines Handys an: Die lange belichtete Luftaufnahme eines nächtlichen Autobahnkreuzes. Die Scheinwerfer der Autos zerflossen in einer großzügigen Geste. Die Straßen sahen aus wie Nervenbahnen.

Er stand auf und nahm die Madonna vom Schreibtisch. So oft wie in den letzten Tagen war die Mutter Gottes sicher noch nie als Waffe eingesetzt worden, vermutete Thorsten. Er hielt die Figur kampfbereit in einer Hand, während er mit der anderen langsam die Bürotür aufzog. Vorsichtig spähte er ins Treppenhaus. Die flackernde Leuchte nervte. Sonst alles sauber. Auf dem Weg zum Auto ließ er die Aufmerksamkeit nicht absinken. Zwei Mal an einem Tag würde Thorsten dem Zitate-Spinner nicht in die Falle gehen.

Gewitterwolken türmten sich auf und ließen den dunklen Himmel über der Stadt seltsam ungewaschen erscheinen. Etwa alle zwanzig Sekunden entluden sich Blitze in den oberen Wolkenschichten. Die flackernd angestrahlten Wolken darunter sahen fett und böse aus. Als würden sie jeden Moment auf der Erde landen.

Das Handy vibrierte, bevor es zu klingeln anfing. Thorsten nahm das Gespräch an.

»Hallo.«

»Hier ist Ralf.«

»Was macht die Genesung?«

»Sie tut weh.«

»Tut mir leid.« Thorsten beschloss, nichts von seinem eigenen Feindkontakt Ralf gegenüber zu erwähnen, um ihn nicht unnötig aufzuregen. »Kann ich was für dich tun?«

»Nein. Das heißt ja. Wir müssen mal reden.«

»Reden?«

»Das ist der auf Interaktion ausgerichtete Gebrauch der menschlichen Stimme.«

»Ich hab's schon verstanden. Willst du etwa hinschmeißen?«

»Nein.«

»Gut. Ich komme morgen bei dir vorbei.«

»Das ist keine so gute Idee. Würde Iris nur aufregen. Was hältst du von der Stadtbücherei als Treffpunkt? Ich hab meiner Frau erzählt, dass ich mir ein paar Bücher ausleihen will. Literatur als Reha-Maßnahme. Es hat ihr gefallen, dass ich nicht nur fernsehen will, solange ich rumliegen muss.«

»Soll ich dich abholen? Du bist ja derzeit nicht mobil.«

»Iris bringt mich hin. Während ich in der Bibliothek bin, geht sie einkaufen.«

»Fein eingefädelt.«

»Um elf.«

»Elf ist gut.«

Nachdem Thorsten das Gespräch beendet hatte, hegte er den dringenden Verdacht, dass ihm ein Arschloch-Tag bevorstand.

Auf dem Weg zum Leihwagen ließ Donner die Luft zappeln. Thorsten zog reflexartig den Kopf ein und schaute nach oben. Blitze spritzen ihr Gift aus den angeschwollenen, tief hängenden Wolken. Als er im Corsa saß, setzte der Hagel ein. Die Körner trommelten einen irren Rhythmus auf die Karosserie. Der Boden rund um das Auto war in Sekundenschnelle bedeckt mit kleinen weißen Eiskügelchen. An Fahren war nicht zu denken. Thorsten legte die Madonna auf den Beifahrersitz und wartete.

Der Arschloch-Tag würde kommen.

Du musst dein Leben ändern

Die Stadtbücherei war Sechzigerjahre pur. Im Zuge einer energetischen Sanierung war dem Gebäude vor einigen Jahren auch etwas Farbe, Behaglichkeit und ein Kaffeeautomat hinzugefügt worden. Der Park um die Bibliothek herum war denkmalgeschützt. Während Thorsten durch den Wolkenbruch zum Eingang rannte, fragte er sich, ob auch die Hundehaufen, denen er ausweichen musste, denkmalgeschützt waren. Während er die Sicherheitstore im Eingangsbereich durchquerte, schlugen die Diebstahlsmelder an.

Die Frau am Empfang lächelte ihm verbindlich entgegen. »Wahrscheinlich der Schlüsselbund«, sagte sie freundlich.

»Ja, wahrscheinlich«, antwortete Thorsten. Sicherheitshalber lächelte er zurück. Eher der Elektroschocker, dachte er, während er sich umsah. Kein Ralf auf den Sofas im Eingangsbereich. Auch nicht vor den Stellwänden mit Aquarellen einer einheimischen Künstlerin. Lauter Blumenmotive. Weiter in die anderen Räume: Kein Ralf bei den Klassik-CDs, wo Thorsten ihn am ehesten vermutet hätte. Auch nicht bei der Belletristik und bei den Reiseführern. Fantastische Literatur und Science-Fiction waren eh nicht Ralfs Ding. Kinder- und Jugendliteratur. Eine Schulklasse samt Lehrkraft. Die Mädchen redeten begeistert mit der Lehrerin oder blätterten in Büchern, während sich die Jungen mit portablen Spielkonsolen in die weniger gut einsehbaren Nischen verzogen hatten. Thorsten warf einen Blick in die Herrentoilette. Zwei ungefähr Elfjährige rauchten darin. Es sah nicht so cool aus, wie die beiden vermutlich dachten.

Schließlich entdeckte er Ralf, der auf einer mit lila Kunstleder bezogenen Couch in einem Buch blätterte. Neben ihm lehnte ein Paar Krücken.

»Zwischen der Philosophie-Abteilung und den Jazz-CDs treibst du dich also rum. Ich dachte, du magst keinen Jazz«, sagte Thorsten. Er setzte sich neben Ralf.

»Hier ist es schön ruhig. Zu Philosophie und Jazz kommt keiner zufällig. Wer sich hierher verirrt, geht gleich wieder. Und die, die sich dafür interessieren, ergreifen die Flucht, wenn jemand hier sitzt. Das sind menschenscheue Gestalten.«

»Vielleicht liegt es an der Couch. Sie ist zu lila.«

»Du bist subjektiv. Sie ist zu lila für einen Cowboy. Für andere ist sie okay.«

Ralf blätterte nervös, ohne hinzusehen in dem Buch, das er in den Händen hielt. Thorsten beugte sich nach vorn, um den Titel lesen zu können.

»*Du musst dein Leben ändern.* Interessiert dich das?«

»Klar, sollte uns alle interessieren«.

»Worüber wolltest du mit mir reden?«

Ralf klappte das Buch zu und glotzte eine halbe Minute das Titelbild an, bevor er stammelte: »Es ist nicht leicht für mich. Ich bin in einer Scheißposition.«

Thorsten wartete darauf, wie es weitergehen würde, aber es kam nichts mehr. Als er zu ungeduldig wurde, sagte er: »Tut mir leid, dass du krank bist.«

»Verletzt.«

»Okay, verletzt. Will Iris, dass du deine Arbeit aufgibst?«

Ralf blätterte wieder in dem Buch.

»Vielleicht träumt sie davon, aber das können wir uns nicht leisten.«

Ralf beugte sich schwerfällig mit dem Buch nach vorn und tat so, als würde er lesen.

»Hab ich mich nicht genug eingefühlt?«, fragte Thorsten.

»Nein, ich fühle mich wunderbar gewürdigt von dir.«

Thorsten riss Ralf das Buch aus den Händen. »Dann will ich jetzt verdammt noch mal ...«

Ralf machte einen Zischlaut und legte seinen erhobenen Zeigefinger an den Mund. »Wir sind hier in einer Bibliothek!«

Thorsten sah sich um. Ein älterer Herr an einem Lesetisch glotzte sie an. Ansonsten nur Bücher. Flüsternd fuhr Thorsten fort: »Ich will wissen, was los ist.«

»Thorsten, ich hab einen Riesenfehler gemacht«, antwortete Ralf ebenfalls flüsternd.

»Was denn für einen Fehler?«

»Ich hab Scheiße gebaut.«

Thorsten zuckte zusammen, als hätte er einen Schlag in den Magen bekommen oder gegen den Hinterkopf oder ins Gemächt, oder überall hin, wo sonst noch gedacht wird. Das Wort *Scheiße* kam äußerst selten vor in Ralfs Wortschatz. Insbesondere, wenn es um dessen eigene Leistungen ging. Mit einem Mal verstand Thorsten, dass es ernster war, als er vermutet hatte.

»Es hat mit persönlicher Integrität zu tun«, sagte Ralf. »Leider«, fügte er schnell hinzu.

»Okay.«

»Es ist überhaupt nicht *okay.*«

»Ich wollte damit sagen, dass ich zuhöre.«

»Es ist nicht so einfach ...«

»Sag's einfach. Hast du mich gefickt?«

»Nein. Jedenfalls nicht direkt. Ich habe die Versicherung gefickt.«

»Was?«

Thorsten erinnerte sich daran, dass er vor ein paar Tagen im Internet das Foto eines Typen gesehen hatte, der mit Spielkarten die Skyline von Manhattan nachgebaut hatte. Ein langhaariger Kerl, der unbeweglich inmitten seiner Kartenhäuser saß. Man sah dem Foto an, dass der Bauherr Angst hatte, sich zu bewegen. Thorsten hatte das Gefühl, gerade eben voll gegen sein eigenes Kartenhaus gerempelt zu sein. Die Karten segelten in Zeitlupe zu Boden.

»Du erinnerst dich an den Fall Meinhold?«, fragte Ralf.

»Ist das eine rhetorische Frage? Willst du Zeit schinden?«

»Ich weiß schon, dass du dich an alle unsere Ermittlungen erinnerst.«

»Genau. Schadensfall *Villa Meinhold*: Exklusive Wohnlage am See. Die Architekten hatten sich viele Gedanken gemacht über die Stimmigkeit im Landschaftsbild. Über Architektur als Spiegelbild der Seele des Bauherrn. Organische Baumaterialien. Und dann Volltreffer in einer Gewitternacht. Alles abgebrannt innerhalb von zwei Stunden. Mit der gesamten Kunstsammlung. Angeblich war ein Bruno-Carillo-Bild darunter, das der im Auftrag von Gunnar Meinhold gemalt hat. Keine Personenschäden. Zum Zeitpunkt des Unglücks war niemand im Haus. Der alte Meinhold war gerade auf einem Segeltörn in der Ägäis unterwegs.«

Ralf nickte.

»Stimmt alles bis auf die Schadensursache.«

Thorsten sah Ralf erwartungsvoll an. Er war überhaupt nicht überrascht. Er wusste: Jetzt kam der Moment, an dem der Scheißesturm losbricht.

»Es war kein Blitz.«

»Den Spannungsaufbau kannst du dir schenken«, zischte Thorsten ungeduldig. »Wer hat die Villa angezündet?«

»Magnus Meinhold.«

»Der Sohn?«

»Er hatte ständig Streit mit seinem Vater. Es ging damit los, dass er in seiner Teenagerzeit in Kreise geriet, in denen man sich in dem Alter gerne rumtreibt. Kiffen, Saufen, Party, das volle Programm. Nach dem Abitur studierte er statt BWL oder Internationalem Management lieber Altorientalische Philologie. Der alte Meinhold war außer sich. Für das Unternehmen hat sich der einzige Nachkomme überhaupt nicht interessiert. Gunnar versuchte Magnus damit gefügig zu machen, dass er bis auf den gesetzlichen Unterhalt alle Zahlungen einstellte. Oder ihn bei besserer Laune mit Geschenken überhäufte. So eine Art Gehirnwäsche, die zu nichts führt.«

»Okay, ich habe es verstanden. Eine Der-verlorene-Sohn-Nummer. Bloß, dass der Sohn verloren bleiben möchte. Alttestamentarisch.«

»Ich würde eher sagen neutestamentarisch.«

»Komm mir jetzt nicht mit deiner Besserwisserei. Was sollte Magnus davon haben, dass er seinem Vater die Hütte abfackelt?«

»Zumindest hatte der keinen Schaden. Die Versicherung hat ja bezahlt.«

Thorsten lächelte Ralf müde an. »Ich weiß schon, warum du dich mit mir in der Bücherei verabredet hast. Da kann der Thorsten nicht so laut werden.«

»Pscht!«

Ralf legte den Zeigefinger an die Lippen.

Thorsten beugte sich zu Ralf hinüber und flüsterte: »Was hat Magnus davon, seinem Alten die Kunstsammlung abzufackeln? Mal abgesehen davon, dass er ihn an einer empfindlichen Stelle trifft?«

»Das hast du schon richtig gedeutet. Magnus wollte seinem Vater richtig wehtun. Allerdings hat er die Kunstsammlung nicht komplett vernichtet. Ein paar Bilder, die seinem Vater besonders am Herzen lagen, hat er vorher aus dem Haus entfernen lassen und durch billige Fälschungen ersetzt. Natürlich auch das Porträt, das Bruno Carillo von Gunnar Meinhold gemalt hatte. Magnus hatte alle Zeit der Welt, um das durchzuziehen, weil sein Vater gerade auf dem Segeltörn war.«

»Ist das der Moment, in dem du ins Spiel kommst?«

»Nein, noch nicht.«

»Vermutlich sollte ich besser trotzdem nicht in Enthusiasmus ausbrechen. Was ist mit den Bildern?«

»Sind in Geiselhaft. Sie werden Gunnar Stück für Stück zurückverkauft. Das machen ein paar Rumänen, die für Magnus arbeiten. Läuft alles in Osteuropa über Strohmänner ab.

Das Carillo-Gemälde behält Magnus als Super-Trumpf bis zuletzt zurück.«

»Warum hat der alte Meinhold nicht die Polizei eingeschaltet?«

»Du hast keinen Sinn für Kunst. Er liebt die Bilder wirklich. Der Gedanke, dass sie zerstört werden könnten, ist ihm unerträglich. Kannst du mit dem Begriff *L'Art pour L'Art* etwas anfangen?«

»Kannst du mit dem Begriff *Leck mich*! etwas anfangen?« Thorsten stand auf und zog einen dicken Wälzer mitten aus dem Philosophie-Regal. »Siehst du dieses Buch hier?«

»Ja. Gesammelte Werke von David Hume. Von ihm ist *Eine Untersuchung über den menschlichen Verstand*.«

»Oh Mann, Ralf, ich hätte tierisch Lust, dir damit voll in die Fresse zu schlagen.«

Thorsten setzte sich wieder neben Ralf und legte das Buch auf seinen Schoß.

»Sag mir Bescheid, wenn du ins Spiel kommst.«

»Magnus hatte in seinem Zimmer eine Rolex-Sammlung.«

»Eine Rolex-Sammlung?«

»Ja. Zehn Stück. Er hat sie mir vor dem Brand übergeben. Zur Verwahrung. Die zusammengeschmolzenen Überreste der Uhren waren Fälschungen. Über die Schadensregulierung verschaffte sich Magnus ein kleines zusätzliches Taschengeld von der Versicherung.«

»Ich hab schon verstanden. Wo sind die Uhren?«

»Ich habe versucht, meine Aufwandsentschädigung etwas höher zu pokern.«

»Du hast ihn erpresst?«

»Ich hatte für ihn schon im Vorfeld ein paar Gefälligkeiten erledigt.«

»Redest du gerade vom Vorfeld einer Brandstiftung?«

»Nicht so laut. Eine angemessene Bezahlung war da nur selbstverständlich. Als er nicht darauf einstieg, habe ich die Uhren verkauft.«

»Wo ist das Geld?«

»Weg. Gehobene Opern-Ausflüge in die Arena von Verona und zur Met sind teuer. Ich musste ein paar Schulden tilgen.«

»Ich hab mich schon immer gefragt, wie du das finanzierst. Scheiße. Warum macht sich Magnus eigentlich selbst die Finger schmutzig, um uns aufzumischen, anstatt seine Osteuropäer zu schicken?«

»Ich glaube, es macht ihm Spaß.«

»Na super. Bist du eigentlich nie auf die Idee gekommen, dass der Kerl ein Psychopath ist? Ich meine – *du* schaust dir doch immer diese ganze Opernscheiße an!«

»Es tut mir wirklich leid. Ich wollte nicht, dass du mit reingezogen wirst.«

Thorsten klopfte nervös mit den Fingern auf den mit Plastikfolie überzogenen Leineneinband des Buchs auf seinem Schoß.

»Und warum erzählst du es mir jetzt?«

»Keine Ahnung.«

»Schwachsinn. Du hast einen Nutzen dadurch.«

Ralf vergrub sein Gesicht in den Handflächen.

»Du bist mein Freund.«

»Wie bitte? Ich kann dich überhaupt nicht verstehen.«

Ralf hob den Kopf und glotzte einen Moment vor sich hin. Dann sagte er mit einem Seufzer:

»Du bist mein Freund.«

»Echt? Fühlt sich gar nicht danach an.«

»Ich hab ein schlechtes Gewissen.«

»Aber warum denn? Du hast doch bloß an dich gedacht.«

»Ich bin ein Verräter.«

»Genau.«

»Meinst du, es ist angenehm, wenn man seinen eigenen Standards nicht mehr genügt?«

Thorsten blätterte in dem Buch auf seinem Schoß.

»Hey Ralf, hier gibt es auch eine *Untersuchung über die menschliche Moral*. Was sollte mich eigentlich daran hindern, mit der Geschichte zur Polizei zu gehen?«

Ralf zuckte mit den Schultern.

»Weiß nicht. Freundschaft vielleicht.«

»Aus meiner Sicht ist unsere Freundschaft ziemlich einseitig verlaufen. Wie hast du mit Magnus Meinhold Verbindung gehalten? Ich meine: Als ihr noch Freunde wart.«

»Wir haben uns persönlich getroffen.«

»Persönlich. Sehr schön. Das kommt ja nicht mehr oft vor. Und wie habt ihr euch verabredet? Hoffentlich nicht über Facebook.«

»Ich bin ja nicht blöd. Da bleibt alles für die Ewigkeit gespeichert.«

»Also?«

»Über diesen Ort. Die Stadtbücherei. Wir haben in der Jean-Paul-Gesamtausgabe im *Titan* auf der letzten Seite einen selbstklebenden Haftnotizzettel hinterlassen.«

»Schön. Sehr intellektuell.«

»Das Buch borgt nie einer aus.«

Thorsten stand auf und stellte David Humes gesammelte Werke zurück ins Regal.

»Wann holt Iris dich ab?«

»In einer Viertelstunde.«

Thorsten ging zum Jazz-CD-Ständer und zog wahllos drei Alben heraus.

»Jetzt, wo du in einer neuen Lebenslage bist, solltest du dir das mal anhören«, sagte Thorsten. »Jazz erweitert den Horizont.«

Wütend bombardierte er Ralf mit *John Zorn*, *Wayne Shorter* und dem *Art Ensemble Of Chicago*. Ralf riss die Arme hoch. Tatsächlich konnte er eine der CD-Hüllen im Anflug mit den Händen abfangen. Eine andere traf seine Brust, die dritte verfehlte knapp seinen Kopf. Die Kunststoffhülle zersplitterte mit einem eindeutigen Geräusch hinter der Couch. Hilflos drehte Ralf seinen übergewichtigen Körper nach hinten, um einen Blick auf den Schaden zu werfen, während er zwischen seinen beiden Händen wie ein Toaster ein Jazz-Album hielt. Thorsten ging ohne Gruß. Draußen hatte es aufgehört zu regnen, aber die Luft roch immer noch nach einem unnachgiebigen Regenguss auf dem aufgeheizten Boden.

Thorsten entblätterte im Gehen einen Kaugummi aus der Alufolie, steckte ihn in den Mund und kaute in einem sehr schnellen Rhythmus. Ausnahmsweise mal nicht, um seine Mundbakterien zu überdecken, sondern seine Nervosität. Man kann nicht ununterbrochen cool sein. Versteckt hinter einem Altkleider-Container wartete Thorsten ab, bis Ralf von Iris abgeholt wurde. Fürsorglich stützte sie ihn, als er sich mit Krücken die Stufen vor der Bücherei hinuntermühte. Als sie mit ihrem Auto weggefahren waren, ging Thorsten zurück zur Bibliothek.

An der Theke fragte er die freundliche Angestellte erst nach einem Notizzettel, danach dann, wo er die deutschen Klassiker finden konnte. Er bekam beides: Eine Auskunft und einen Zettel. Lächelnd. Vor den Klassikern stehend drehte sich Thorsten noch mal um. Weit und breit niemand.

Thorsten zog Jean Pauls *Titan* aus dem Regal. Die Schutzfolie war ausgeleiert und vergilbt. Er benutzte das Buch als Schreibunterlage: *Hey Magnus, ich kenn deinen Namen. Ruf mich auf meinem Handy an. Hast ja die Nummer. Thorsten.*

Thorsten fischte mit Daumen und Zeigefinger seinen Kaugummi aus dem Mund und klebte den Notizzettel damit auf der letzten Seite fest. Danach stellte er das Buch zurück ins Regal. Er grinste zufrieden. Magnus Meinhold würde es genau so verstehen, wie Thorsten es gemeint hatte: Als Kriegserklärung.

Ein sympathischer junger Mann

Als Thorsten das Auto starten wollte, erreichte ihn eine neue Nachricht auf seinem Smartphone: »*Das Antlitz heuchelt Frieden, aber Rache schreit laut das Herz, zu andrem nicht bereit.*« Magnus konnte die Kaugummi-Nachricht im Buch noch nicht gelesen haben.

Thorsten drückte die Mail weg und googelte Magnus Meinhold. Eine Mädchen-Handballmannschaft mit einem großen, weißen Meinhold-Schriftzug auf grasgrünen Trikots. Magnus steht breitbeinig in einem eng geschnittenen Straßenanzug mit einem Ball in den Händen zwischen den Spielerinnen. Es sah aus, als hätte er gerade eben all diese Mädchen geheiratet. Auf einem anderen Foto übergibt er einem dicken Feuerwehrmann mit rotem Kopf ein schwarzes Notebook. Für jemanden, der kein Interesse am elterlichen Betrieb hat, ließ er sich nach außen hin schön einbinden. Außerdem ein paar Partyfotos. Ein sympathischer junger Mann. Immer gut drauf. Anders als der sympathische junge Mann, der sein Büro verwüstet hatte. Oder mit einer Pistole auf ihn zielte. Nächstes Foto. Magnus beim Bogenschießen. Hoch konzentriert. Und beim brasilianischen Kampftanz Capoeira. Er hatte einen verdammt guten Oberkörper. Wie ihn Mädchen mögen. Überall Muskeln, aber nicht solche der aufdringlichen Art, die auf Anabolika-Basis entstanden sind. Auf einem Bild gibt Magnus seinem Vater die Hand. Beide lächeln, aber sie schauen sich nicht an. Die Hände berühren sich vorsichtig, auf Rückzug bedacht. Sie umschließen sich nicht. Der Händedruck ist nur hingehaucht.

Thorsten hatte Feindaufklärung betrieben. Wie ein Feldherr vor der Schlacht, dachte er. Er hatte jetzt ein Feindbild. Sogar viele Bilder. Das Internet war voll davon. Das Arschloch konnte auf den Scheißfotos so sympathisch und eloquent aussehen, wie er wollte – Thorsten kannte die hässliche Seite seines Gesichts. Er musste an Two-Face aus den Batman-Comics denken. Beim Gedanken an den dunklen Ritter schob er instinktiv sein Kinn nach vorne und knirschte mit den Zähnen. Das hatte er als Kind immer gemacht, wenn er von seinen Klassenkameraden gehänselt worden war. Thorsten war entschlossen. Magnus Meinhold konnte sein Büro verwüsten, ihn mit einer Pistole bedrohen, aber er war nicht stark genug, diesen Tag in die Tonne zu treten.

Thorsten startete das Auto. Er fuhr zum Krankenhaus, um Annika abzuholen, ohne zu wissen, was er mit ihr anstellen sollte. Scheinbar finde ich zunehmend Gefallen an unkontrollierbaren Situationen, dachte Thorsten. Auf jeden Fall unprofessionell.

Es wird noch ein Gewitter geben

Der Regen am Vormittag brachte dem Rest des Tages keinerlei Erleichterung. Die Hitze hatte die Wasserpfützen in Rekordgeschwindigkeit gefressen. Draußen vor der automatischen Tür der Klinik stand die Luftfeuchtigkeit wie eine fette, dreißig Meter hohe Riesenqualle und knallte mitten in die Performance. Das Atmen machte keinen Spaß. Die Schwüle hielt Thorstens Schweißdrüsen fest umklammert. Die Poren sonderten Sekretströme ab, als sollte der ganze Körper von innen nach außen gestülpt werden. Dabei trug Thorsten weder Annikas Rucksack noch ihren Koffer, weil sie bereits auf dem Zimmer darauf bestanden hatte, das selbst zu tun. Und zwei weitere Male vor dem Aufzug und nachdem sie die Cafeteria passiert hatten. Vielleicht wollte Annika ihren Koffer nicht aus der Hand geben, weil Thorsten auf die Frage, ob er ihr Mann sei, den Kopf geschüttelt hatte. Er hatte noch etwas dazu sagen wollen, aber es fiel ihm nichts Passendes ein. Nichts, was in diesem Augenblick ehrlich genug gewesen wäre.

»Irgendwer müssen Sie ja sein«, hatte sie nachgehakt.

»Ich arbeite im Auftrag der Versicherung«, hatte er darauf geantwortet, »aber wir waren bereits beim *Du* angekommen.«

»Schön, dich zu kennen, Versicherungsmann.«

Sie war bereitwillig mitgegangen. Vielleicht, weil sich im Unterbewusstsein eine gewisse Ergebenheit ausbreitete, wenn man erst einmal hilfsbedürftig geworden war.

Auf dem Weg über den Parkplatz schlängelte sich die Hitze erst um die Sprunggelenke, dann die Waden hoch. Thorsten öffnete den Kofferraum des Leihwagens und seine Begleiterin verstaute ihre Sachen selbst darin. Beim Anblick der Madonnenfigur auf dem Beifahrersitz geriet Annika in Verzückung. Enthusiastisch klatschte sie in die Hände und lachte laut.

»Kann ich die Frau geschenkt bekommen?«

»Klar. Wenn du das Ding gebrauchen kannst ...«

»Auf jeden Fall. Die passt doch auf einen auf.« Sie steckte die wundersame Mutter von Lourdes in ihren gestreiften Rucksack. Annika war total aufgedreht wegen der Statue, aber von einem Moment auf den anderen wurde sie nachdenklich. »Du kannst die Frau aber auch jederzeit haben, wenn du sie mal brauchst.«

»Vielleicht komme ich bei Gelegenheit auf dein Angebot zurück.« Er startete das Auto. »Wohin möchtest du?«, fragte Thorsten, während er langsam vom Parkplatz rollte. Er hatte Annika bereits im Krankenhaus erklärt, welche Möglichkeiten zur Auswahl standen: Erstens die Behindertenwohngruppe, die er zusammen mit Andreas am Vortag besucht hatte, um mit dem Personal abzuklären, dass Annika vielleicht ein paar Tage woanders wohnen würde. Die zweite Möglichkeit war, vorübergehend in ein Zimmer im Haus ihrer Familie zu ziehen, das Andreas für sie herrichten wollte. Bisher hatte es als Bügelzimmer und Abstellmöglichkeit für eine Vielzahl unausgepackter Umzugkartons gedient. Die dritte Alternative war Thorstens Wohnung. Unprofessionell, aber Doktor Fleischer musste ja nicht unbedingt davon erfahren.

»Ich weiß nicht. Wie wär's mit einem Hotel?«

»Ich glaube nicht, dass das eine besonders gute Idee ist. Die Schwestern im Krankenhaus haben erzählt, dass du dein Zimmer oft nicht ohne Hilfe finden konntest.«

»Ich will nicht in eine Behindertenwohngruppe.«

»Musst du nicht.«

»Vor zu Hause habe ich Angst. Ich kann mich an nichts erinnern.«

»Dann zu mir.«

»An deine Wohnung kann ich mich auch nicht erinnern.«

»Du warst noch nie bei mir.«

»Gut, dann fahren wir dort hin. Von den Orten, die du vorgeschlagen hast, ist es der Einzige, den ich noch nicht vergessen habe.«

Wie immer war in seiner Straße keine Parklücke zu finden. Thorsten hatte ein einziges Mal einen freien Stellplatz vor seinem Haus entdeckt: Auf einem Satellitenfoto bei Google Earth. Er hatte sich gefragt, wo er gewesen war, als das Foto gemacht wurde. Thorsten stellte das Auto in der nächsten Querstraße im eingeschränkten Halteverbot ab.

Annika bestand wieder darauf, den Koffer selbst zu tragen.

»Wie oft soll ich dir noch sagen, dass ich nicht hilfsbedürftig sein will?«, fragte sie beinahe wütend.

»Erwarte dir nicht zu viel«, sagte Thorsten, während er die Wohnungstür aufsperrte. Annika stellte den Koffer in den Flur und ging durch die Wohnung.

»Was bedeuten die chinesischen Schriftzeichen?«

»Das ist Japanisch.«

»Und was bedeutet es?«

»Keine Ahnung.«

»Ich hab von Leuten gehört, die sich asiatische Schriftzeichen tätowieren lassen, deren Bedeutung sie nicht kennen. Also, ich würde nichts auf meinem Körper stehen haben wollen, dessen Sinn sich mir nicht erschließt. David Beckham hat sich den Namen seiner Frau in Hindi auf den Arm ritzen lassen. Mit einem fetten Rechtschreibfehler.«

Genervt schaute Thorsten Evas kalligrafische Hinterlassenschaften in seinem Wohnzimmer an.

»Ich kriege schon noch raus, was die Zeichen bedeuten. Apropos asiatisch: Hast du Hunger? Ein paar Straßen weiter gibt's den Asia-Imbiss von Herrn Tran, der hat echt leckere Sachen. Ganz viel frisch gemacht. Jedenfalls frischer, als man es erwartet.«

Annika fasste sich mit beiden Händen an den Bauch und schien nach ihrem Hungergefühl zu tasten.

»Gute Idee«, sagte sie lächelnd. »Mein Bauch ist so enttäuscht vom faden Krankenhausessen.«

»Was hältst du von Hühnchen?«

»Gibt es nicht was Fettigeres? Mir ist nach was Fettigem.«

»Ente?«

»Ja, Ente.«

»Mit Reis oder gebratenen Nudeln?«

»Mit Nudeln. Nudeln machen glücklich.«

»Ich bin sofort zurück. Fühl dich wie zu Hause.«

»Zu Hause ... daran kann ich mich nicht erinnern.«

Thorsten biss sich auf die Lippe.

»Tut mir leid.«

Annika lächelte achselzuckend.

»Schon gut. Ich denke mir einfach ein neues Zuhause aus.«

»Gute Idee. Ich habe die Fernbedienung direkt neben den Fernseher gelegt, damit du sie auch findest. Ich bin in ein paar Minuten zurück. Am besten, du siehst fern. Da kann dir nichts passieren. Fernsehen ist sicher.«

»Ich hab's verstanden. Ich sehe fern. Egal, was kommt.«

»Sehr gut.«

Thorsten rannte zum Asia-Imbiss. Schon an der ersten Straßenecke war er außer Atem. Die aufgestaute Hitze zwischen den Häusern leistete bei jedem Schritt Widerstand. Vor dem Imbiss musste er erst einmal tief Luft holen, bevor er die Bestellung ohne Husten und Gesichtsverlust loswerden konnte. Während Herr Tran die Nudeln briet und das Fleisch mit einem großen Messer in Streifen schnitt, erzählte er wie üblich eine Geschichte: »Von eine Baum fällt Frucht ins Wasser.« Herr Tran warf Thorsten eine Pflaume zu. Thorsten konnte sie gerade so noch fangen. »Die Frucht macht *Plumps* im Wasser. Die Hase hört den Geräusch und verschwind. Eine Fuchs, die sie fressen wollte, wundert sich, weil die Hase zu ihm entgege gehen. *Was macht euch Angst?*, fragt Fuchs. *Plumps!*, antwotet die Hase. Da erkennt die Fuchs, dass die Plumps viel mächtig sein muss als er. Also haut er ab und trifft Affe. Affe fragt: *Weshalb so eilig?* Fuchs antwotet: *Plumps da*. Fuchs und Affe flüchten vor Plumps. Danach trafen die angstvoll Getier noch Büffel, Leopad und Bäa. Und alle waren schnell dabei, zu renne weg vor dem mächtige Plumps. Bis sie trafen auf Tiga. Tiga fragte: *Wer ist diese mächtige Plumps?* Das ist die Natur von Tiga. Schauen genau, bevor Angst und bevor Fressen. Schöne Geschichte. Das Esse ist fertig. Wolle die Geschichte zu Ende hören?«

»Das nächste Mal. Ich hab hungrigen Besuch.«

»Hoffentlich keine Tiga.« Herr Tran lachte und füllte die Nudeln in zwei Schaumstoffboxen. Er beugte sich lächelnd nach vorn und fragte: »Schaafe Soße?«

Einen Moment war sich Thorsten nicht sicher, ob Annika scharfes Essen mochte, bis ihm einfiel, dass sie mit dem Krankenhausessen unzufrieden gewesen war.

»Ja, gerne.«

Herr Tran füllte Chili-Soße in die Schaumstoffverpackungen. Dann verschloss er die Behältnisse und packte sie in eine wenig vertrauenerweckende Plastiktüte, die so aussah, als würde sie nur darauf warten, zwei Portionen Nummer 24 (gebratene Nudeln mit Knusperente) auf dem Gehweg zu verteilen.

»Das nächste Mal höre ich mir die Geschichte zu Ende an«, sagte Thorsten.

»Geht gut aus«, antwortete Herr Tran und lachte.

Thorsten ließ der Tüte keine Chance für Sabotageaktionen. Auf dem Nachhauseweg hielt er nicht nur oben die Trageschlaufen, sondern hatte seine andere Hand auf Bauchhöhe unterstützend unter die Tasche geschoben. Diese Transportweise hatte den entscheidenden Nachteil, dass durch sie das Sichtfeld nicht unerheblich eingeschränkt wurde. Mein Fuß wird in jeden Hundehaufen auf dem Gehweg treten, dachte Thorsten. Das Handy klingelte. Er hatte Mühe, es aus der Tasche zu ziehen, ohne dass die Essensboxen der Schwerkraft nachgaben. Unter einigen Verrenkungen gelang es ihm schließlich, das Gespräch anzunehmen.

»Hallo Thorsten, ich hab gar nicht gewusst, dass du dich für Literatur interessierst.«

»Zumindest hab ich keine Angst davor.«

»Der *Titan* von Jean Paul ist aber schon was für Experten.«

»Ein gemeinsamer Freund hat es mir empfohlen.«

»Dann können wir uns ja endlich über dieses zu Unrecht vergessene Werk austauschen.«

»Mein Freund hat mir viel zu lange die Aussagekraft klassischer Literatur verschwiegen.«

»Tatsächlich? Ich dachte, er würde dich an den Segnungen der Kultur teilhaben lassen. Und du hättest selbst etwas mehr Entdeckergeist.«

»Ich bin eher der visuelle Typ. Zum Beispiel gefällt mir moderne Kunst.«

»Mir auch.«

»Ja, das hat sich mittlerweile rumgesprochen.«

»Wir können uns gerne mal treffen und über Kunst diskutieren.«

»Ich weiß nicht recht. Ich hab gehört, bei solchen Treffen muss man immer einen Baseballschläger dabei haben.«

»Hast du etwa Angst?«

»Natürlich nicht.«

»Du hast Angst. Glaub's mir. Wie geht's eigentlich deiner neuen Freundin? Die macht komische Sachen. Je länger ich sie beobachte, desto mehr amüsiere ich mich. Wär natürlich blöd, wenn ihr etwas zustieße.«

Klick. Der Scheißkerl hatte aufgelegt. Mit den Essensboxen zu rennen war eine ziemliche Herausforderung. Thorsten übersah die durchs Treppenhaus gespannte Drachenschnur. Er stolperte darüber und verlor das Gleichgewicht. Mit der linken Handfläche konnte er sich auf einer Treppenstufe abstützen, während er sich mit der rechten Hand am Geländer festhielt. Dabei die Tüte nicht loszulassen, kam schon einem Kunststück gleich. Auf der Unterseite des Treppengeländers klebte ein harter Kaugummi. Wenn er die erziehungsresistenten Kinder der Familie Schulz das nächste Mal im Treppenhaus oder vor dem Haus traf, würde er ihnen einen klitzekleinen Schrecken mit seinem Elektroschocker einjagen. Kaugummi unter dem Treppengeländer und Stolperfallen konnte er nicht akzeptieren.

An seiner Wohnungstür angekommen, zögerte Thorsten einen Moment. Die Tür war einen Spalt weit geöffnet. Thorsten war sich hundertprozentig sicher, dass er die Tür zugezogen hatte. Ihn überkam ein ungutes Gefühl. Filmdetektive, die an eine geöffnete Wohnungstür kommen, finden kurz darauf für gewöhnlich eine Leiche. Vorsichtig schob Thorsten die Tür weiter auf. Er versuchte möglichst geräuschlos vorzugehen, aber die Scharniere der Tür quietschten und die Plastiktüte raschelte. Durch den langsam breiter werdenden Spalt zwängte sich Thorsten in seine Wohnung. Sie auf diese Art zu betreten, ließ die altbekannten Räume seltsam fremd erscheinen. Fast hätte Thorsten »Annika« gerufen, aber im letzten Moment schluckte er den Atem, den er schon aus seiner unter Volldampf stehenden Lunge geholt hatte. Wenn in Krimiserien in einer Wohnung nach jemandem gerufen wird, dann erscheint fast immer ein anderer, mit dem man nicht gerechnet hat, und meistens gestaltet sich die Begegnung lebensgefährlich. Wenigstens hatte Thorsten bisher keine verdächtigen Geräusche gehört. Lag vielleicht daran, dass er selbst so viel Lärm machte. Die Wohnung schien leer, aber unverändert zu sein. Zumindest bildete sich auf dem Teppich keine Blutlache neben einem leblosen Körper. Thorsten arbeitete sich bis zu der Wand mit den japanischen Schriftzeichen vor. Er drückte den Rücken gegen Evas kalligrafische Werke. So musste er keinen Angreifer von hinten mehr fürchten. Erleichtert wischte er mit dem Handrücken Schweißtropfen weg, die von der Stirn in seine Augen liefen, und sah sich um. Er wagte es schließlich sogar, nach Annika zu rufen. Erwartungsgemäß gab niemand Antwort. Nicht einmal ein ungewohntes Geräusch wollte sich einstellen. Thorsten stellte die Tüte mit dem Essen neben sich auf den Boden und ging langsam durch die Zimmer. An der Wohnungstür bemerkte er, dass die Drachenschnur, über die er gestolpert war, am Türknauf verknotet war. Thorsten folgte der Schnur nach unten durchs Treppenhaus. Vom Treppenhaus weiter in den Hinterhof. Annika stand bei den Mülltonnen und starrte in den Himmel. Thorsten stellte sich neben sie und schaute ebenfalls nach oben. Dort gab es nichts zu sehen außer einem milchigen Himmel mit Wolken, die vor der untergehenden Sonne so plastisch aussahen, als wären sie für ein Videogame entwickelt worden. Zunächst wollte er ihr Vorwürfe machen, sagen, welchen Schrecken sie ihm eingejagt hatte, aber stattdessen fragte er: »Was gibt es zu sehen?«

Annika zuckte mit den Schultern. »Es wird noch ein Gewitter geben.«

»Bist du raus, um den Himmel zu beobachten?«

»Nein, ich habe vom Fenster aus eine Katze gesehen. Als ich nach unten kam und auf sie zulief, ist sie sofort abgehauen.«

»Du magst Katzen?«

»Ja. Das heißt, ich erinnere mich nicht daran. Jedenfalls mochte ich die eine Katze spontan.«

»Du hast mir einen Schrecken eingejagt.«

»Echt?«

»Ja, echt. Ich dachte, du wärst raus und würdest nicht mehr zurückfinden.«

Annika zeigte ihm lächelnd eine Spule, an der der Rest der Drachenschnur aufgewickelt war. »Deshalb habe ich immer eine Schnur dabei, damit ich zurückfinde. Cool, oder? Ist aber nicht wirklich meine Idee. Das haben schon die alten Griechen gemacht, wenn sie mal wieder ein Monster in einem Labyrinth erschlagen mussten. Da hat mich Doktor Katzmann drauf gebracht. Ich glaube, er ist ziemlich gebildet.«

Auf dem Weg zurück in die Wohnung wickelte Annika die Drachenschnur zurück auf die Spule. »Siehst du, ich hätte auch ohne dich zurückgefunden«, sagte sie. Den Knoten am Türknauf konnte Annika nicht lösen, weil sie sich während des Krankenhausaufenthalts die Fingernägel abgekaut hatte. Thorsten holte eine Schere und schnitt die Schnur knapp über dem Knoten ab. Er stellte zwei Teller auf die Küchentheke, legte Besteck daneben und holte die Plastiktüte mit dem Essen.

»Warum hast du die Tasche auf den Boden gestellt?«, fragte Annika.

»Ich war in Eile.«

»Warum?«

»Weil ich dich finden wollte.«

Annika schaute ihn an. Ihre Augen waren sehr groß. Thorsten fragte sich, wie sie das machte.

»Ich habe mir Sorgen gemacht.«

»Schön.«

Sie ging zu ihm und umarmte ihn. Thorsten wusste nicht, was er machen sollte. Er hielt sich an der Arbeitsplatte der Küche fest. Als Annika ihn wieder losließ, waren die Nudeln endgültig kalt, aber mit der Chili-Soße von Herrn Tran ließ sich jedes Essen aufwerten. Annikas Nase begann zu laufen, ihre Augen tränten und ein paar Mal musste sie husten.

»Zu scharf?«, fragte Thorsten.

»Hauptsache, es schmeckt nicht nach Krankenhaus. Oder wie in der Behindertenwohngruppe.«

»Ich denke, du kannst dich nicht an die Behindertenwohngruppe erinnern?«

»Das ist natürlich ein Vorurteil. Eigentlich sollte man keine Vorurteile haben, oder?«

»Ist schon okay.«

Den Rest des Abends verbrachten sie vor dem Fernseher. Zuerst *Jurassic Park*. Thorsten lernte, dass Amnesie ihre Vorteile haben konnte, weil man sich auch bei der siebenundzwanzigsten Wiederholung eines Horrorfilms noch wunderbar gruseln konnte. Dann eine Dokumentation über Hitlers Schäferhund.

»Haben die Dinosaurier und Hitler eigentlich zur gleichen Zeit gelebt?«, fragte Annika.

»Nein, die haben sich knapp verpasst«, antwortete Thorsten. Er war sich sicher, dass er, gemessen an intergalaktischen Zeitmaßstäben, gar nicht so sehr danebenlag.

Annika wurde müde und Thorsten zeigte ihr das frisch bezogene Bett im Schlafzimmer, neben das er eine Flasche Mineralwasser stellte. Er selbst legte sich mit einem Schlafsack auf die Wohnzimmercouch. Das Sofa war breit und weich genug, um nach ein paar Bieren einschlafen zu können, während Eurosport ein Golf-Turnier zeigte. Am nächsten Tag schmerzte für gewöhnlich trotzdem der Rücken.

Thorsten richtete sich auf der Couch ein. Er holte eine Dose Erdnüsse und ein Pils. Leider auf keinem Sender Golf. Er zappte gerade zwischen verschiedenen Musiksendern hin und her, als Annika in der Tür auftauchte. Sie hatte ihre Decke um sich gewickelt und fragte: »Willst du nicht lieber bei mir schlafen?«

Thorstens Blick wanderte zurück zum Fernsehapparat und ohne Annika anzusehen, antwortete er: »Ich weiß nicht, ob das so eine gute Idee ist.«

»Schläfst du gern auf der Couch?«

»Die Couch ist okay.«

»Du hast echt ein bequemes Bett.«

Auf gotv lief gerade ein Musikvideo, in dem ein kleiner Junge mit Brille durch ein Sonnenblumenfeld rannte.

»Warum willst du, dass ich bei dir schlafe?«, fragte Thorsten.

»Weil ich nicht gern allein bin.«

»Ich bin wirklich nicht dein Mann. Andreas ist dein Mann.«

»Ich bin trotzdem nicht gern allein.«

»Und was ist mit Andreas?«

»Ich kenne Andreas doch gar nicht.«

»Und mich kennst du?«

Annika zuckte mit den Schultern. Jedenfalls schob sich eine Ahnung davon durch die dicke Decke. »Du bist da«, antwortete sie.

Thorsten nickte. »Ich denke darüber nach.«

»Gut«, sagte Annika und verschwand wieder im Schlafzimmer.

Zugegeben: Annika gefiel ihm. Ach was, er fuhr voll auf sie ab, aber so einfach hatte es sich Thorsten nicht vorgestellt. Sein Gewissen meldete sich zu Wort. Was ist mit deiner Professionalität? Ist sie nicht genau genommen deine Schutzbefohlene oder so was in der Richtung? Vielleicht machst du dich sogar strafbar. Der Musiksender war mittlerweile bei einem Video angekommen, in dem eine Horde Hippies um ein Lagerfeuer am Strand tanzte. Viele Farben. Viel Pop. Thorsten gefiel der Gedanke, dass er mit Annika alles machen konnte, ohne dass sie sich am nächsten Tag daran erinnern würde. Ihm fielen allerlei Sexpraktiken ein, die er gerne ausleben würde. All die Sachen, die man einer Frau beim ersten Mal nie vorschlagen würde. Einer durchschnittlichen Frau, die sich am nächsten Morgen oder womöglich ein Leben lang daran erinnern würde. Sofort fühlte er sich wegen seiner Sexfantasien wie ein Schwein. Er ging zu Annika ins dunkle Schlafzimmer und legte sich neben sie. Professionell war das nicht. Annika lag von ihm abgewandt auf der Seite. Er konnte spüren, wie sich sein Berufsethos wie eine Anstandsdame zwischen sie drängte. Dick und fett. Thorsten wickelte sich in seine eigene, mitgebrachte Decke ein. Auf keinen Fall professionell, dachte er.

»Es hilft nur, wenn du dich an mich kuschelst«, sagte Annika.

»Ich werde nicht für deine Betreuung bezahlt.«

»Arschloch.«

»Ich kuschle nicht gern.«

Einen Moment blieben sie einfach nebeneinander liegen. Sie konnten sich atmen hören. Riechen. Er wickelte die Decke fester um sich. Thorsten überlegte sich, ob er so tun sollte, als sei er eingeschlafen. Dann drückte er sich an Annika. Trotz der Decken konnte er die Stellen spüren, an denen sich ihre Körper berührten. Stellen, denen er sich noch nicht zugehörig fühlte. Erst einmal passierte nichts – und Thorsten war sich nicht sicher, ob er deshalb beruhigt oder enttäuscht sein sollte. Sicherheitshalber hielt er den Atem an. Um den Moment nicht zu gefährden. Den Moment, in dem nichts passierte. Schließlich konnte er das Weiteratmen nicht mehr verhindern. Wie auf Kommando setzte Bewegung ein. Annika verursachte ein heftiges Durcheinander bei dem Versuch, die Decken zu lockern, um ihren Körpern etwas mehr Bewegungsfreiheit zu verschaffen. Alles ein wenig zu ungelenk, um noch als unabsichtlich durchzugehen. Schließlich gelang es Annika, die Decken irgendwohin zu befördern, wo sie nicht mehr störten. Schutzschilde herunterfahren, dachte Thorsten, während er sich näher an Annika heranschob. Sie war nackt, und einen Augenblick lang erschrak er deshalb. Explosionsartig verbreitete sich ein Gefühl in seinen Nervenbahnen, von dem er nicht genau wusste, ob es heiß oder kalt war. Sein Brustkorb berührte ihren Rücken. Annika bewegte sich ein klein bisschen und ihr Arsch drängte gegen seine Boxershorts, unter denen sein Schwanz hart wurde. Annika schob eine Hand in seine Unterhose. »Was haben wir denn da?«, fragte sie, aber gleich danach machte sie Thorsten deutlich, dass das nur eine rhetorische Frage gewesen war.

Sie hatte nichts vergessen.

Kurz bevor er kam, schaut er ihr direkt ins Gesicht. Annika lächelte. Dabei sah sie ihn aufmunternd an. Herausfordernd. Etwas Aufmüpfigkeit war auch dabei.

⊙ ⊙ ⊙

Thorsten riss die Augen auf. Der Knall des nahen Blitzeinschlags und das wütende Donnergrollen warfen ihn fast aus dem Bett. Der nächste Blitz erhellte das Johnny-Cash-Poster an der Wand gegenüber. Einen unaufgeräumten Augenblick lang glaubte Thorsten, dass Johnny Cash aus dem Jenseits zu ihm sprechen würde: *»Hello. I'm Johnny Cash. Euer ganzes Leben lang werdet ihr eine Entscheidung treffen können. Ihr könnt zwischen Liebe und Hass wählen. Ich habe mich für die Liebe entschieden.«*

Das Fenster war weit geöffnet. Regenböen drängten ins Zimmer. Unterhalb des Fensterbretts saugte sich bereits eine Pfütze im Parkettboden fest. Wer hatte eigentlich das Fenster geöffnet? Noch einen Moment dachte Thorsten ziellos in die Dunkelheit seiner Wohnung hinein, bevor er den Kopf drehte. Annika lag nicht neben ihm. Die Frau hatte ein Talent dafür zu verschwinden. Er war sich nicht sicher, ob er wirklich wach war oder ob er tief in einer REM-Phase feststeckte, die ihm sein Wachsein nur vorgaukelte. Aber wenn er träumte, was war dann verdammt noch mal real? Vor dem Einschlafen mit einer Frau gefickt zu haben, der er sich körperlich besser nicht auf so kurze Distanz nähern sollte? Ein offenes Fenster, durch das es hereinregnete? Oder beides? Er schwitzte zu sehr, um zu träumen. Oder vielleicht war etwas mit seinem Hirn nicht in Ordnung? Als er wieder zum Fenster sah, stieg Annika vom Fensterbrett in die Pfütze auf dem Boden. Das Licht des nächsten Blitzes ließ ihre nackte Haut blau erscheinen. Annika kam ins Bett und kuschelte sich an Thorsten. Er konnte spüren, wie nass ihre Brüste und Beine waren. Sie stützte sich auf dem Ellbogen ab, beugte sich über ihn und knabberte an seinem Ohr. Aus ihren Haaren tropfte es in seine Augen und er musste blinzeln. Thorsten bekam eine Gänsehaut. Er drehte sich um, zog sie an sich und streichelte über ihren Rücken. Hinten war sie ganz trocken.

»Wo warst du?«, fragte Thorsten.

Annika küsste ihn.

»Ich hab nach draußen geschaut«, antwortete sie.

»Hast du etwa auf dem Fensterbrett gesessen?«

»Nein. Gestanden. Ich hab auf dem Fensterbrett gestanden und dem Regen zugeschaut.«

Thorsten sprang aus dem Bett und schloss hektisch das Fenster. Als müsste er sehr schnell sein, um eine Gefahr in der Vergangenheit zu verhindern, noch bevor sie entstanden war. Dann legte er sich wieder neben Annika. Er ließ einen Spalt zwischen sich und ihr. Schaute sie nur an.

»Mach das nicht noch einmal«, sagte Thorsten.

»Der Regen tut gut, bei diesen Temperaturen«, antwortete Annika.

»Der Regen ist draußen. Da gehört er hin.«

»Und wo gehöre ich hin?«

Thorsten legte den Arm um Annika. Obwohl er sich vorgenommen hatte, auf Annika aufzupassen, immer für sie da zu sein und die ganze Romantik des frisch Verliebtseins für alle Ewigkeit zu bewahren, schlief er schnell ein. Sein Kopf lag zwischen ihren Brüsten, die noch immer nicht ganz getrocknet waren.

Angry Birds

Thorsten hielt in der Einfahrt vor Gunnar Meinholds Haus. Er wandte sich Annika zu, sah sie streng an und sagte eindringlich: »Du erinnerst dich an unsere Abmachung?«

»Nein.« Sie sah ihn mit großen Augen an.

»Du bleibst im Auto sitzen.«

»In Ordnung.«

»Kannst du unsere Abmachung wiederholen?«

Annika nickte. »Ich bleib im Auto sitzen.«

»Auf jeden Fall.«

»Auf jeden Fall.«

Thorstens holte die tragbare Spielkonsole, die Annika von Simon bekommen hatte, aus dem Handschuhfach. Seine Daumen tanzten über die Eingabetasten. Bunter Bildschirm. Zeichentrickvögel. Ein putziger Soundtrack mit viel Xylofon. Er drückte Annika die kleine Konsole in die Hände.

»Hier. Ich hab ein Spiel eingestellt, damit dir nicht langweilig wird. *Angry Birds*. Das wird dir gefallen.«

Annika starrte auf das Display.

»Was muss ich machen?«

»Du schießt mit der großen Schleuder Vögel auf die Schweine, die sich im Haus versteckt haben.«

»Warum sollte ich die putzigen Vögel auf die Schweine schießen?«

»Weil die Schweine die Eier von den Vögeln geklaut haben. Und die Vögel wollen sie unbedingt wiederhaben.«

»Okay.«

Annika drückte auf die Eingabeknöpfe. Das Spiel machte lustige Geräusche. Annika kicherte.

Thorsten stieg aus. Er beugte sich noch mal zu seiner Beifahrerin. »Wenn ich in einer Stunde nicht zurück bin, rufst du die Polizei.«

Annika starrte ihn mit großen Augen an. »Was soll ich denen sagen?«

»Dass sie kommen sollen.«

»Okay, ich schreib es mir in mein Notizbuch.«

»Vergiss es. Kümmere dich einfach um die wütenden Vögel.«

Annika schoss lächelnd mit den Vögeln auf Schweine.

»Ich glaub, das Spiel macht Spaß.«

»Du bleibst auf jeden Fall im Auto.«

»Ich bleib im Auto und schieß auf die Schweine.«

»Sehr gut.«

Thorsten warf die Fahrertür zu und betrachtete Gunnar Meinholds Haus. Mit der abgebrannten Villa am See konnte das neue Haus auf keinen Fall mithalten. Während das alte Domizil selbst auf Fotos aus jedem durchdesignten Quadratzentimeter Individualität verströmte, hätte der neue Wohnsitz auch die Bleibe eines in der Bundespolitik erfolgreichen Politikers sein können.

Auf dem mit Granitsteinen gepflasterten Weg zum Haus meldete sich Thorstens Mobiltelefon erst mit einem heftigen Vibrieren. Dann setzte der Signalton ein.

»Thorsten Kulik.«

»Die Rache ist mein; ich will vergelten. Der Tag ihres Verderbens ist nah, und ihr Verhängnis kommt schnell.«

Thorsten drehte sich vorsichtig um und musterte die Nachbarschaft. Nichts. Keine Lebenszeichen. Als wäre die Nachbarschaft zur Zufriedenheit aller Psychopathen in die Landschaft gestellt worden.

»Wow, zur Abwechslung keine Textnachricht. Und dann noch alttestamentarisch. Gefällt dir wohl nicht, dass ich zu deinem Papa gehe?«

»Geh noch einmal in dich, Thorsten. Die Richtigkeit einer Handlung hängt nur von ihren Konsequenzen ab.«

»Stimmt genau, Magnus. Du kannst ja schon mal darüber nachdenken, was es dir wert ist, wenn ich deinem

Daddy nicht erzähle, dass du hinter dieser Kunstraubkacke steckst. Wenn du darüber verhandeln willst, schick mir eine SMS.«

Thorsten beendete das Gespräch und ging zur Eingangstür. Er klingelte. Zu seinem Erstaunen öffnete der alte Meinhold selbst.

»Hallo, Sie wünschen?«

»Thorsten Kulik, der Detektiv.«

»Gunnar Meinhold.«

Sie gaben sich kurz die Hand. Sehr kurz.

»Kommen Sie herein.«

Thorsten folgte Meinhold durch den Eingangsbereich in ein großes Zimmer mit Panoramafenster. Thorsten stellte sich nahe ans Glas und sah hinaus.

»Gefällt Ihnen die Aussicht?«, fragte Meinhold.

Thorsten zuckte mit den Schultern. »Wahrscheinlich mussten Sie sich erst einmal umgewöhnen. Vom Blick auf den See zum Ausblick auf andere Gärten.«

»Sie haben recht: Im direkten Vergleich ist die Aussicht zu gewöhnlich. Bitte nehmen Sie Platz.« Meinhold nahm in einem Sessel vor dem offenen Kamin Platz. Thorsten setzte sich ihm gegenüber auf eine Ledercouch. Sehr gut gepolstert. Neu. Thorsten fühlte sich nicht wohl. Meinhold saß mit dem Rücken zur Wand, während er selbst viel freien Raum samt Panoramafenster hinter sich hatte. Die beiden Männer schauten sich einen Moment lang an.

Dann vibrierte Thorstens Handy. SMS-Eingang.

»Ich bin zu Verhandlungen bereit.«

Zufrieden lächelnd sah Thorsten Gunnar Meinhold an. Er sah nicht wie ein Millionär aus, sondern nur wie ein alter Mann mit einer schlechten Frisur.

»Wollen Sie etwas trinken?«, fragte Meinhold. »Ich habe einen sehr guten alten Scotch da.«

»Nein danke.«

»Sie müssen keine Angst haben, dass ich was reingemischt habe.«

»Ich finde in ein Scotchglas starren blöd.«

»Das kürzt das Ganze ab. Sie wollen mir ein Angebot machen?«

Thorsten nickte. Er entschied sich für den direkten Weg.

»Wenn Sie mir den entsprechenden Auftrag erteilen, beschaffe ich Ihnen Ihre gestohlenen Bilder wieder.«

»Meine Bilder wurden bei einem Großfeuer vernichtet, das durch einen Blitzschlag verursacht wurde. Wie kommen Sie darauf, dass welche gestohlen wurden? Woher beziehen Sie Ihre Informationen?«

Thorsten sah sich vorsichtig um.

»Zeichnen Sie unser Gespräch etwa heimlich auf?«

Meinhold lächelte. »Natürlich.«

»Das sollten Sie nicht machen.«

Gunnar Meinhold stand auf und holte eine kleine Kamera aus einem Design-Zeitschriftenständer hervor. »Ich werde die Kamera abstellen.«

»Löschen Sie die Aufzeichnung.«

»Wie Sie wünschen.« Meinhold betätigte ein paar Knöpfe der Kamera, während er aufmerksam das Display betrachtete.

»Geben Sie mir die Kamera.« Thorsten checkte das Gerät. Der Speicher war leer. Er legte die Kamera neben sich auf die Couch.

»Wie hoch ist die Erfolgsaussicht?«, fragte Meinhold, nachdem er sich wieder in den Sessel gesetzt hatte.

»Gut.«

»In Zahlen.«

Thorsten runzelte die Stirn. Er ging es optimistisch an. »Siebzig zu dreißig. Für uns.«

Meinhold lachte. »Warum sollte ich Ihnen glauben?«

»Ich mach das beruflich. Ich bin ein Profi.«

Meinholds Körperhaltung änderte sich. Angespannt beugte er sich nach vorn. »Woher wissen Sie eigentlich davon, dass mir etwas gestohlen wurde?«

Thorsten runzelte die Stirn und legte ein zitronensaures Lächeln auf. »In meinem Gewerbe gibt man seine Informanten nicht preis.«

Gunnar Meinhold griff hinter sich und holte einen Schürhaken aus der Halterung am offenen Kamin. Er lehnte sich versonnen lächelnd zurück und klopfte mit dem Schürhaken in seine linke Handfläche. Thorsten wusste, dass er jetzt genau aufpassen musste. Er hasste sich dafür, dass er den Elektroschocker im Handschuhfach gelassen hatte. »Ich sehe das so«, sagte Meinhold, »ich habe es Ihnen nicht erzählt. Ich habe es überhaupt niemandem erzählt. Wie es die verdammten Diebe wollten. Ich persönlich betrachte diese Personen ja eher als Geiselnehmer. Sie haben meine Babys in ihrer Gewalt. Nur dieser menschliche Abschaum und ich wissen davon. Also können Sie die Informationen ja nur von diesen Herrschaften haben, Herr Kulik. Was sollte mich daran hindern, Gewalt anzuwenden?«

»Die Aussicht auf einen Lebensabend im Gefängnis.« Thorsten schluckte im Rhythmus des Schürhakens.

»Ich könnte die Polizei anrufen.«

»Könnten Sie, aber das würde die Auffindung der Bilder nicht unbedingt erleichtern.«

»Wollen Sie mir drohen?« Auf Gunnar Meinholds Stirn schwoll eine Ader an. Er hatte aufgehört, mit dem Schürhaken auf seine Handfläche zu klopfen.

»Sie täuschen sich in mir, Herr Meinhold. Ich arbeite nicht mit den Dieben zusammen. Ich weiß es aus anderer Quelle. Ein Geschäft dieser Größe hinterlässt diverse Spuren.«

Meinhold setzte den Schürhaken wie einen Gehstock auf den Parkettboden auf. Skeptisch sah er Thorsten an. »Vielleicht ist es ja wirklich so. Deshalb sind Sie wohl auch schon der Zweite innerhalb einer Woche, der mir in Aussicht stellt, die Bilder zu beschaffen.«

Thorsten überlächelte seinen erstaunten Gesichtsausdruck, bevor er ihn richtig spüren konnte. »Natürlich konnte ich nicht ahnen, dass Sie bereits ein Angebot von einem Mitbewerber haben. Sie werden mir vermutlich nicht verraten, wer mein Konkurrent ist.«

»Ich bin nicht für Preisabsprachen. Und alle anderen Arten von Verarschung.«

Thorsten nickte. Ihm war auch so klar, dass Ralf den alten Meinhold aufgesucht hatte, um Geld in die eigene Tasche zu wirtschaften. »Scheißkapitalismus«, sagte er.

»Haben Sie bereits Kontakt zu den Geiselnehmern?«

»In gewisser Weise.«

»Interessant. Genau das Gleiche hat Ihr Konkurrent auch geantwortet.«

»Was geantwortet?«

»*In gewisser Weise*. Sie sind unkonzentriert. Sagen Sie, Herr Kulik, gehört die Frau eigentlich zu Ihnen?«

»Welche Frau?«

»Die Frau, die hinten am Fenster steht.«

Thorsten drehte den Kopf. Annika hatte die Stirn ans Glas gelehnt und starrte ins Zimmer. Thorsten sprang auf. »Sie entschuldigen mich einen Augenblick.« Er rannte zur Terrassentür und öffnete sie. »Sag mal, was fällt dir ein? Du solltest im Auto bleiben.«

Annika kam ihm mit der Spielkonsole in den Händen entgegen. »Kann ich mit den Schweinen in den Steinhäusern eigentlich genau so weitermachen wie mit den Schweinen in den Holzhütten?«

»Ja, kannst du.«

Annika nickte.

»Gut.«

Sie trottete über die Spielkonsole gebeugt davon.

»Bleib im Auto!«, rief ihr Thorsten hinterher. Als er sich wieder auf die Ledercouch setzte, merkte er, dass er schwitzte.

»Wer ist die Frau?«, fragte Meinhold.

»Mein Back-up«, antwortete Thorsten. »Wie gesagt: Ich bin kein Amateur.«

»Die Dame schaut nicht aus, als könnte sie Sie schützen.«

»Genau das ist der Trick.«

Gunnar Meinhold lächelte süffisant. »Und wie viel will ein Profi für die Wiederbeschaffung meiner Bilder?«

»Einen fairen Preis. Zehn Prozent vom Gesamtwert. Finderlohn sozusagen. Das steht mir sogar gesetzlich zu. Plus einer kleinen Entschädigung für meine Aufwendungen. Die rechne ich selbstverständlich über Quittungen mit Ihnen ab. Arbeitszeit, gefahrene Kilometer und so weiter.«

»Ich bin einverstanden. Bringen Sie mir die Bilder.«

Meinhold brachte Thorsten an die Tür. Dabei führte er immer noch den Schürhaken mit sich.

An der Haustür standen sie sich noch kurz gegenüber.

»Entschuldigen Sie, wenn ich unfreundlich war«, sagte Meinhold. »Die Bilder sind wirklich Herzenssache.«

»Ich verstehe.«

»Nein, das tun Sie nicht. Bringen Sie die Kunstwerke zurück und Sie bekommen einen Finderlohn. Plus Aufwandsentschädigung.« Meinhold schloss die Tür. Sie hatten sich zum Abschied nicht die Hand gegeben.

Thorsten stieg ins Auto.

»Lustiges Spiel«, sagte Annika.

»Ja.«

»Bist du böse?«

»Nein. Du solltest doch im Auto sitzen bleiben.«

»Aber ich musste dich doch dringend was fragen.«

»Schon okay.«

Gerade als Thorsten das Auto starrten wollte, vibrierte sein Handy. Er nahm das Gespräch an.

»Keine gute Idee, zu Gunnar zu gehen.«

»Hast du Schiss, weil ich weiß, wer du bist?«

»Überhaupt keine gute Idee.«

»Du hast dich mit dem Falschen angelegt. Du kannst mir mitteilen, was es dir wert ist, dass ich deinem Daddy nicht erzähle, was für ein mieser Flachwichser du bist.«

»Hast du Flachwichser gesagt?«

»Ja.«

»Das ist nicht höflich.«

»Tut mir leid, dass ich deine Bemühungen nicht ausreichend gewürdigt habe. Lass mich das nachholen: Ich finde es großartig, dass du nicht mehr in mies vorgetragenen alttestamentarischen Versen mit mir kommunizierst.«

»Dein Berufsstand hat keine Ethik. Das habe ich schon bei deinem Kollegen Ralf bemerkt.«

»Denk über mein Angebot nach.«

»Vergeltung ist eine Reaktion auf eine vorausgegangene Aktion. Darüber solltest du nachdenken. Auf der Nachhausefahrt hast du genug Zeit.«

Klick. Der Anrufer hatte die Verbindung unterbrochen. Thorsten schaute durch alle Fenster des Autos, um irgendwo eine versteckte Person zu entdecken. Nichts. Er verstaute das Smartphone in der Innentasche seiner Jacke.

»Schlechter Anruf?«, fragte Annika.

Thorsten schüttelte den Kopf. »Normal schlecht. War zu erwarten.«

Annika lächelte. »Du bist echt cool.«

»Ja, ich bin der Erfinder von Cool.« Thorsten fuhr den Mietwagen flott aus der Einfahrt. Fast wäre er mit einem schwarzen Pick-up zusammengestoßen.

Eine halbe Stunde lang fuhr Thorsten ziellos durch die Gegend. Und er hatte vor, auch in den nächsten Stunden nicht auffindbar zu sein. Unerreichbar für alle, denen er nicht trauen konnte.

Dörfer mit Brauereigasthöfen. Städte mit einem Autostraßenring. Autobahnzubringer. Pinkeln auf einer Autobahntoilette. Wieder runter von der Autobahn. Durch dunkle Fichtenwälder. Immer wieder schaute Thorsten in den Rückspiegel. Noch mehr Fichtenwälder.

»Was machen wir?«, fragte Annika.

»Autotourismus. Das macht sonst keiner mehr wegen der Benzinpreise. Gefällt's dir nicht?«

»Doch, ich find's super. Kann ich meine CD anhören?«

»Ja, klar.«

Thunder Road. Fünfzehn Mal hintereinander aufgenommen auf einem Tonträger. Eigentlich zum Verrücktwerden, aber Thorsten beruhigt es auch. *Thunder Road.* Eine Kirche mit Zwiebelturm. *Thunder Road.* Ein Baumarkt mitten in der Landschaft. *Thunder Road.* Rapsfelder. Fichtenwälder. Rapsfelder. Fichtenwälder. *Thunder Road.* Die Zufahrt zu einem Wildschweingehege. In der Zufahrt parkt ein riesiger schwarzer Pick-up. Thorsten erkennt das Auto sofort wieder. Blick in den Rückspiegel. Thorsten sieht, wie die Gegenwart Geschwindigkeit aufnimmt. Der Pick-up fährt auf die Straße. Schnell holt er auf. Eigentlich gehört das Auto in eine amerikanische Landschaft in einer amerikanischen Fernsehserie. Von einem Klischee verfolgt zu werden, ist schon ziemlich albern. Ruhig bleiben. Es gibt immer mehr Pick-ups auf deutschen Straßen. Trotzdem. Das Pick-up-Monster im Rückspiegel wirkt nicht gerade wie eine Werbung für defensiven Fahrstil.

Jetzt ganz bei sich sein, denkt Thorsten. »Bist du angegurtet?«, fragt er, während er Gas gibt.

Annika schaut ihn groß an. »Hältst du mich für bescheuert? Ich gurte mich immer an.«

Der Pick-up kommt näher. Auf der schmalen Straße wirkt er übermotiviert.

»Wenn du mich für bescheuert hältst, kann ich ja aussteigen.«

Kurven. Sogar ein Hinweisschild: Scharfe Kurve. Annika will sich im Sitz nach vorne beugen und etwas Wichtiges sagen, aber der Gurt hält sie zurück. Die Fliehkraft. Die Reifen quietschen. Thorsten hat den Luftdruck nicht kontrolliert. Das hat jemand anderes getan. Thorsten vertraut dem Luftdruck nicht.

Nach den Kurven gibt der Sicherheitsgurt nach. Annika beugt sich nach vorn und schaut Thorsten mit großen Augen von der Seite an. »Du fährst wie ein Verrückter. Lass mich sofort aussteigen!«

»Ist gerade schlecht.«

Schnurgerader Straßenverlauf. Der Pick-up holt auf. Er scheint zu fliegen. Oder zumindest über der Straße zu schweben. Der Kühlergrill ist in Höhe ihrer Heckscheibe. Davor verchromte Frontschutzbügel. Er wird uns enthaupten, denkt Thorsten. Oder zumindest die Schädel zermatschen. Gas durchdrücken, beschleunigen, aber die Beschleunigung des Corsa ist nicht besonders gut. Sie ist scheiße. Im Vergleich zu einem Mustang. Vor allem, wenn man in Lebensgefahr ist. Die verdammten Fichten am Straßenrand nehmen zu langsam Geschwindigkeit auf.

»Ich will aussteigen!« Annika öffnet ihren Rucksack und holt die Madonna hervor. Sie presst die Figur gegen ihre Brust.

»Pass auf! Gleich wird etwas passieren: Etwas, das du nur aus Filmen kennst. Bleib einfach cool.«

»Hör auf, mich zu beruhigen. Du bist nicht mein Ehemann.«

»Woher willst du das wissen?«

»Ich weiß es. Fahr sofort rechts ran!«

Der Kühler ist zu nah. Viel zu nah. Jetzt passiert es, denkt Thorsten und drückt das Gaspedal durch.

»Halt an«, kreischt Annika. Im nächsten Moment rammt der Pick-up das Mietauto. Annika wird zurück in ihren Sitz gepresst. Sofort hört sie auf zu schreien. Stattdessen gibt sie einen gepressten Laut von sich. Thorsten konzentriert sich aufs Lenkrad. Es will ausbrechen, aber er steuert dagegen und wieder dagegen und noch einmal. Thorsten atmet kurz durch.

»Scheiße«, keucht Annika.

»Bleib ruhig.«

»Bin ich doch.«

Der Pick-up stößt ein zweites Mal gegen ihr viel zu kleines Auto. Der Wagen schlingert über die Fahrbahn in eine Kurve hinein. Kein Gegenverkehr. Gut, dass kein Gegenverkehr da ist. Thorsten zieht nach rechts und gibt Gas. Die Kurven werden helfen. Tatsächlich kann er einen kleinen Vorsprung herausfahren. Trotzdem ist der Angreifer immer noch zu nah im Rückspiegel. Noch eine Kurve. Zeitgewinn.

Thorsten flucht.

Vor sich ein verdammt langer gerader Straßenabschnitt durch dunkle Wälder. Das Pick-up-Monster holt auf. Nimmt zu viel Platz ein im Rückspiegel.

Thorsten bremst. Gleichzeitig zieht er die Handbremse an und reißt das Lenkrad nach rechts. Das Mietauto rast in einen Waldweg. Die ersten Meter asphaltiert, dann macht das Auto einen grazilen Satz und holpert über einen Kiesweg. Die Federung des Kleinwagens und die Bandscheiben der Insassen werden aufs Äußerste beansprucht. Thorsten bremst und kämpft mit der Lenkung, die in alle Richtungen ausreißen will. Schließlich bleibt das Auto stehen, wie ein Rodeo-Pferd, das aufgegeben hat.

Annika reißt die Beifahrertür auf und übergibt sich. Thorsten gurtet sich ab, beugt sich nach vorne und holt den Elektroschocker aus dem Handschuhfach. Er aktiviert ihn und springt aus dem Auto. Nur Wald. Der Pick-up ist ihnen nicht gefolgt. Thorsten rennt den Waldweg entlang. An der Einfahrt schaut er links und rechts. Nirgendwo ein Angreifer. Nur eine verlassene Landstraße. Langsam geht er wieder zurück zum Auto. Annika lehnt mit dem Rücken an der Karosserie. Vor ihr sickert eine Pfütze Erbrochenes langsam in den Waldboden.

»Geht's wieder?«, fragt Thorsten.

Annika hebt den Kopf und schaut in seine Richtung. Sie ist blass und schnappt nach Luft. Trotzdem hat sie genug Reserven, um von einem Moment auf den anderen loszubrüllen, bis die Adern an ihrem Hals hervortreten.

»Hab ich irgendwas an mir, das Scheiße magisch anzieht, oder was? Ja, ich wollte eine Familie. Geborgenheit. Und was hab ich gekriegt? Ein Haus. Eine Ehe. Zuständig sein. Für den ganzen Mist. Das komplette Programm. Dann haut ein Blitz mein Hirn in Stücke. Auf einmal bin ich ganz leer. Wie ein altes Handy ohne SIM-Karte liege ich in der Gegend rum und warte darauf, wieder gebraucht zu werden. Nadine spielt mit mir im Sandkasten und behandelt mich wie ein Baby. Simon hasst mich, weil ich ballaballa bin. Nur noch eine Mutterhülle. Und mein Ehemann ist ein Volltrottel. Emotional behindert. War er schon immer, hat keinen Blitz gebraucht, um so zu werden. Und dann schickt mir die Versicherung ein Arschloch auf den Hals, das mich ausspionieren soll.«

»Meinst du mich?«

»Gibt's noch mehr von deiner Sorte, die dabei sind, mein Leben zu versauen?«

»Ich mache nur meinen Job.«

»Super, du Profi! Was soll'n das für ein Job sein? Stuntman in einem verschissenen B-Movie? Auf so einen Dreck kann ich verzichten. Ich brauch das nicht! Du hättest mich nicht im Krankenhaus besuchen müssen. Du hättest nicht für mich da sein müssen. Es hätte alles gut werden können.«

»Tut mir leid. Es läuft nicht immer darauf hinaus, dass es gut wird.«

Annika legt vollen Körpereinsatz in die Ohrfeige. Zunächst ist Thorsten erstaunt darüber, dass sich sein Kinn wegdreht. Erst dann meldet sich der Schmerz. Noch bevor er wütend werden kann, spürt Thorsten etwas anderes in sich hochsteigen: Das schöne Gefühl, in einem See bis auf den Grund sehen zu können. Er lächelt. Das macht Annika noch wütender. Sie zieht die Mundwinkel nach unten. Vermutlich überlegt sie, ob sie noch einmal zuschlagen soll. Diesmal mit der Faust.

»Das hast du sehr schön gesagt, Annika«, sagt Thorsten, »und ganz ohne Notizbuch.«

Annika lehnt sich wieder ans Auto und lässt den Hinterkopf auf das Autodach sinken. Thorsten wirft einen Blick über die Schulter. Kein Pick-up. Er geht in die Hocke und sucht die Radkästen und die Stoßstangen nach einem Peilsender ab. Nichts. Wenn Magnus nicht mit einem Peilsender arbeitet, überlegt Thorsten, woher kennt er dann meinen Aufenthaltsort? Vielleicht Handyortung. Die Beschädigungen am Heck des Wagens sehen übel aus. Bin gespannt, wie ich die dem Mietwagenverleih erkläre. Auto-Crashs haben eine aufsteigende Tendenz in meinem Leben. Ein heftiger Niesanfall schüttelt Thorsten durch. In einem unglaublich schnellen Rhythmus. Er läuft ein paar Meter vom Auto weg und spritzt eine Überdosis Nasenspray in seine Atemwege. Es dauert ein paar Sekunden, bis Thorsten seine Organe wieder unter Kontrolle hat. Psychosomatisch, denkt er.

»Wir fahren weiter«, sagt Thorsten.

Annika hebt den Kopf und schaut ihn an. Sie ist immer noch blass. Oder wieder. Während der Ohrfeige hatte sie Farbe auf den Wangen.

»Wenn es wieder geht«, fügt er schnell hinzu.

»Fahren wir zur Polizei?«

»Nein.«

»Warum?«

»Ich will Geld verdienen. Genau daran wollte mich der Pick-up-Idiot ja hindern.«

»Kann ich meine CD hören?«

»Klar.«

Auf dem Nachhauseweg macht Thorsten noch ein paar Umwege.

Thunder Road. Weidende Ponys. Ein Hinweisschild: Pferdetherapie. *Thunder Road*. Eine Baumschule mit rundgeschnittenen Bäumen in Reih und Glied. *Thunder Road*. Schülerlotsen. Zwei Cheeseburger in einem Drive-in. *Thunder Road*.

Herunterpulsen. Die Gedanken überschlugen sich nicht mehr. Die Schläfenlappen wurden nicht mehr ungebremst an die Schädeldecke gepresst. Und die Schweißdrüsen beruhigten sich langsam auch wieder.

Thorsten fuhr zum Mustang und sie wechselten das Auto. Wie es Geheimagenten und Terroristen machen. Oder Diebe.

Danach nach Hause. Thorsten erzählte Annika etwas von *sicherem Hafen*. Um sie zu beruhigen. Alternativ benutzte er die Formulierung *safe house*. Wie im Agententhriller. An Sicherheit konnte er nicht wirklich glauben. Er spürte, wie sein Blutdruck immer noch gegen den Hals klopfte.

Das heimische Viertel umrundete er ein paarmal. Thorsten fand einen Parkplatz in Sichtweite seiner Wohnung. Er beobachtete, was vor seiner Haustür vor sich ging. Nichts. Selbst nach einer halben Stunde Observation. Annika spielte *Angry Birds*.

Endlich zu Hause hatten sie Sex. Im Bett / auf dem Küchentisch / an der Wand mit den japanischen Schriftzeichen. Als wäre das Wort *Sex* gerade von ihnen erfunden worden.

Ich will mein neues Leben zurück

Aus einem Traum erwachen, in dem man merkt, dass man träumt. Thorsten fühlte mit den Fingerspitzen nach Annikas Haut. Leeres Bett. Hautfrei. Nicht mal mehr warm. Er spürte den Autounfall wieder, als er sich auf einem Ellbogen aufrichtete. Und danach alle Prellungen. Seine Schulter sendete *Alarmstufe Rot*. Wenigstens taten seine Augen nicht weh, sie mussten sich nur erst einmal an die Dunkelheit gewöhnen, nachdem er bunt geträumt hatte. Annika am Fenster. Das Fenster wenigstens nicht geöffnet. Ein Blitz, mehrere Blitze flackerten blau auf ihrem Gesicht. Regentropfen auf Fensterglas – wie darauf geweint. Annika schaute ruhig nach draußen. Konzentriert. Thorsten beobachtete sie eine Weile.

Ohne ihn anzusehen sagte Annika: »Komisch, das Wetter. Es ist einfach da. Es ist immer da.«

Thorsten fuhr sich durch die Haare. »Ja, es ist da.«

Blitz. Donner. Annika lehnte vorsichtig ihre Stirn ans Fensterglas. »Ich glaube, ich habe keine Angst mehr vor Blitzen«, sagte sie. »Jedenfalls, wenn ich im Haus bin. Früher hatte ich auch im Haus Angst.«

»Daran kannst du dich erinnern?«

»Ja, an Angst kann ich mich erinnern. Die steckt einem in den Knochen.« Annika machte einen Schritt rückwärts. Vom Fenster weg.

»Sag mir die Wahrheit«, sagte er.

»Ich sag dir immer die Wahrheit«, antwortete sie, während sie Regentropfen beobachtete, die langsam am Fenster nach unten glitten.

»Seit wann hast du dein Gedächtnis zurück?«

»Ich weiß nicht.«

»Du weißt nicht. Schwachsinn. Das muss man doch wissen.«

»Muss man nicht. Das Hirn macht so komische Sachen. Ein paar davon begreift man erst später. Ich wusste ja nicht, dass es mein Gedächtnis ist. Ich hätte es mir ja nur einbilden können. Wie konnte ich mir sicher sein, dass das Leben, an das ich mich erinnere, nicht nur eine Erfindung ist?«

Thorsten nickte und schälte sich aus dem Bett. »Ich kenne Leute, die behaupten, dass sie nur eine Figur in einem Computerspiel sind. Ich hol uns ein Bier.« Nackt ging er in die Küche, öffnete den Kühlschrank und nahm zwei Bierflaschen in Gewahrsam. Er entkorkte sie und ging zurück ins Schlafzimmer. Er stellte sich neben Annika und schaute nach draußen. Schaute dem Gewitter zu. Regen. Donner. Blitze. Wind war auch da. Man konnte den Wind durch das geschlossene Fenster spüren. Thorsten reichte Annika eine Flasche. Sie trank mit kräftigen Zügen. Draußen ein heller Blitz. Gleich danach Donner. Thorsten nippte an seinem Bier. Er konnte sich nicht richtig darauf konzentrieren.

»Das Gedächtnis ist scheiße«, sagte Annika. »Ich will es nicht wiederhaben. Man erinnert sich an wirklich *alles.*«

»Hm«, brummte Thorsten und nahm einen größeren Schluck von seinem Bier. »Stimmt schon, aber willst du nicht dein altes Leben zurück?«

»Ich will mein neues Leben zurück.«

»In Behinderteneinrichtungen?«

»Nein. Ein neues Leben, in dem mir keiner sagt, wie es sein soll. Es muss erst noch erfunden werden.«

»Und bei der Wiedergeburt hilft die Versicherungsprämie.«

»Tut mir leid, dass wir uns so kennenlernen mussten.«

Annika drehte den Kopf und sah Thorsten ohne Schutzschirm an. Die Augen weit offen. Sie lächelte, aber er lächelte nicht zurück.

»Und deine Kinder?«

»Was soll mit ihnen sein?«

»Sie sind altes Leben.«

»Nein, nein.« Annika schüttelte den Kopf. »Ich liebe sie. Simon und Nadine sind Gegenwart. Einfach da. Sie werden immer meine Kinder bleiben. Instinkt. Ich bin ihre Mama.« Sie umarmte Thorsten und legte ihren Kopf auf seine Schulter. Er konnte ihre kalte Bierflasche auf seinem Rücken spüren und dachte an seinen Bericht für die Versicherung. An den nächsten Rapport bei Doktor Fleischer.

»Du hast mich ...«

Thorsten zögerte. Annika sah ihn an.

»Ja, was hab ich?«

Er gab sich alle Mühe, das Wort *verarscht* zu vermeiden.

»Du hast mir die ganze Zeit etwas vorgespielt.«

»Du hast mir im Rettungswagen einen Heiratsantrag gemacht.«

»Vergiss es.«

Sie drückte ihn fester. So fest, dass er keinen klaren Gedanken mehr fassen konnte. Thorsten war sich nicht sicher, ob er nicht schon wieder verarscht wurde. Buddhismus, dachte er. Karma. Eine gute Idee, damit werde ich mich mal befassen. Ihm fiel nichts mehr ein. Er hatte keinen Plan. »Lass uns das Bier auf ex trinken und dann schlafen gehen«, sagte Thorsten.

Gleichzeitig setzten sie die Flaschen an die Lippen und tranken ihre Biere in einem Zug aus. Danach atmeten sie heftig. Annika holte die Madonnenfigur aus ihrem Rucksack und stellte sie auf das Nachtkästchen. Im Bett kuschelten sie sich aneinander. Das ging ganz einfach. Selbst der Donner störte sie nicht. Kein schlechter Ausklang für einen Tag, an dem ich beinahe umgebracht worden wäre, dachte Thorsten noch. Hätte schlimmer kommen können. Er schlief ein und hatte bunte Träume.

Menschen sind zu langsam für Libellen

Die Unwetter gönnten sich am Vormittag eine Pause, aber die Satellitenbilder im Fernsehen ließen keinen Zweifel daran, dass sie sich bereits zum nächsten Angriff formierten. Schon am Mittag blähten sich mächtige Wolkenhaufen zu gewaltigen Cumulusgebirgen. Schnell verdunkelten sie sich, bis nur noch die Ränder in einem hellen Licht strahlten. Sie sahen wie Drachen aus, die miteinander spielten, bis sie zum richtigen Zeitpunkt auf die Erde herabstoßen und mit ihren mächtigen Klauen Nahrung sammeln würden.

Die Luft schwappte heiß und feucht durch die halb geöffneten Seitenscheiben ins Wageninnere. Die klimatischen Bedingungen orientierten sich eher an einer Amazonas-Expedition als an einem Ausflug in ein deutsches Mittelgebirge.

Thorsten nahm die Klimaanlage des Mustang trotzdem nicht in Betrieb. Und zwar aus Überzeugung. Klimaanlagen trockneten die Schleimhäute aus. Und trieben den Treibstoffverbrauch in die Höhe. Außerdem ließ sich unmöglich abschätzen, wie viele Keime sich über die Jahre darin breitgemacht hatten. Da Thorsten nicht einmal seinen eigenen Mitarbeitern trauen konnte, würde er nicht ausgerechnet bei einer Klimaanlage mit vertrauensbildenden Maßnahmen anfangen. Lieber die Fenster des Autos einen Spalt weit öffnen. Er mochte es, den Fahrtwind in seinen Haaren zu spüren. Und noch mehr mochte er es zu beobachten, wie der Wind mit Annikas Haaren spielte. Sie hatte die Schuhe ausgezogen und ihre nackten Fußsohlen auf die Ablage über dem Handschuhfach gelegt. Kleine, schöne Füße. In der letzten Nacht hatte er die Zehen lange geküsst. Bisher hatte Thorsten nicht gewusst, dass er eine sexuelle Vorliebe für Füße hatte.

Eine Straße in Flussnähe war überschwemmt. Thorsten folgte den eilig angebrachten Umleitungsschildern.

»Wohin fahren wir?«, fragte Annika.

»Zu einem Mann, der wie du vom Blitz getroffen wurde. Mehrmals. Einmal vor einem Supermarkt. Und einmal sogar im Auto.«

»Ich dachte, im Auto kann man nicht vom Blitz getroffen werden.«

»Er hatte das Fahrerfenster offen.«

»Warum?«

»Er wollte den Feind kennen.«

Annika schloss so schnell sie konnte das Beifahrerfenster.

»Gruber wird dir gefallen. Er hat Überlebenstechniken entwickelt.«

»Hat er Kinder?«

»Ja, aber sie leben nicht bei ihm. Sie sind schon erwachsen. Er lebt mit seinen Fotos.«

»Ich habe auch Fotos von meinen Kindern. Ich habe ihre Namen darauf geschrieben.«

»Du musst nicht mehr so tun als ob. Du brauchst die aufgeschriebenen Namen nicht mehr.«

»Ich weiß. Gut.« Annika lächelte. »Sehr gut.«

»Gruber hat Katzen. Das wird dir gefallen.«

Je weiter sie ins Mittelgebirge fuhren, desto kleiner wurden die Dörfer. Gelegentlich kamen zwei Wirtshäuser auf fünf Anwesen. Ein Zeichen dafür, dass die Stadtbewohner gerne hierherkamen, um ein billiges Mittagessen und süffiges, bernsteinfarbenes Bier zu sich zu nehmen. Die Landstraßen waren schmal und gewunden, als ließe sich der Wald links und rechts der Fahrbahn nur widerwillig ein Durchfahrtsrecht abringen.

Auf der steilen Straße zu Grubers Anwesen schwenkte ein Feuerwehrmann eine rot leuchtende Kelle vor einem Wall aus Geröll, Schlamm und entwurzelten Bäumen. Der Mann kam in seiner Schutzausrüstung schwerfällig auf Thorstens Auto zu. So als würde er sich auf einem fremden Planeten mit großer Schwerkraft bewegen.

Thorsten ließ die Seitenscheibe herunter.

»Tut mir leid, hier kommen Sie nicht weiter. Die Straße ist nach einem Erdrutsch unpassierbar.«

»Kann ich über eine andere Straße ausweichen?«

»Wohin wollen Sie denn?«

»Zu Herrn Gruber. Der wohnt oben in Dörnhammer.«

»Meinen Sie den Verrückten?« Der Feuerwehrmann lief rot an. Er hüstelte. »Entschuldigen Sie meine Ausdrucksweise. Er ist halt ein bisschen ... ein bisschen ...«

»Schon okay. Den meine ich.«

»Der hat keine andere Zufahrt.«

Thorsten verdrehte die Augen.

»Circa vierhundert Meter weiter unten gibt es einen Parkplatz«, sagte der Feuerwehrmann, »von dort führt ein Wanderweg nach Dörnhammer. Die Strecke ist deutlich markiert. Ich glaube, das ist sogar irgendein Wallfahrtsweg. Oder Sie warten so drei bis vier Stunden, dann haben wir die Straße auch wieder frei. Sie müssen aber woanders parken, damit die schweren Geräte durchkommen.«

»Ein bisschen Laufen kann nicht schaden. Oder was meinst du?«, fragte Thorsten seine Beifahrerin.

»Ich habe gute Füße«, antwortete Annika.

»Sie hat gute Füße«, sagte Thorsten zu dem Feuerwehrmann.

Der nickte. »Dann gibt's ja kein Problem.«

Unter einigen Mühen wendete Thorsten das Auto auf der schmalen Straße. Auf dem Parkplatz zog sich Annika ihre Stoffturnschuhe an. Zum Wandern war weder das Schuhwerk von Annika noch das von Thorsten wirklich geeignet, aber auf einem Wallfahrtsweg würde man damit schon über die Runden kommen. Thorsten fasste in die Brusttasche seines Jacketts. Der heilige Donatus war noch da. Die Tatsache, dass er das kleine Papierfitzelchen bei sich trug, beruhigte ihn auf eine Weise, die er nicht erwartet hätte. Immerhin war er nicht gerade ein religiöser Mensch. Eigentlich idiotisch, dachte Thorsten, aber irgendwie auch okay.

»Bist du sicher, dass du das schaffst?«, fragte Thorsten.

»Was spricht dagegen?«

»Eine angebrochene Rippe. Prellungen. Du hattest vor ein paar Tagen einen Verkehrsunfall.«

»Du auch.«

»Bei mir sind nur die Ohren noch nicht bei hundert Prozent.«

»Lass uns gehen.«

Thorsten sperrte das Auto ab. Gemeinsam mit seiner neuen Freundin ... War sie das? Was waren sie füreinander? Thorsten war sich nicht sicher. Gemeinsam machten sie sich an den Aufstieg. Immerhin. So eine Wanderung hatte er noch nie mit einer Frau gemacht.

Der Weg war tatsächlich gut markiert. Die gelbe Jakobsmuschel auf blauem Grund und eine rote Wandermarkierung prangten deutlich sichtbar auf einem Stein am Wegrand und nur ein paar Meter weiter an einer alten Buche. Im Gegensatz zur Straße, die steil zu Grubers Haus führte, mussten die Wanderer zunächst nur eine gemäßigte Steigung bewältigen.

»Wanderschuhe wären gut«, sagte Thorsten, während sich in der Ferne ein erster Donner vernehmen ließ.

»Geht schon. Wenigstens bin ich allem Anschein nach keine Frau, die hochhackige Schuhe trägt. Zumindest nicht immer. Ich kann mich dunkel daran erinnern, wie man damit läuft.«

»Du kannst dich genau erinnern.«

»Ja. Man läuft wacklig, aber sexy.«

»Das musst du mir mal vorführen.«

Annika schien das Wandern Spaß zu machen. Fröhlich sprang sie von einer Seite des Wegs auf die andere. Plötzlich musste Thorsten niesen. Er blieb stehen, um nach einem

Taschentuch zu suchen, während er von einem brachialen Niesanfall durchgeschüttelt wurde, der ohne Unterbrechung in den nächsten überging. Er hastete weiter, um sich möglichst schnell vom Verursacher seiner allergischen Reaktion zu entfernen. Als der Niesreiz nachließ, drehte sich Thorsten um und begutachtete aufmerksam die Pflanzen auf dem letzten Wegabschnitt.

»Alles klar?«, fragte Annika.

Thorsten nickte. Endlich hatte er das Taschentuch gefunden.

»Der Heuschnupfen wieder. Scheißallergie. Eigentlich mag ich die Natur.«

Annika drehte sich ebenfalls um und musterte die Bäume, Büsche und Gräser, die hinter ihnen lagen.

»Und was hat das ausgelöst?«

»Keine Ahnung.«

»Hast du noch nie einen Allergie-Test machen lassen?«

»Klar.«

»Und?«

»Ich bin gegen so ziemlich alles allergisch. Bei Überwachungen ist das manchmal lästig.«

»Vielleicht der Holunder.«

»Ich erkenne nicht mal Holunder, wenn er vor mir steht.«

»Aber er kennt dich.«

Ein Stück weiter bergauf kamen sie an einem Waldstück vorbei, das von einem Orkan glatt abrasiert worden war. Annika und Thorsten waren sich nicht einig, ob der Sturm der letzten Nacht oder schon ein früheres Unwetter die Verwüstungen angerichtet hatte. Lang konnte das Waldsterben nicht zurückliegen, da die umgeknickten Fichten und Kiefern noch grün waren.

»Das ist unheimlich«, sagte Annika, »die Bäume liegen alle in eine Richtung. Als hätte ein Meteorit eingeschlagen. So wie in Tunguska.«

»Dein Gedächtnis ist wirklich wieder voll im grünen Bereich.«

»Eine Doku im Fernsehen. An alles aus dem Fernsehen konnte ich mich schon früher erinnern. Als ich ausgeblendet war.«

Thorsten ging zu einer großen Fichte, deren Wurzeln weit in den Himmel ragten, während ihr Geäst sich am Boden festzuklammern schien. Er nickte beeindruckt.

»Schon komisch, wenn sich nicht einmal so mächtige Bäume an die Erde klammern können. Wie sollen sich dann Menschen auf den Beinen halten?«

Annika zuckte mit den Schultern.

»Am besten, man bleibt nicht stehen.«

Thorsten und Annika folgten den Muschelmarkierungen und hörten einander beim Anstieg atmen. Sie verlangsamten ihre Schritte, um einigen Kröten auszuweichen, die schwerfällig über den Weg hüpften. »Krötenwanderung«, sagte Thorsten. »Die Erdkröten versuchen zum Laichen immer wieder zu dem Gewässer zurückzukehren, in dem sie selbst geschlüpft sind. Sie haben in ihrem Gehirn sogar ein eigenes Organ, um zurückzufinden. Ihr Heimatgewässer erkennen sie am Geruch.«

»Gutes Gedächtnis«, nickte Annika anerkennend. »Und wofür soll das gut sein?«, fragte sie.

»Sie wollen ihren Nachwuchs dort in die Welt setzen, wo sie selbst schon gute Lebensbedingungen hatten.«

»Evolution ist scheiße. Man kann nicht mehr machen, was man will.«

Thorsten zuckte mit den Schultern.

»Sie findet statt. Eigentlich sind die Kröten mindestens einen Monat zu spät dran.«

»Vielleicht haben sie Angst. Kröten auf der Flucht.«

»Vielleicht.«

Annika und Thorsten stiegen weiter bergauf. Sie kamen an hochaufgetürmten Granitblöcken vorbei, die wie eine verwunschene Festung den Weg bewachten. Eine große Felsplatte lag nur wenige Zentimeter auf dem unter ihr liegenden Gestein auf. Thorsten hätte wetten können, dass die Felsplatte jeden Moment abrutschen und sie beide erschlagen würde. Den Gedanken, dass sie schon seit Zehntausenden von Jahren über den Bäumen balancierte, fand er weder besonders beruhigend noch besonders tröstlich. Mit aller Kraft drückte er gegen den Fels und beobachtete die balancierende Felsplatte über seinem Kopf. In welchen Zeiteinheiten wohl Steine denken?, fragte er sich.

»Wie im Märchen, oder?« Annika zeigte auf einen Felsen, um den sich die Wurzeln eines uralten Baums geschlungen hatten; ganz so, als wollte der Baum den Stein fressen. »Alles hält sich aneinander fest.«

»Ja, hier könnte man gut einen Fantasyfilm drehen«, antwortete Thorsten. »Als würde Gandalf jeden Moment hinter einem Stein auftauchen.«

Annika lachte. Sie konnte sich an Gandalf erinnern. »Das hätten wir alles nicht gesehen, wenn wir mit dem Auto gefahren wären.«

»Ja«, antwortete Thorsten. Dass er dennoch lieber mit dem Auto gefahren wäre, verschwieg er, obwohl es gute Gründe gab. Die Intervalle zwischen dem Donnergrollen wurden immer kürzer und die Möglichkeit, in einem faradayschen Käfig zu sitzen, hatte durchaus etwas Beruhigendes. Thorsten überlegte sich ernsthaft zum Auto zurückzugehen, aber sie waren bereits so weit gelaufen, dass sie wahrscheinlich schneller Grubers Haus erreichten als den Parkplatz.

Nachdem sie die Felsformation hinter sich gelassen hatten, folgten sie eine Viertelstunde einem schmalen Waldweg. Hin und wieder wurden sie von Libellen begleitet, die sie schnell wieder verließen.

»Menschen sind zu langsam für Libellen«, sagte Annika.

»Vor allem bergauf«, antwortete Thorsten, während er sich Schweiß von der Stirn wischte.

Schließlich erreichten sie einen Aussichtspunkt auf einem frei stehenden Felsen, von dem man einen Panoramablick über den Wald ins Flusstal hatte. Thorsten setzte sich auf eine verwitterte Bank. Dunkelgrüne Farbreste gaben ein paar spärliche Hinweise auf den ursprünglichen Anstrich. Nur das Messingschild mit dem Namen des Stifters glänzte in seiner ursprünglichen Pracht. Jemand musste sich vor Kurzem die Mühe gemacht haben, es zu polieren. Annika ging an das wenig vertrauenerweckende Metallgeländer und schaute ins Tal. Der Fluss schlängelte sich teilnahmslos dahin. Ohne Kanufahrer. Wahrscheinlich hatten die Kanufahrer die Unwetterwarnungen ernst genommen. Thorsten schaute sich um. Von allen Seiten schienen sich Gewitterfronten zu nähern. Purpurne, elektrisch aufgeladene Vorhänge, die langsam zugezogen wurden. Über ihnen war nur noch ein winziges Stück blauer Himmel, durch das die Sonnenstrahlen gebündelt auf einen Berghang auf der anderen Seite des Flusses fielen. Die Bäume im Sonnenlicht schienen gegen die Dunkelheit des aufkommenden Gewitters zu protestieren. Ein langes, tiefes Donnern legte sich über die Landschaft. Die Blitze schlugen von Wolke zu Wolke, sodass man den Kopf drehen musste, wenn man ihnen mit den Blicken folgen wollte.

»Fass das Gitter nicht an«, sagte Thorsten.

»Warum?«

»Ein Gewitter kommt auf.«

Annika zog erschrocken ihre Hände zurück. Stocksteif blieb sie stehen. Als wäre sie eingefroren. Thorsten ging zu ihr hin und umarmte sie von hinten. Sie zitterte. Thorsten spannte seine Muskeln an, damit Annika ihn besser spüren konnte. Sehr langsam ließ das Zittern nach. Mühevoll atmete sie ein und aus. Er legte sein Kinn auf ihre Schulter und schaute in den Abgrund unter dem Felsen. Weiter unten im

Tal folgte ein Wanderer in einem grünen Parka dem Jakobsweg. Mit schnellen Schritten stieg er bergauf.

»Wir sollten weitergehen«, flüsterte Thorsten, während er ihr übers Haar strich.

Annika nickte.

Nach einem zügigen Aufstieg durch einen Hohlweg erreichten sie eine Hochebene, auf der sich neben vereinzelten Büschen nur ein paar besonders hartnäckige Bäume hielten. Ein wütender Wind fegte durch die hohen, ausgebleichten Gräser links und rechts des Weges. Die Wolken sahen hier oben hungriger aus. So als würde ihr Appetit auf ein paar Wanderer, die sich bei diesem Wetter aus dem Haus wagten, größer und größer. Von Minute zu Minute schienen sich die finsteren Wolken weiter dem Erdboden zu nähern. Unweigerlich zog Thorsten den Kopf ein. Eine letzte wütende Windböe fuhr ihm durchs Haar, dann war es von einem Atemzug zum nächsten komplett windstill. Als hätte jemand den großen Schalter umgelegt. Thorsten wollte lieber nicht wissen, wer derjenige sein könnte. Kein Grashalm bewegte sich mehr. Alle Vögel waren verschwunden. Die Grillen hatten aufgehört zu zirpen.

Annika blieb stehen. Genau wie die Landschaft hielt sie die Luft an. Sah sich um.

»Das ist nicht gut«, sagte sie leise.

»Was ist denn los?«, fragte Thorsten und kam sich dabei ein bisschen blöd vor, weil ihm das Ganze auch nicht gefiel, aber wenigstens einer musste den Schein wahren. Und reden, um damit seine Unsicherheit zu überspielen.

Mit weit ausholenden Schritten stürmte Annika los. »Das ist nicht gut«, sagte sie nochmals.

Thorsten drehte sich um. Hinter ihnen am Rand der Hochebene war der Wanderer im grünen Parka erschienen.

»Verdammt, das ist nicht gut«, stimmte er zu und folgte Annika. Er musste einen kurzen Zwischenspurt einlegen, um sie einzuholen. »Es kann sein, dass wir Probleme kriegen«, versuchte er ihr so schonend beizubringen, wie es seine eigene Anspannung zuließ.

»Ich weiß schon.«

»Woher weißt du das?«

»Ich kann es spüren.«

»Du kannst es spüren?«

»Ja. Das Gewitter prickelt schon jetzt auf der Haut.«

Thorsten drehte sich nach ihrem Verfolger um. Aus irgendeinem Grund hatte dieser Boden gutgemacht. Dabei gingen Annika und er in einer Geschwindigkeit, in der das Gehen schon fast dabei war, sich in Laufen zu verwandeln. Gerade so eben berührten immer noch beide Füße gleichzeitig den Boden. Thorsten fragte sich, wie man es in dieser Hitze in einem Parka aushalten konnte. Ein Psychopath eben. Der konnte das.

Thorsten holte sein Handy aus der Hosentasche. Kein Empfang. Nichts anderes hatte er erwartet.

»Wenn es so weit ist«, sagte Thorsten, »dann mach, was ich sage.«

»Warum sollte ich das tun?«

»Weil ich Detektiv bin.«

»Mit Unwettern hab ich mehr Erfahrung als du.«

»Wenn es so weit ist, verlassen wir uns einfach auf unseren Instinkt.«

Etwa hundert Meter vor ihnen schlug ein Blitz in einen windschiefen Apfelbaum ein, den anscheinend ein Optimist vor einigen Jahrzehnten hier angepflanzt hatte. Vielleicht hatte auch ein Vogel ein paar Apfelkerne ausgeschissen. Dem Baum sah man seine Herkunft nicht mehr an, bevor er von dem Blitz in zwei Teile gespalten wurde, und danach erst recht nicht mehr. Annika und Thorsten blieben wie angewurzelt stehen. Dicke Holzbrocken wurden wie bei einer Explosion durch die Luft katapultiert. Die Luft fühlte sich mit einem Mal anders an. Unruhig und irgendwie bösartig. Heute ist kein Tag für Optimisten, dachte Thorsten, während er über seine Schulter schaute. Er würde den Kerl fertigmachen. Oder der ihn. Dazwischen gab es nichts. Als er sich wieder umdrehte, züngelten erste Flammen an den Resten des Apfelbaums.

»Okay, es ist so weit«, sagte Annika und rannte los.

Thorsten hatte Mühe, mit ihr mitzuhalten. Einmal drehte er sich noch um. Ihr Verfolger rannte ebenfalls.

Zuerst spürte er nur ein paar schüchterne Regentropfen auf seinem Arm. Schüchtern, aber schon ziemlich dick. Dann wurden die Tropfen fetter und sie vermehrten sich in einer irrsinnigen Geschwindigkeit. Der Regen trommelte immer dichter auf ihre Körper. Sekundenschnell war ihre Kleidung durchnässt. Alles an ihnen war nass bis auf die Haut. Der Regen peitschte Thorsten ins Gesicht. Wie die Zähne bösartiger Feen, dachte Thorsten. Eines Schwarms bösartiger Feen. Er konnte Annika kaum mehr sehen neben sich. Sie war nur noch ein Schemen. Vielleicht schützte der Regen sie beide sogar. Die Wasserwand war so dicht, dass ihr Verfolger sie unmöglich noch ausmachen konnte. Mit etwas Glück würde der Scheißkerl ihre Spur verlieren. Allerdings hatte Thorsten genug Berufserfahrung, um zu wissen, dass man Optionen, die Glück voraussetzten, am besten von vornherein ausschloss.

Links und rechts vom Weg entluden sich nun Blitze. Annika und Thorsten rannten. Die getroffenen Bäume und Büsche fingen unentschlossen an zu brennen, aber schon nach wenigen Sekunden wurden die Flammen von den Wassermassen gelöscht. Wie konnte nur so viel Wasser in die Wolken passen und über der Erde schweben? Es regnete sintflutartig. Als hätten die Wolken die Bibel gelesen. Thorsten konnte spüren, wie die gesamte Natur um ihn herum unter dem Unwetter ächzte. Dabei war sie so viel größer angelegt als er selbst.

Er packte Annika am Arm. »Wir dürfen uns auf keinen Fall unter einen Baum stellen. Und wir müssen unbedingt den höchsten Punkt meiden.« Er musste schreien und selbst dann kamen die Worte nur bruchstückartig bei ihr an.

»Wir sind der höchste Punkt!«, schrie sie zurück.

Etwa zwanzig Meter neben ihnen verdampfte ein Blitz die Regentropfen. Das Krachen platzte in die Gehörgänge wie eine Axt.

»Wir brauchen Deckung.«

Thorsten nickte. Annika hatte recht. Er sah sich um und konnte keine Deckung finden. Außerdem hasste er: Den Regen / die Gefahr, gegrillt zu werden / den Verrückten, der ihm die Kniescheibe oder die Visage oder was auch immer wegschießen wollte. Ein Detektiv sollte cool bleiben. Auch in Stresssituationen. Er war definitiv nicht cool. Annika packte ihn am Arm und zerrte ihn mit sich. In einer Mulde hinter einem Granitfindling ging sie in die Hocke. Thorsten stützte sich auf dem Felsen ab und versuchte durch die Regenwand den Kerl im grünen Parka zu entdecken, aber ihre ganze Umgebung schien vom Gewittersturm verschluckt zu sein. Annika zerrte an seinem durchnässten Gürtel.

»Du musst in die Hocke gehen!«, brüllte sie ihn an.

Er ging neben ihr in die Hocke.

»Du musst die Arme um die Knie legen.«

Er legte die Arme um die Knie.

»Du darfst so wenig Angriffsfläche wie möglich bieten.«

Er versuchte, so wenig Angriffsfläche wie möglich zu bieten. So klein zu sein, wie seit seiner Geburt nicht mehr. Der Wind schlug ihm nasse Rispengräser ins Gesicht. Jetzt werde ich auf dem Jakobsweg gegeißelt. Es gab mehr als zehntausend Süßgräserarten. Er war gegen alle allergisch. Idiotisch, in so einer Situation mit seinem Heuschnupfen zu hadern, dachte Thorsten, aber schon im nächsten Augenblick musste er niesen. Alles psychosomatisch. Thorsten schloss die Augen, um die Gräser nicht zu sehen. Trotzdem musste er niesen und niesen und niesen.

Ein Blitz schlug in ihrer unmittelbaren Nähe ein. Obwohl Thorsten die Lider zusammenkniff, durchzuckte ihn die Helligkeit von den Augäpfeln bis zu den Fußballen. Er fing an zu weinen. Wenigstens würden die Tränen im Regen untergehen. Trotzdem schämte er sich deswegen vor Annika.

»Ich liebe dich«, sagte er so leise, dass die Hoffnung bestand, das eben Gesagte würde im Sturm untergehen. Außerdem ließ er einen Niesanfall folgen, der wesentlich lauter war als die hingehauchten Worte.

»Das ist definitiv der falsche Zeitpunkt«, antwortete Annika.

Einen Moment lang spielte er mit dem Gedanken, sie zu berühren, aber als er sie zusammengekauert neben sich hocken sah, ließ er es bleiben.

Annika stöpselte sich ihren MP3-Player in die Ohren und sang leise *Thunder Road. Come take my hand we're riding out tonight to case the promised land, oh oh oh oh, thunder road.* Ihre Stimme klang rau und wild. Thorsten wusste, dass sie ihrer Angst vor dem Gewitter nicht nachgeben würde.

Der Regen sammelte sich am Boden der Mulde. Annikas Stoffturnschuhe waren längst durchgeweicht. Nach den Blitzen war die Dunkelheit allgegenwärtiger und bösartiger als zuvor. Bis sie wieder von grellem Licht zerrissen wurde. Und wieder zerrissen wurde. Und wieder.

Der nächste Lichtschein blieb. Und zwar mitten in Thorstens Gesicht. Eine Taschenlampe leuchtete ihn an.

»Hier, nehmt das!«

Im nächsten Moment fiel etwas auf Thorsten, das ihn fast vollständig bedeckte, an ihm herunterglitt und vor die eng zusammengepressten Füße fiel. Ein silberner Schutzanzug. Thorsten hob den Kopf. Er hätte nicht erwartet, sich jemals so zu freuen, Gruber zu treffen.

»Schnell, zieht das an!«, schrie Gruber, der selbst in einem Schutzanzug steckte. Entgegen seiner üblichen Vorsichtsmaßnahmen hatte er das Visier seines Helms geöffnet, damit ihn Annika und Thorsten durch den Lärm, den der prasselnde Regen, der wütende Wind und das heftige Donnergrollen erzeugten, überhaupt verstehen konnten.

Thorsten sah, dass Annika schon dabei war, in ihren Anzug zu schlüpfen.

»Hier, das könnt ihr brauchen!«, brüllte Gruber. Er hielt ihnen zwei Heiligenbildchen vors Gesicht. Annika riss ihm eines aus der Hand und steckte es in ihren Ausschnitt.

»Ich hab schon eines«, sagte Thorsten und holte es halb aus der Jackentasche.

»Nehmen Sie's«, antwortete Gruber, »bei so einem Wetter kann man gar nicht genug davon haben.«

Thorsten hielt das Bildchen mit seinen zusammengepressten Lippen, während er den Reißverschluss des Anzugs hochzog. Vor Nässe konnte das Heiligenbild jedenfalls nicht einmal sich selbst schützen. Innerhalb weniger Sekunden hatte der Regen den heiligen Donatus so aufgeweicht, dass er Thorsten am Kinn klebte. Die Blitze schlugen nun fast im Sekundentakt ein. Gruber und Annika wurden aus ständig wechselnden Richtungen angeleuchtet. Der Alte holte aus einem großen Rucksack zwei Helme. Den ersten warf er Annika zu, die ihn sicher auffing. Thorsten ließ den zweiten Helm durch seine regennassen Finger gleiten und der Helm landete im Schlamm, der sich mittlerweile zu ihren Füßen gebildet hatte. Thorsten nahm das nasse Heiligenbildchen und klebte es sich mit der flachen Hand auf die Stirn. Er bückte sich nach dem Helm. Der Schutzanzug verhinderte schnelle Bewegungen. Thorsten war sich nicht sicher, ob das am Material lag oder ob der Overall einfach ein paar Nummern zu klein war. Wahrscheinlich eine Kombination aus beidem.

Als sich Thorsten mühsam wieder aufgerichtet hatte, fiel ihm zuerst auf, dass Annika ihren Helm bereits trug, während er seinen noch in den Händen hielt. Erst danach bemerkte er, dass Gruber und Annika ihre Arme in den Himmel streckten. Das silberfarbene Obermaterial der Schutzanzüge leuchtete im Licht der Blitze wie Metall in einem Hochofen. Thorsten war sich einen Augenblick nicht sicher, wofür es gut sein sollte, die Arme über den Kopf zu halten. Vielleicht eine krude Blitzschutzmaßnahme, die sich Gruber ausgedacht hatte. Oder etwas, das nur Gedächtnislose verstanden. Ehemals Gedächtnislose. Vielleicht die befremdlichen Praktiken eines neuen Gewitterkults. Ein Blitz züngelte etwa zwanzig Meter hinter Annika und Gruber mit einem bösartigen Zischen aus dem Boden. Keiner der beiden reagierte auf den Einschlag. Sie blieben bewegungslos stehen und starrten auf einen Punkt hinter Thorsten. Ihm gefiel die Tatsache, dass sich hinter seinem Rücken offensichtlich etwas abspielte, überhaupt nicht. Als er sich umdrehte, hatte er eine üble Vorahnung von dem, was er zu Gesicht bekommen würde. Tatsächlich starrte er in die Mündung der Pistole, mit der ihm erst vor Kurzem in einem dunklen Hausflur vor der Nase herumgefuchtelt worden war. Er war sich immer noch nicht sicher, ob es sich um eine echte Waffe handelte, aber nur ein sehr mutiger Mann oder ein Vollhirni würden es herausfinden wollen, während das Ding auf einen gerichtet war. Ihr Verfolger stand breitbeinig auf dem Felsen und hielt die Waffe mit beiden Händen. Der grüne Parka sog dankbar den Regen auf und hing an dem sehnigen Körper wie labbrige Haut. Thorsten bewertete den Umstand, dass Magnus Meinhold seine Tarnung aufgegeben hatte, nicht gerade optimistisch. Zeugen waren ihm scheinbar egal. Oder er beabsichtigte, keine zu hinterlassen. Überhaupt kein beruhigender Gedanke.

»Wir können über alles reden!«, brüllte er ins Gewitter.

Magnus Meinhold stimmte ein durchgeknalltes Psycho-Lachen an. Thorsten war sich nicht sicher, ob das Lachen echt oder nur von einem Filmschurken geklaut war. Dem Joker beispielsweise. Jedenfalls ist sich der Scheißkerl seines filmreifen Auftritts voll bewusst, dachte Thorsten. So wie er von einem Unwetter eingerahmt mit einer Knarre auf einem Felsen steht. Das scheint er für eine Riesenshow zu halten.

»Morgen. Vielleicht können wir morgen über alles reden.«

»Und heute?«

»Heute ist der Tag der Strafe.«

»Okay, reden wir von was anderem.« Thorsten beschloss, sich dumm zu stellen. Das war immer Erfolg versprechend. »Ich habe einen Deal mit deinem Vater. Wir könnten zusammenarbeiten.«

»Ich scheiß auf meinen Vater.«

»Ja, stimmt schon – seine Eltern kann man sich nicht aussuchen.«

Plötzlich stand Gruber neben ihm und hielt Magnus Meinhold ein Heiligenbildchen entgegen. Der richtete die Waffe auf den alten Mann.

»Bleib stehen!«

Gruber ging weiter.

»Bleib stehen oder ich knall dich ab.«

Gruber verlangsamte seine Schritte. Zunächst wusste Thorsten nicht, was der Alte mit dem heiligen Donatus vorhatte. Vielleicht eine Teufelsaustreibung? Dann verstand er es: Gruber war ein Blitzmann. Einer, bei dem die Kräfte der Natur ihre Zeichen hinterlassen hatten. Selbst einen Angreifer mit Pistole wollte er vor den Blitzen schützen, die sich um sie herum mit ungebrochener Energie entluden.

Gruber ging weiter mit dem Heiligenbild in der ausgestreckten Hand auf Meinhold zu. Das Bildchen war längst nur noch ein durchgeweichter Fetzen Papier, der auf Grubers Hand klebte.

Der Schuss war tatsächlich noch lauter als der Donner und die einschlagenden Blitze. Gruber ging mit einem Schmerzensschrei zu Boden. Er starrte auf sein rechtes Bein, wo ein hässliches Loch im Schutzanzug klaffte. Gruber versuchte, das Heiligenbild auf das Einschussloch zu kleben.

»Idiot«, brüllte Thorsten, »der Alte wollte dich nur schützen.«

Thorsten riss den heiligen Donatus von seiner Stirn und hielt ihn mit ausgestreckter Hand in Magnus Meinholds Richtung. Sofort knickte das Heiligenbildchen weg und klebte sich um seinen Daumen.

Magnus richtete seine Glock nun wieder auf Thorsten. »Dein Bildchen wird dir nicht helfen. Ich mach dich fertig. Ich mache alle fertig. Willst du noch ein wenig um dein Leben winseln?«

Als der Blitz einschlug, hatte Thorsten den Eindruck, unter dem Parka würde eine Millisekunde lang das Skelett aufleuchten. So wie bei Zeichentrickfiguren, durch die ein Stromschlag fährt. Dann wurde Magnus Meinhold vom Felsen geschleudert, als bekäme er einen Schlag mit einer Abrissbirne. Der Körper schlug mit einem dumpfen Geräusch auf den Boden. Dampf stieg vom nassen Parka auf.

Annika war zu Gruber gelaufen, der immer noch seine Hand auf das Einschussloch hielt. Thorsten versuchte einen Moment lang seine Atmung zu koordinieren, bevor er sich ebenfalls neben Gruber hockte.

»Im Rucksack ist ein Erste-Hilfe-Kasten«, keuchte Gruber. »Wenigstens hat die Kugel das Bein getroffen, das sowieso schon kaputt ist.«

Thorsten rannte zum Rucksack und zerrte einen Auto-Verbandskasten heraus.

»Ich mach das«, sagte Annika und riss den Deckel des Erste-Hilfe-Kastens auf. »Schau du nach dem anderen.«

»Was?«

»Kümmre dich um den Typen!«

»Meinst du den durchgeknallten Scheißkerl?«

»Ja. Kümmre dich.«

»Warum?«

»Weil er vom Blitz getroffen wurde.«

»Der wollte uns umbringen.«

»Mach endlich.«

Vorsichtig näherte Thorsten sich dem leblosen Körper, der ein paar Meter entfernt in einer Pfütze lag. Er wusste, im Film war das genau der Moment, in dem der Böse noch einmal aufstand. Gefährlicher als zuvor. Wie ein verletztes Tier. Thorsten war bereit, einen Fußkick gegen den Kopf auszuführen. Und Magnus Meinhold anschließend alle Dämonen aus dem Körper zu prügeln, aber das Arschloch blieb einfach liegen. Leblos. Regentropfen verdampften auf seinem Parka. Thorsten kauerte sich neben ihn und überprüfte die Körperfunktionen. Er ekelte sich davor, die fremde Haut zu spüren. Kein Puls. Keine Atmung.

»Keine Atmung. Der Arsch ist tot«, rief Thorsten Annika zu, die sich abmühte, mit Verbandszeug, das innerhalb von Sekunden aufgeweicht wurde, einen Druckverband an Grubers Bein anzubringen.

»Dann versuch, ihn wiederzubeleben.«

Thorsten schüttelte heftig den Kopf. »Ich denk ja gar nicht dran. Der Wichser wollte mich umbringen.«

Annika riss ihren Helm vom Kopf, sodass Thorsten ihre wütenden Augen sehen konnte. »Ich liebe dich auch. Jetzt mach es einfach!«

Thorsten öffnete den Reißverschluss des Parkas. Das Hemd darunter riss er einfach auf. Die Knöpfe sprangen davon. Thorsten drückte mit beiden Handflächen so fest er konnte auf die Brust. Zehn Mal. Dann die Mund-zu-Nase-Beatmung. Er ekelte sich vor der Nase. Dem ganzen Gesicht. Er wollte nichts von dem Kerl in den Mund nehmen. Schon gar nichts, was potenziell schleimig war. Er sah auf. Annika beobachtete ihn. Thorsten verdrängte die Gedanken an Körpersekrete und ansteckende Krankheiten. Er holte tief Luft, umschloss die Nase mit den Lippen und entleerte so viel von seinem Lungeninhalt, wie er konnte. Wieder Luft holen. Wieder Atem verschenken. Zehn Mal. Dann wieder Herzmassage. Und wieder Beatmung. Immer abwechselnd. Das Unwetter ließ nach. Die Blitze schlugen immer weiter entfernt ein. Der Donner war erst zwei Sekunden später zu hören.

»Hey!«, Thorsten warf Annika sein Handy zu. »Schau, ob wir Empfang haben.«

Herzmassage. Beatmung. Herzmassage. Beatmung. Schnell ekelte er sich vor der Beatmung nicht mehr. Am besten man fand einen Rhythmus, weil man die Wiederbelebungsmaßnahmen sonst nicht allzu lange durchstehen konnte. Herzmassage. Beatmung. Thorsten schwitzte in seinem Schutzanzug wie ein Schwein. Herzmassage. Beatmung. Dazwischen Luft holen. Seine eigene Lunge schien komplett ausgetrocknet zu sein. Beatmung. Irgendwann hörte es sogar auf zu regnen. Thorsten beatmete weiter. Und wieder Herzmassage.

Lie to me baby

Als Thorsten aufwachte, schaute er in Annikas weit geöffnete Augen. Einen Moment lang schockten ihn die Pupillen in Nahaufnahme und ihre körperwarme Anwesenheit. Beziehungsentwöhnt wie er war, hätte er sie fast mit einem Tritt aus dem Bett befördert. Rechtzeitig erinnerte er sich: Sie war auf der guten Seite. Oder jedenfalls auf seiner. Ganz sicher war er sich aber nicht. Thorsten drehte sich um.

Die wundersame Mutter von Lourdes lächelte ihn vom Nachtkästchen aus zuversichtlich an. Sie war zufrieden mit ihm. Er hatte seinen schlimmsten Feind wiederbelebt, bis die Sanitäter da waren. Auch wenn er sich während der Beatmung beschissen gefühlt hatte, ging die Erste Hilfe vermutlich als gute Tat durch. Seine Lippen waren aufgesprungen vom Wiederbeleben. Etwas in diese Richtung wollte er so schnell nicht wieder machen.

Annika schmiegte sich von hinten an ihn und legte ein Bein über seine Hüften. Er konnte ihre Brüste spüren. Sie küsste ihn kurz auf den Nacken. Dann richtete sie sich auf und drehte mit einer sanften Bewegung sein Kinn in ihre Richtung. Annika sah Thorsten herausfordernd an. Ihre Augen wurden dabei größer. Sie wollte ihn aufstacheln, aber er war noch zu müde dazu.

»Was unternehmen wir heute?«, fragte Annika. »In meinem neuen Leben.«

Gute Frage. Das neue Leben war noch nicht überall angekommen.

Thorsten dachte kurz über seine Altlasten nach. »Geld verdienen«, antwortete er. »Lebensunterhalt.« Er schälte sich aus seiner Bettdecke, ging in die Küche und machte automatisiert im Dämmerzustand die Kaffeemaschine an.

Gemeinsam mit Annika trank er Milchkaffee. Keiner sprach ein Wort. Lange Zeit. Irgendwann war das Koffein im

Hirn angekommen und führte zu einem ersten klaren Gedanken.

»Ich muss weg«, sagte Thorsten.

»Ich will mit«, antwortete Annika.

Thorsten schüttelte den Kopf.

»Eine Observation. Langweilig. Besser, du bleibst hier.«

Annika schüttelte energischer den Kopf.

»Ich will auf jeden Fall mit.«

Thorsten atmete schwer aus. Fast ein Seufzen. Er nahm noch einen Schluck Milchkaffee.

»Hast du was dagegen, wenn ich mitkomme?«, fragte Annika.

»Ja.«

Annika lächelte zufrieden.

»Das ist okay für mich. Ich komm trotzdem mit.«

»Auf keinen Fall.«

»Wir haben jetzt eine Beziehung.«

»So was in der Richtung habe ich befürchtet. Aber ein Arbeitsverhältnis haben wir nicht.«

»Macht nichts.«

Annika lächelte Thorsten an. Sie machte ein Angebot, das man nicht ablehnen konnte. Scheiße, dachte er, auf keinen Fall professionell.

Thorsten fuhr mit Annika zu dem Haus, in dem Ralf wohnte und parkte etwa hundert Meter davon entfernt ein.

»Was beobachten wir?«, fragte Annika.

Thorsten hob leicht das Kinn. Er gab sich Mühe, *cool* zu sein.

»Die sechste Haustür rechts. Die mit dem Fahrrad davor.«

Mit einem offensiv gelangweilten Blick starrte er durch die Windschutzscheibe. Annika beugte sich leicht nach vorn.

»Wer wohnt da?«

»Ralf.«

»Dein Partner?«

»Ja.«

»Du observierst deinen Partner?«

»Interne Ermittlungen. Qualitätssicherung.«

Bevor Annika etwas sagen konnte, legte Thorsten eine Tom-Waits-CD in den Player ein.

Lie to me baby
Lie to me baby
Lie to me baby
Move on

Annika lehnte sich im Sitz zurück, aber sie fragte nichts. Gut. Thorsten war noch zu müde für Erklärungen.

Tom Waits' Stimme klang nach einem Whiskey-Trinker, der das Whiskey-Trinken aufgegeben hatte.

Die Sonne vertrieb kurzzeitig die Wolken. Schnell wurde es heiß im Auto. Thorsten setzte seine Sonnenbrille auf. Er sah in den Himmel. Blue is the colour, dachte er. Eine blaue Insel zwischen dicken grauen Wolken, die in wütendere Farben übergingen.

Iris kam aus der Haustür. Ralf humpelte ihr hinterher. Er hatte sich an die Kunststoff-Gehschiene noch nicht gewöhnt. Der Einstieg in den Kleinwagen bereitete ihm Probleme. Nachdem er sich in den Beifahrersitz gequält hatte, fuhr Iris los.

Thorsten startete das Auto und folgte ihnen. Hoffentlich schauen sie nicht in den Rückspiegel, dachte er. Den Mustang würden sie sofort erkennen. Nach dem Angriff des Pick-ups hatte Thorsten beschlossen, fahrzeugtechnisch aufzurüsten.

»Wo fahren wir hin?«, fragte Annika.

»Wo es Geld zu verdienen gibt.«

Während er Iris und Ralf verfolgte, achtete Thorsten darauf, dass immer mindestens ein Auto zwischen den Vorausfahrenden und seinem Ami-Schlitten war. Es begann wieder zu regnen. Die Sonne hatte nur eine kurze Willenserklärung abgegeben. Thorsten nahm die Sonnenbrille ab.

Iris bog in ein Gewerbegebiet ab. Autovermietung. Fast-Food-Drive-in. Schuh-Fabrikverkauf. Eine Spedition. Schließlich stellte Iris das Auto auf einem Parkplatz vor einer leer stehenden Großraumdiscothek ab. Ein großes, weißes Schild warb für preiswerte Büro- und Lagerflächen. In einem Teil des Erdgeschosses hatte bereits ein Fahrradladen aufgemacht. Thorsten fuhr vorbei und parkte den Mustang in einigem Abstand am Straßenrand. Gewerbegebiete haben den Vorteil, dass sie nicht für Menschen, sondern für Autos geplant werden. Es gibt immer genug Platz zum Parken. Thorsten beobachtete den Parkplatz der leer stehenden Discothek im Rückspiegel.

Iris ging zackig mit Handtasche voran. Ralf hatte Mühe, mit seiner Frau Schritt zu halten. Das Laufen mit Gehschiene ohne Krücken lief noch nicht rund. Beide verschwanden im Hintereingang des Gebäudes durch eine Metalltür. Thorsten schnallte sich ab, nahm den Elektroschocker aus dem Handschuhfach und steckte ihn in sein Jackett.

»Du bleibst hier«, sagte er zu Annika.

»Auf keinen Fall.«

»Schau mich an.«

Annika schaute Thorsten an.

»Du bleibst hier. Das ist zu gefährlich für Amateure.«

»Ich bleib auf keinen Fall hier.«

Etwas Trotziges blitzte aus ihren Pupillen.

»Du spielst *Angry Birds*«, befahl Thorsten und holte die tragbare Spielkonsole aus dem Handschuhfach. Er machte das Gerät an und drückte es Annika in die Hände. Zornig starrte sie auf das Display.

»Ich bin nicht behindert.«

»Du spielst *Angry Birds.*«

Annika nickte.

»Okay.«

Während sie mit einem Finger über das Display wischte, lächelte sie gequält. Schweine wurden mit Vögeln bombardiert.

Thorsten stieg aus. Über den Parkplatz ging er zur Hintertür der Discothek. Der Club war von den Betreibern aufgegeben worden, aber stillgelegt war er nicht. Eine brachiale Bassdrum erschütterte das Areal. E-Gitarren-Riffs sägten sich durch den Beton. Hardcore, dachte Thorsten, oder der Versuch, noch gnadenloser zu sein. Allem Anschein nach war ein Teil des Leerstands an eine aufstrebende Rockband als Proberaum vermietet worden.

Die Metalltür war unverschlossen. Im Gebäude war es dunkel, aber die Lichtschalter funktionierten. Riesige Garderoben, in denen vereinsamt eine schwarze Jacke hing. Vermutlich hatte sie jemand am letzten Partyabend vergessen. Die Treppe ins Obergeschoss sah aus wie eine Showtreppe beim Eurovision Song Contest. Über dem Treppenabsatz hing ein vergessener Mirror Ball.

Leise schlich Thorsten die Treppe hoch und atmete unter der Discokugel kurz durch. Die Musik war mittlerweile so laut, dass man eigentlich nicht mehr auf das Geräusch seiner Schritte achten musste. Oben angekommen, zuckte Thorsten zusammen, als der Sänger der Hardcore-Band einsetzte. Verschärfte Zombie-Apokalypse. Das musikalische Gemetzel fand hinter einer improvisierten Tür statt, über der ein Schild mit der Aufschrift *Chill-out-Area* hing. Rechts von ihm prangte ebenfalls ein Wegweiser. *Main Hall.*

Der hallengroße Haupttanzsaal der Discothek war durch Raumkonstruktionen in Trockenbauweise in Parzellen unterteilt. Davor jeweils eine improvisierte Tür mit Vorhängeschloss. Die Montagewände waren im Naturzustand. Grau. Niemand hatte sie bemalt oder mit einer Tapete beklebt. Der Eigentümer wollte bei minimalen Kosten möglichst viel Miete kassieren, bis vielleicht irgendwann ein großer Investor gefunden wurde.

Die Trockenbauwände kratzten leise, als sich Thorsten Deckung suchend an sie presste. Vorsichtig schlich er nach vorn.

Licht fiel aus einer geöffneten Tür am Ende des Gangs. Eine leise geführte Diskussion. Thorsten erkannte sofort die Stimmen der beiden Gesprächspartner.

Ralf: »Als nächstes Objekt bieten wir ihm den Kessel-Triptychon an.«

Iris: »Ich weiß nicht recht. Vielleicht sollten wir mit Glenn Boyd weitermachen.«

Ralf: »Und was spricht gegen Sebastian Kessel? Beide sind postmodern.«

Iris: »Glenn Boyd ist ein international renommierter Künstler. Daran merkt Meinhold, dass die neuen Leute am Telefon seriöse Geschäftspartner sind. Wir geben ihm gleich was Dickes.«

Ralf: »Ja, aber der Kessel stand vor Kurzem unter Neonazi-Verdacht. Der Skandal hat seinen Marktwert deutlich erhöht.«

Thorsten drückte sich mit den Handflächen an der Wand ab und sprang durch die Türöffnung der Trockenbaukonstruktion. Iris und Ralf fuhren herum. Sie glotzten ihn an wie Documenta-Besucher, die mit einem röhrenden Hirsch in Öl konfrontiert werden.

Lächelnd ging Thorsten auf die beiden zu. »Sorry, ich wollte euch nicht stören, während ihr zwischen Diebesgut fachsimpelt.« Er sah sich genüsslich die flachen Kartons an, die überall im Raum an die Wände gelehnt waren.

Ralf fing sich als Erster. Er humpelte schwerfällig auf Thorsten zu. »Gut, dass du da bist. Ich wollte dich gerade anrufen. Das ist der Raum, in dem Magnus Meinhold die gestohlenen Bilder versteckt hat.«

»Ralf, hör auf, mir Scheiße zu erzählen.« Thorsten machte einen Schritt nach vorn. Ralf und Iris bewegten sich von ihm weg. Hielten Abstand. Sie beschritten einen imaginären Kreis. Achteten darauf, dem anderen nicht den Rücken zuzudrehen. »Ihr habt einen anderen erwartet«, sagte er.

»Wen sollten wir schon erwartet haben?«, fragte Ralf.

»Magnus natürlich. Er ist aber leider verhindert. Er wurde gestern vom Blitz getroffen. Blöder Zufall. Ich hab ihn zwanzig Minuten wiederbelebt.«

»Und was hat das mit uns zu tun?«, mischte sich Iris ein.

»Während der Herzmassage habe ich sein Handy in der Brusttasche gespürt. Ließ sich gar nicht vermeiden. Ehrlich gesagt, habe ich es geklaut. Und euch von diesem Handy aus eine SMS geschickt. Überhaupt kein Problem. Eure Nummer war gespeichert.«

Ralf schüttelte den Kopf. »Es ist nicht so, wie du denkst.«

»Hey Ralf, hör auf, mich zu verscheißern«, sagte Thorsten. »Du wusstest schon lange, wo die Bilder versteckt sind. Die Osteuropäer, die angeblich die Rückgabe der gestohlenen Kunstwerke an Gunnar Meinhold durchziehen, waren frei erfunden. Diesen Job habt ihr beide übernommen. Magnus hat nur mit seinem Alten telefoniert. Stimme verstellt und vermutlich irgendwelchen metaphorischen Literaturscheiß losgelassen. Das hat sich der Flachwichser natürlich nicht entgehen lassen. Und dann gab es Streitigkeiten mit Magnus wegen der Bezahlung. Wahrscheinlich wolltet ihr das sprichwörtliche größere Stück vom Kuchen. Als krönenden Abschluss habt ihr mir Magnus auf den Hals gehetzt. Vermutlich habt ihr einen Teil des Lösegelds verschwinden lassen und Meinhold junior weisgemacht, dass ich die Kohle habe. Fieser Einfall mit Gewinngarantie für meinen nicht mal so netten Kollegen und seine Ehefrau. Erste Möglichkeit: Magnus geht bei seiner Rachenummer drauf, zum Beispiel, weil ihm von meiner Seite etwas Notwehr entgegenschlägt. Für den Fall wärt ihr gleich an seine Stelle getreten und hättet Gunnar weiter erpresst. Wenn es anders gelaufen und ich auf der Strecke geblieben wäre, hättet ihr Magnus vermutlich verpfiffen und Gunnar ebenfalls weiter ausgenommen. Oder vielleicht lieber nur die Belohnung für die Bilder abkassiert?

Euer gestörter Freund Magnus wäre im Knast natürlich ein Sicherheitsrisiko gewesen. Der ist ja sehr kommunikativ.«

»Am Elegantesten wäre es gewesen, wenn Magnus dich umgebracht hätte, und selbst auf der Flucht von der Polizei erschossen worden wäre«, sagte Iris.

»Tja, das Leben ist kein Wunschkonzert.«

Iris zog eine Pistole aus ihrer Handtasche und richtete sie auf Thorsten. Alle waren stehen geblieben. Ralf und Thorsten starrten auf die Waffe.

»Wo haben bloß alle auf einmal Schusswaffen her?«, fragte Thorsten. »Wir sind doch nicht in Detroit.«

»Tschechien. Schwarzmarkt«, sagte Ralf. »Da kriegst du alles. Sogar halb automatische Waffen.«

Iris kicherte.

»Wie du siehst, sind wir vorbereitet. Du auch?«, sagte sie immer noch kichernd. Die Pistole im Anschlag. Waffen hatten schon eine tolle Wirkung.

Thorsten nickte, während er auf seinen Lippen herumknabberte: »Wir sollten uns unterhalten wie erwachsene Leute.«

»Tun wir doch«, sagte Ralf.

»Wir haben bloß die besseren Argumente«, ergänzte Iris mit einem überlegenen Grinsen.

»UNSERE ARGUMENTE SIND AUCH OKAY.«

Ralf und Iris fuhren erschrocken zusammen. Annika stand in der Tür. Breitbeinig. Mit einer Pistole, die sie mit beiden Händen festhielt, zielte sie auf Iris. Deren Augen wanderten gehetzt zwischen Thorsten und Annika hin und her.

»Hey Iris, hey Annika, cool bleiben. Jetzt bloß nicht nervös werden und rumballern«, sagte Thorsten. Er hielt den Atem an.

»Das ist eine Spielzeugpistole«, sagte Ralf.

»Sicher?«, fragte Iris.

»Die ist aus Plastik.«

»Es ist eine Glock«, sagte Thorsten. »Taktische Tupperware. Aber zielgenau. Auch in Belastungssituationen. Vermutlich hat Annika sie Magnus Meinhold abgenommen, nachdem der vom Blitz getroffen wurde.«

»Ja klar, alle beklauen den armen Magnus«, antwortete Ralf sarkastisch. »Eine Behinderte mit einer scharfen Waffe. Ich glaub dir kein Wort.«

»Bist du dir sicher?«, fragte Iris, während sie weiter Thorsten anvisierte.

Ralf nickte.

»Die wollen uns nur verarschen. Das ist Thorstens Spezialgebiet.«

»Zeig es ihnen«, sagte Thorsten.

Annika schoss haarscharf an Iris vorbei. Das Projektil bohrte sich durch einen der Kartons und durchschlug noch die Gipsfaserwand dahinter.

»Damit wäre das geklärt. Schade um das Kunstwerk«, sagte Thorsten.

Ralf raufte sich die Haare.

»Verdammt, ich glaube, das war ein Bild von Edvin Markovic.«

»Was machen wir jetzt?«, fragte Iris.

Thorsten ging ein paar Schritte auf Ralf und Iris zu. Die Hand am Elektroschocker. »Ich schlage Folgendes vor: Wir fahren zu Gunnar Meinhold und begleiten ihn hierher, damit er seine Bilder wieder in Besitz nehmen kann. Dann teilen wir die Belohnung.«

Iris und Ralf suchten kurz Blickkontakt. Das war der Moment. Mit einer schnellen Bewegung holte Thorsten den Elektroschocker aus seinem Jackett. An Iris' Hals drückte er ab. Sie kippte um. Lag auf dem Boden wie ein blond gelockter Engel. Thorsten hob die Pistole auf, die neben ihr lag und steckte sie in seine Jackentasche. Annika stand immer noch schussbereit in der Tür.

Die Gehschiene bereitete Ralf Schwierigkeiten, sich neben die bewusstlose Iris zu knien. Er fühlte den Puls seiner Frau. Thorsten stellte sich hinter Ralf. Er wählte einen geschäftsmäßigen Tonfall, der keine Widerrede zuließ. »Wir machen es so, Ralf: Du fährst mit zu Gunnar Meinhold. Du hast ihm ja auch deine Hilfe angeboten. Er bekommt die Bilder und ist glücklich. Unsere Detektei streicht die Belohnung ein. Du bekommst davon die Hälfte. Und damit ist unsere Geschäftsbeziehung beendet, Herr Ebert. Für immer.«

Ralf zog sein Jackett aus und schob es Iris unter den Kopf. »Klingt nach einem fairen Deal.«

»Jeder Deal, bei dem du am Leben bleibst, ist ein fairer Deal«, brüllte Annika. Sie hatte immer noch die Glock in den Händen. Vermutlich hatte sie Gefallen an der Waffe gefunden.

»Annika ist gar nicht behindert«, sagte Ralf.

»Wie kommst du darauf?«, fragte Thorsten. Dann beugte er sich zu seinem Ex-Kompagnon und flüsterte: »Hey, Ralf, mach keinen Fehler. Mich kannst du vielleicht verscheißern, aber du merkst ja, wie Annika drauf ist.«

Es funktioniert nicht, wenn man nicht auserwählt ist

Thorsten ging in den dämmrigen Ballsaal. Er mochte das Knarren des alten Parketts. Der Klang seiner Schritte verbreitete sich mit einer verspielten Leichtigkeit. Der hohe Raum hatte eine erstklassige Akustik. Das schlichte Weiß der Wände bildete einen spannenden Kontrast zu den verschnörkelten Stuckarbeiten, die in edlem Gold hervorgehoben waren. Die Decke des Saals wurde von drei riesigen Stuckrosetten beherrscht, unter denen einst zentnerschwere Kronleuchter gehangen hatten. Postkarten mit historischen Aufnahmen des Ballsaals lagen an der Rezeption aus. Heruntergedimmte Scheinwerfer beleuchteten schwach eine halbrunde Guckkastenbühne an der Stirnseite des Raums. Ein Rednerpult und eine transportable Leinwand unterstrichen die Leere der Bühne. Früher mochten sich auf der Bühne die Streicher der Tanzkapelle die Fingergelenke abnutzt haben, während das feine Schuhwerk der Tänzer elegant über das Parkett geglitten war. Thorsten wusste auch nicht, woran es lag, dass man von historischen Räumen immer sofort mit Bildern aus einem Kostümfilm bedient wurde, während zeitgenössische Bauwerke meistens überhaupt keinen Film im Kopfkino zu bieten hatten. Kein Sozialdrama. Keine Komödie. Keinen Thriller. Nichts. Am Abend, hell erleuchtet, wirkte der Ballsaal sicher noch viel beeindruckender. Jetzt vermittelte das sparsame Licht eines Januarvormittags, das spärlich durch die großen Fenster fiel, nur eine ungefähre Ahnung dieses Glanzes.

Annika und Gruber kamen lachend herein. Sie hatte sich locker an seinem linken Arm eingehängt, während er sich mit der rechten Hand auf einen Gehstock stützte. Schon nach den Blitzunfällen hatte der alte Mann sein rechtes Bein leicht nachgezogen, aber seit er angeschossen worden war, brauchte er den Stock als Hilfsmittel.

Es war erstaunlich, wie sehr sich Annika und Gruber in den vergangenen Monaten angefreundet hatten. Wie Geschwister oder, wegen des Altersunterschieds, vielleicht eher wie Vater und Tochter. Zumindest waren sie Seelenverwandte. Manchmal war Thorsten deshalb ein wenig eifersüchtig, wahrscheinlich, weil er keinen Seelenverwandten hatte. Früher wäre ihm Ralf eingefallen, aber mittlerweile hatte er zu viele Erfahrungen mit ihm gemacht. Nachdem er die ansprechende Belohnung für die wiederbeschafften Bilder mit Ralf geteilt hatte, war er ihm nicht wieder begegnet. Ihre Geschäftsbeziehung war beendet. Das war gut so. Vielleicht war Ralf ausgewandert. Das wäre noch besser. Auf einem Astro-Sender hatte Thorsten mal gehört, dass man angeblich überhaupt nur einen Seelenverwandten haben konnte. Vielleicht hatte er seinen Seelenverwandten einfach noch nicht kennengelernt. Zu einer Geliebten baut man etwas anderes auf. Keine Seelenverwandtschaft. Trotzdem war das Verliebtsein schön, obwohl Annika in den letzten Monaten ziemlich mit ihrem neuen Leben beschäftigt war, nachdem sie aus der betreuten Wohngruppe ausgezogen war. Mit den finanziellen Leistungen der Unfallversicherung konnte sie ihre neue Wohnung tipptopp einrichten. Schöner Altbau mit Stuck an den Decken und einem zusätzlichen Zimmer für die Kinder. Simon und Nadine kamen jedes zweite Wochenende. Während der Besuchszeiten traf sich Annika nicht mit Thorsten. Zu viel Veränderung auf einmal für die Kinder, meinte Annika. Da bei ihr wegen der Amnesie eine bleibende Invalidität von über fünfzig Prozent anerkannt wurde, erhielt sie eine monatliche Rente der Unfallrentenversicherung, die es ihr ermöglichte, die Arbeit in der Behindertenwerkstatt aufzugeben. Nicht zuletzt Thorstens Untersuchungsergebnis hatte maßgeblich dazu beigetragen, dass die Versicherung diese Leistungen übernommen hatte. Der Nachteil: Annika musste weiter eine Frau ohne Gedächtnis spielen, aber sie fand das nicht mal so schlecht. Es machte ihr Spaß, ihre Rolle ständig um ein paar neue Nuancen zu erweitern. Heftiges Zittern. Waschzwang. Unkontrolliertes Kichern. Natürlich konnten sich Thorsten und Annika vorerst nicht in der Öffentlichkeit treffen. Heimlich schlich Thorsten zu ihr. Bloß nie den Mustang vor Annikas Haus parken. Lieber an der Haustür vorbeigehen, sich schnell umdrehen und erst dann klingeln, wenn kein Verfolger zu sehen war. Sie waren das geheime Bonnie-and-Clyde-Dream-Team der Versicherungsbetrüger. Wenn sie sich vorher gangstermäßig neckten und dreckig anredeten, hatten sie hinterher versauten Sex. Verbrechen lohnt sich eben doch.

Gruber legte Thorsten lächelnd die Hand auf die Schulter. »Und, was sagen Sie zum Tagungsort unseres Blitzopfer-Kongresses?«

Thorsten sah sich noch mal im Ballsaal um und nickte. »Schöne Location.« Er gab sich Mühe, nicht allzu begeistert zu wirken.

»Warum bist du bloß immer so zurückhaltend mit deinen Emotionen?«, rügte ihn Annika. »Der Saal ist grandios.«

»Ja, er hat schon was.«

Sie lachte. Die Frau schaffte es sogar, ihn auf eine Art auszulachen, die er mochte.

Annika ging mit Gruber zu ihren reservierten Sitzplätzen in der ersten Reihe, während sich Thorsten in die Hotellobby verdrückte. Nach und nach kamen auch die anderen Teilnehmer des Kongresses an. Durch die geöffnete Tür des Ballsaals konnte Thorsten sehen, wie sich die Stuhlreihen erstaunlich schnell füllten.

Plötzlich ein Stoß in die Rippen. Thorsten drehte den Kopf in der Erwartung, von einem Schwergewichtsboxer angerempelt worden zu sein. Eine langhaarige, blonde Frau stand vor ihm. Zierlich. Einen Moment lang fragte sich Thorsten, ob sie blind war, aber dann bemerkte er, dass sie nachdenklich links und rechts an ihm vorbeischaute. Er ging einen

Schritt zur Seite. Die Frau ging schnurstracks weiter. Sie war wirklich sehr attraktiv. Thorsten ertappte sich dabei, dass er ihr auf den Hintern schaute. Ein Mann, der dicht hinter ihr lief, drehte sich kurz zu Thorsten um und entschuldigte sich. Die Blonde war inzwischen gegen einen Tisch gerempelt. Der Mann zog sie wieder Richtung Gang. Kurz vor der Eingangstür musste er sie abstoppen und ihren Weg korrigieren, damit sie nicht gegen den Türrahmen knallte.

»Bist du sicher, dass du da drin alleine zurechtkommst?«, fragte der Mann.

»Hört sich an, als sei ich hilfsbedürftig«, sagte die Blonde wütend. »Findest du, dass ich hilfsbedürftig bin?«

»Nein, natürlich nicht.«

Die Frau verschwand im Saal. Ein Hotelbediensteter schloss hinter ihr die Türen. Der Begleiter der Blonden stand etwas hilflos daneben. Thorsten ging zu ihm. »Sie wurden nicht vom Blitz getroffen?«, fragte er.

Der Mann schüttelte den Kopf. »Nein. Ich bin nur Begleiter.«

»Ich auch.«

»Aber es ist schon in Ordnung, dass die Blitzopfer beim ersten Treffen unter sich sein wollen. Keine Presse zulassen und so.«

Thorsten nickte. »Wenn die Medien eingeladen wären, würde am Ende noch *MindToxic* hier auftauchen und eine grenzdebile Performance abziehen.«

»*MindToxic?* Was ist das?«

»Eine Band, die vom Blitz getroffen wurde. Seither behaupten die Musiker, keinen Strom mehr für ihre Mikrofone, E-Gitarren und Lautsprecher zu brauchen.«

»Das ist ja schwachsinnig.«

»Kommt auf YouTube gut an. Wollen Sie mit mir an der Bar einen Kaffee trinken? Wir haben ja beide scheinbar nichts Besseres zu tun.«

»Gerne.«

Auf dem Weg zur Bar machten sie sich bekannt. Der Mann hieß Wolfram und seine Freundin Cordula. Wolfram bestellte ein Kännchen Kaffee. Thorsten einen Milchkaffee. Der Brad-Pitt-Typ hinter dem Tresen sagte freundlich: »Wir bieten Café au lait, Caffè Latte und Galão.«

»Was ist ein Galão?«

»Die portugiesische Form des Milchkaffees.«

»Aha. Und wie unterscheiden sich die Milchkaffees?«

»Der Milchanteil ist unterschiedlich. Außerdem werden sie in unterschiedlichen Gefäßen und mit unterschiedlichen Beigaben gereicht.«

»Beigaben? Was ist die Beigabe beim Galão?«

»Ein Pastel de Nata. Ein Puddingtörtchen.«

»Dann will ich einen Galão ohne Törtchen.«

»Das Pastel de Nata ist im Preis inbegriffen.«

»Ich will trotzdem nur den portugiesischen Milchkaffee ohne portugiesisches Törtchen.«

Der Brad-Pitt-Typ machte sich mit routinierten Handgriffen an seine Arbeit am Kaffeeautomaten. Thorsten beugte sich zu Wolfram hinüber und fragte leise: »Oder hätten Sie das Törtchen gemocht? Immerhin ist es im Preis inbegriffen.«

»Nein danke, ich mag keinen Pudding.«

»Ich schon, aber ich vertrage ihn einfach nicht.«

Sie schwiegen, bis ihnen der Kaffee serviert worden war. Nach dem ersten Schluck fing Wolfram an zu erzählen, als wäre bei ihm die Play-Taste gedrückt worden.

»Cordula läuft gegen Stühle, Tische, Türen, Kommoden, gegen alles. Sogar in ihrer eigenen Wohnung. Als würden die Gegenstände von unsichtbarer Hand in ihren Weg geschoben. Deshalb kaufen wir auch nur noch Möbel mit abgerundeten Ecken. Besonders neuralgische Stellen habe ich mit Schaumgummi abgeklebt. Auf der Straße sind Verkehrsschilder, Straßenlaternen und Mülltonnen ihre natürlichen Feinde.

Es ist so, als würde sie gegen alles laufen, gegen das man mit irgendeinem Körperteil stoßen kann. Ein paar Mal hat sie sich schon ernsthaft verletzt: Ein Mittelhandbruch, ein Bein- und zwei Armbrüche, mehrere gebrochene Rippen und unzählige Gehirnerschütterungen. Am gefährlichsten sind aber die Hindernisse, durch die man laufen kann. Glastüren. Schaufensterscheiben. Schnittwunden konnte ich bisher verhindern. Aber manchmal wache ich nachts schweißgebadet auf, weil ich geträumt habe, dass Cordula in den Wintergarten der Nachbarn gerannt ist. Einfach durchs Glas. Tagsüber denke ich oft darüber nach, was zu tun ist, wenn sie sich jemals eine Pulsader aufschneiden sollte. Unabsichtlich natürlich. Ich vergegenwärtige mir die Vorgehensweise bei der Ersten Hilfe. Man muss eine gewisse Routine entwickeln. Wenn man erst einmal das ganze Blut gesehen hat, kann man bestimmt keinen klaren Gedanken mehr fassen. Ich tue natürlich alles, um Verletzungen zu verhindern, aber Cordula lässt sich nicht gerne von mir helfen. Wenn ich versuche, sie zu leiten, reagiert sie genervt. Je mehr Menschen dabei zusehen, desto giftiger wird sie.«

»Das kann ich verstehen«, antwortete Thorsten, »wer lässt sich schon gerne von einem anderen Menschen steuern? Haben Sie Cordula schon vor dem Blitzunfall gekannt?«

»Nein, ich habe sie erst danach kennengelernt. Durch den Job. Ich bin Journalist. Lokalredakteur bei einer kleinen Tageszeitung. Ich sollte über ihre Versuche, nach dem Blitzunfall ein halbwegs normales Leben zu führen, berichten. Tja, und dann ist es halt passiert. Anders als sie jetzt ist, kann ich mir Cordula überhaupt nicht vorstellen. Es ist einfach ein Teil von ihr, gegen alles zu laufen. Und Sie? Haben Sie Ihre Lebensgefährtin schon vorher kennengelernt?«

»Woher wollen Sie wissen, dass es meine Lebensgefährtin ist?«

»Sie sehen nicht schwul aus.«

»Ich habe sie auch erst später kennengelernt. Ebenfalls berufsbedingt. Ich bin Privatdetektiv und sollte im Auftrag einer Versicherung einige Recherchen in ihrem Fall durchführen.«

Wolfram zog die Augenbrauen nach oben und legte die Stirn in Falten. »Wow, ich sitze mit einem Privatdetektiv beim Kaffee.«

»Ich trage keine Waffe, falls Sie das als Nächstes fragen wollen.«

»Wollte ich nicht, aber man stellt sich einen Detektiv automatisch mit Waffe vor.«

»Meistens ist mein Job nicht so spektakulär wie im Fernsehen.«

»Waren Sie schon mal in einer gefährlichen Situation?«

Nachdem Wolfram so bereitwillig seine Geschichte erzählt hatte, fühlte sich Thorsten nun in einer Bringschuld.

»Vor etwa einem halben Jahr. Ein Versicherungsbetrüger wollte sich an mir rächen. Ein Mitarbeiter von mir wurde zusammengeschlagen, aber er hat sich bestens erholt.«

»Und waren Sie selbst auch in Gefahr?«

»Der Typ wollte mich erschießen.«

»Verdammt. Hätten Sie etwas dagegen, wenn ich einen Artikel darüber schreibe?«

»Allerdings. In meinem Gewerbe ist Diskretion eine der Grundvoraussetzungen.«

»Versteh ich. Entschuldigen Sie bitte.«

»Schon okay.«

»Und?«

»Was und?«

»Haben Sie den Kerl entwaffnet?«

»Nein, er wurde vom Blitz getroffen.«

Wolfram nickte säuerlich und nahm einen Schluck von seinem Kaffee.

»Das ist keine Verarsche. Er wurde wirklich vom Blitz getroffen. Ein saudummer Zufall hat mir das Leben gerettet.

Der Scheißkerl sabbert immer noch vor sich hin, während er von Pflegern gefüttert wird, und lernt gerade in der Physiotherapie, seine Zehen wieder zu bewegen. Eine gute Unfallversicherung würde ihm nun viel Geld einbringen.«

Beide lachten. Thorsten fand seine Anekdote eigentlich nicht mal so lustig. Vielleicht lachten Wolfram und er wegen der triumphalen Macht des Zufalls, aber sicher war er sich nicht deswegen. Eigentlich lachte Wolfram nur mit. Showprogramm.

»Ich glaube Ihnen die Geschichte nicht, Wolfram«, sagte Thorsten. »Und Cordula ist auch nicht zufällig mit mir zusammengestoßen. Jetzt sitzt sie gerade im Saal und beobachtet Annika.«

Wolfram starrte konzentriert in seine leere Kaffeetasse.

»Ich weiß nicht, wovon Sie reden.«

»Wann wurden Sie von der Versicherung auf mich angesetzt? Erst kurz vor dem Kongress oder observieren Sie mich schon länger?«

»Ich kenne Sie doch nicht mal.«

»Keine Angst, ich nehme es Ihnen nicht übel. Ich weiß, wie es in unserem Job läuft.« Thorsten sah sich das reichhaltige Spirituosenangebot hinter dem Tresen an. »Wollen wir uns stilecht einen Whiskey bestellen?«, fragte er.

»Lieber nicht. Um diese Tageszeit. Das machen nur Leute in Filmen.«

»Vermutlich haben Sie recht. Whiskey um diese Tageszeit wäre auf jeden Fall unprofessionell.«

Wolfram vermied weiter jeden Blickkontakt. Er starrte in seine leere Tasse.

Thorsten trank den letzten Schluck Kaffee, den er sich für diesen Moment aufgehoben hatte. »Entschuldigen Sie mich bitte einen Moment, Wolfram«, sagte er, während er vom Barhocker kletterte. »Sie dürfen mich aber auch gern verfolgen.«

»Sie sind paranoid.«

»Vielleicht. Bei der Vorgeschichte kein Wunder.«

Thorsten ging aus der Bar in Richtung der Toiletten. Als er sicher war, dass Wolfram ihn nicht mehr sehen konnte, schlug er den Weg zum Ballsaal ein. Vor der Tür zum Saal zögerte er einen Moment. Dann drückte er langsam und geräuschlos den Türgriff nach unten. Millimeter für Millimeter öffnete er die Tür, während er den Atem anhielt. Thorsten zögerte. Erstarrte.

Er rechnete damit, dass die Teilnehmer des Kongresses über ihren Stühlen schwebten. Einige nur wenige Zentimeter über der Sitzfläche noch in sitzender Stellung, andere fast an der Decke des Raums ohne Körperspannung, die Gliedmaßen weit von sich gestreckt. Ein paar besonders aufgeweckte Blitzopfer schlagen Saltos in der Luft. Oder gleiten schwerelos auf und nieder. Annika und Gruber schweben, in eine angeregte Unterhaltung vertieft, in der Mitte des Ballsaals. Während Cordula sich an den Wänden abstößt, um wie ein Squashball durch den Raum zu fliegen, ohne einen der anderen Teilnehmer zu berühren.

Thorsten zog die Tür des Ballsaals ganz auf. Alle Teilnehmer des Kongresses saßen brav auf ihren Plätzen, während Gruber auf der Bühne einen Vortrag hielt. Um sein kaputtes Bein zu entlasten, hielt er sich am Rednerpult fest. Einige der Zuhörer in den hinteren Sitzreihen warfen Thorsten einen strafenden Blick zu. Auch Annika drehte sich halb um. Lächelnd winkte sie. Er winkte zurück und schloss die Tür.

Zurück in der Bar bestellte sich Thorsten einen weiteren portugiesischen Milchkaffee ohne Puddingtörtchen.

»Es ist seltsam, mit jemandem zusammenzuleben, der vom Blitz getroffen wurde. Man kann das Schicksal nicht teilen«, sagte Wolfram.

»In eine Beziehung bringen immer beide ihre eigene Geschichte ein«, antwortete Thorsten.

»Ich konnte es nicht nachfühlen. Genau genommen kann ich es immer noch nicht. Nachdem wir uns kennengelernt hatten, unternahm ich ein paar Wochen alles, um auch vom Blitz getroffen zu werden. Wenn ein Gewitter aufzog, befestigte ich eine Metallkette an einem Nietengürtel und ließ sie hinter mir auf dem Boden schleifen. Ich suchte immer die höchsten Punkte in der Landschaft auf. Auf einem Flohmarkt kaufte ich eine alte Sense und ging während der Gewitter aufs Feld.«

»Und?«

»Es funktioniert nicht, wenn man nicht auserwählt ist.«

Thorsten nickte und nippte an seinem Kaffee. Er stellte die Tasse ab und betrachtete sie eine Weile. Keine Ahnung, was an dem Kaffee portugiesisch sein sollte.

»Das war eine schöne Geschichte, Wolfram. Sie geben sich Mühe. Das rechne ich Ihnen hoch an.«

»Sie halten mich immer noch für einen Lügner.«

»Schwamm drüber.« Thorsten stieg vom Barhocker und ging zum Fenster. Panoramascheibe. Das Wetter war da. Große Wolkenformationen türmten sich auf. Die Ränder sahen seltsam grün aus.

syndikat
Friedrich-Glauser-Preis 2013
Bester Kriminalroman

Roland Spranger

Kriegsgebiete

224 Seiten
gebunden
Edition 211
im Bookspot Verlag
ISBN 978-3-937357-54-6
14,80 €

Schwer traumatisiert kehrt Daniel aus seinem Afghanistan-Einsatz zurück in die Heimat, in der er sich nicht mehr zurechtfindet. Seine Ehe geht in die Brüche, seine Frau Melanie zieht mit der gemeinsamen Tochter zu ihrem neuen Freund. Daniels Leben hat einen absoluten Tiefpunkt erreicht.
Da geschehen in seinem Umfeld mehrere grausame Morde. Von der Polizei als Täter verdächtigt, beginnt er auf eigene Faust zu recherchieren, wer hinter den Verbrechen steckt. Oder ist er tatsächlich der Mörder? Ist er wirklich so schizophren, dass ein Teil seiner Persönlichkeit Verbrechen begeht, an die sich der andere Teil nicht erinnern kann?

»Ein Buch, das man ungern aus der Hand legt, ehe die letzte Seite gelesen ist.«
Frankenpost

»Mit ›Kriegsgebiete‹ ist Roland Spranger ein beachtenswerter Psychothriller gelungen … Lesenswert!«
www.krimi-couch.de

»Roland Spranger gelingt es mit beinahe sparsam zu nennenden Mitteln, eine beklemmende Stimmung zu erzeugen und zu halten. Ohne Effekthascherei, mit extrem glaubhaften Figuren, fesselnd. Zusammen mit dem Protagonisten wird der Leser durch die Handlung gehetzt, desorientiert und hilflos.«
Jurybegründung zum Friedrich-Glauser-Preis 2013

Bitte beachten Sie die Leseprobe auf den folgenden Seiten!

Dienstag

Daniel saß entspannt im Regenmantel auf der Ledercouch. Jedenfalls so entspannt, wie er konnte. Wie immer bereitete es Mühe, locker zu sein. Und nicht abgesichert. Die Arme auf der Rückenlehne ausgebreitet. Der warme Frühlingsregen klopfte auf seine geschlossenen Augenlider. Seit Afghanistan wusste Daniel Regen zu schätzen. Und alle anderen unbeständigen Wetterlagen in gemäßigten Klimazonen. Dass sich das launische Aprilwetter dieses Jahr bis weit in den Mai hielt, gefiel ihm. Daniel fuhr mit den Fingerspitzen über das Leder. Die Feuchtigkeit fühlte sich gut an. Organisch. Als gäbe es keinen Staub, der sich zwischen ihn und die Couch schieben könnte. Staub war woanders.

Das Quietschen des Gartentors. Es müsste längst einmal geölt werden. Daniel erkannte am Rhythmus der Schritte den Besucher. Er hätte die Augen geschlossen halten können, aber er öffnete sie. Sicherheitshalber. Einen Mangel an Sicherheit konnte er nicht akzeptieren. Er sah Maik auf dem Trampelpfad durch die kniehohen Brennnesseln kommen. Die Hände in den Hosentaschen vergraben. Und die Kapuze tief ins Gesicht gezogen. Wasser tropfte von den Haarspitzen, die unter der Kapuze hervorlugten. Ihm schien der Regen nicht halb so viel Spaß zu machen wie Daniel. Beide nickten sich kurz zu, dann setzte sich Maik wortlos neben seinen Freund auf die Ledercouch. Eine Zeit lang schwiegen beide und starrten den großen, leblosen Plasma-Fernseher an, der vor ihnen im Gras stand.

»Glaub mir«, sagte Maik schließlich, »das Programm wäre auch mit einem funktionstüchtigen Fernsehapparat nicht besser. Ständig wird irgendein Superstar, ein Topmodell oder eine andere Dumpfbacke gesucht. Zombies, die sich von ein paar Arschlöchern vorschreiben lassen, wie ihr Leben auszuschauen hat.«

»Ich glaube, *Leben* kann man bei Zombies nicht sagen. Die sind doch schon tot. Untot.«

Maik dachte kurz nach.

»Vielleicht würde dir das sogar Spaß machen.«

»Was? Untot sein?«

Bin ich doch, dachte Daniel.

»Fernsehen«, antwortete Maik. »Immerhin hast du als Zuschauer die Macht, die ganzen Casting-Monster sofort wieder zurück in den Hades des Vergessens zu treiben, wenn du eine SMS schickst.«

»Und was sollte mir daran Spaß machen?«

»Das Vergessen.«

Maik starrte weiter auf den Flachbildschirm, während Daniel seinen Blick wandern ließ. Antrainierte Routine. Immer aufmerksam bleiben. Der Garten war verwildert. Sah ein bisschen so aus, als würde Dornröschen schon ein paar Jahre in einem Einfamilienhaus mit Zinkdach und Solaranlage schlafen. Am Anfang hatten sich ein paar Nachbarn beschwert wegen des Unkrauts, das andere Grundstücke infiltrierte. Seit alle wussten, dass Daniel Deutschland am Hindukusch verteidigt hatte, verhielten sie sich ruhig. Vielleicht aus Respekt. Oder weil sie Angst hatten. Immerhin war Daniel kampferprobt. Und gut ausgebildet. Oder weil sich die Nachbarn eingestanden hatten, dass ein paar Opfer erbracht werden müssen, wenn die Demokratie verteidigt wird. Das Zusammenleben mit Unkraut beispielsweise.

»Die Couch hält unserem Klima erstaunlich gut stand«, sagte Maik.

»Ich weiß nicht, was du gegen unser Klima hast.«

»Nichts. Es ist halt da.«

»Das ist Leder. Leder braucht Feuchtigkeit.«

»Kommt vielleicht auf die Menge an. Kann Leder schimmeln?«

»Keine Ahnung. Warten wir's ab.«

»Also, die Schaumstofffüllung schimmelt bestimmt früher oder später.«

Maik versuchte, sich eine Zigarette anzuzünden, aber das Feuerzeug kapitulierte vor dem Regen. Statt einer Flamme gab es nur ein nerviges Klack-Klack-Klack-Geräusch von sich. Seufzend packte Maik das Feuerzeug zurück in die Tasche. Er lehnte sich mit der unangezündeten Zigarette im Mundwinkel zurück. Langsam weichte das Papier durch und die ganze Zigarette bog sich melancholisch nach unten.

»Der Flachbildschirm ist auf jeden Fall im Arsch«, sagt Maik.

»Das Programm ist angeblich scheiße.«

»Stimmt schon.«

»Er ist immer noch dekorativ.«

»Ja, Panasonic hat ein gutes Design.«

Daniel und Maik starrten beide auf den Fernseher. Wenn man nebeneinander auf einer Couch sitzt, schaut man unweigerlich früher oder später auf den Bildschirm, selbst wenn er defekt ist. Maik nahm die durchgeweichte Zigarette aus dem Mundwinkel, strich sie glatt und versuchte, sie zurück in die Packung zu stecken. Nach mehreren gescheiterten Anläufen warf er die kaputte Zigarette in den Nachbargarten.

»Die Stehlampe ist auch hinüber«, sagte Maik.

»Auch dekorativ. Hier draußen vielleicht sogar dekorativer als im Wohnzimmer.«

»Hasst du die Stehlampe?«

»Warum sollte ich die Stehlampe hassen?«

»Wenn ich mich recht erinnere, hat sie Melanie gekauft. Bei Ikea.«

»Ich hab nichts gegen Schweden, nicht mal was gegen Ikea. Und den anderen Namen wollten wir hier nicht mehr erwähnen.«

»Aber den Namen gibt's.«

»Ja, den Namen gibt's.«

»Glaubst du ernsthaft, es fiele dir leichter, sie zu vergessen, wenn wir ihren Namen nicht mehr sagen?«

»Nein. Glaube ich nicht.«

Die beiden Männer glotzten noch eine Weile in den Regen. Maik ließ den Niederschlag über sich ergehen. Daniel war zufrieden mit ihm. Der Regen tat so, als wäre kein Daniel da.

»Was hast du heute noch vor?«, fragte Maik.

»Das Dienstagsprogramm.«

Jeden Tag ein festgelegtes Programm. Das war Daniel wichtig. Montags eine Fahrradtour zu einem stillgelegten Steinbruch. Von oben sahen die verrosteten Überbleibsel der Maschinen so klein aus, als würden Ameisen damit arbeiten. An den freigelegten Felsen Kletterversuche. Dienstags der Besuch beim Psychologen. Posttraumatische Belastungsstörung. Reden, obwohl Daniel Gesprächen nicht vertraute. Damit konnte man sich verraten. Anschließend joggen zu den Fischteichen im Norden. Mittwochs sein kleiner Privat-Triathlon. Mit dem Rad zum Naherholungsgebiet. Anschließend ein Lauf um den See. Schwimmen bei jedem Wetter, solange der See nicht zugefroren war. Eine Handvoll Spaziergänger hatte ihn bei seinem Versuch, eine zwanzig Zentimeter dicke Eisschicht mit seinem NATO-Kampfmesser aufzuklopfen, blöd angeglotzt. Um sechzehn Uhr das von der psychologischen Beratungsstelle betreute Treffen mit seiner Tochter Lea. Am Donnerstag ein Geländelauf südlich im Wald. Parcoursmäßig immer den schwierigsten Weg mit Klettereinlagen, Sprüngen und anderen Gelegenheiten für Knochenbrüche. Ein paar Mal hatte er sich schon üble Prellungen zugezogen, aber Frakturen konnte er bisher vermeiden. Am Freitag Hallenbad mit Sauna. Beim Schwitzen stellte sich Daniel immer vor, wie das ganze Gift aus ihm entwich. Am Samstag zum Wochenmarkt mit dem Fahrrad. Regionale Anbieter. Gesundes Essen. Falls noch Platz im Rucksack war, anschließend einen Abstecher in die Stadtbücherei. Abends der Versuch, in die Kneipe zu gehen. Das klappte nicht immer. Zu viele Personen an einem Ort waren ein perfektes Ziel für Attentäter. Wenn er es doch fertigbrachte, sich an einen Tresen zu stellen, konnte er meist seinem Gesprächspartner nicht folgen, weil er immer mit einem Ohr bei den anderen Gästen war. Die Gesprächsfetzen umschlangen sich und irgendwann gab es einen Knoten. Am Sonntag ein Lauf zur Burgruine am Kornberg. Immerhin siebzehn Kilometer östlich.

Luftlinie. Genau genommen südöstlich. Daniel hatte es sich zur Aufgabe gemacht, innerhalb einer Woche alle Himmelsrichtungen abzudecken. Hin und zurück war die Burgruine fast Marathondistanz. Luftlinie konnte man nicht laufen, weil sich immer ein Hindernis fand. Eine anspruchsvolle Strecke mit vielen Steigungen, von denen man sich auch beim Bergablaufen nicht wirklich erholen konnte. Vor allem, wenn man die Strecke kannte. Bergab dachte man ununterbrochen an den nächsten Anstieg. Am Sonntagabend nach dem Duschen ins Kino. Nur gewaltfreie Filme. An romantische Komödien musste Daniel sich erst einmal gewöhnen. Ständig Brautkleider. Ständig eine Hauptdarstellerin, die nicht sexy war. Wenn man sich erst einmal daran gewöhnt hatte, ging es. Obwohl das Kino vermintes Gelände war. Bei jedem Rascheln einer Popcorn-Tüte zuckte Daniel zusammen. Zu viel Popcorn um ihn herum. Zu viele Menschen. Unkontrolliert. Selbst im großen Saal mit viel Beinfreiheit. Orte, an denen sich Menschen treffen, waren ein bevorzugtes Anschlagsziel. Der Kinobesuch war Teil der Therapie. Der Angstpatient, also ich, dachte Daniel, muss sich mit den angstauslösenden Reizen konfrontieren. Doktor Hamann fragte zu Beginn jeder Sitzung nach dem Kino.

Außerdem jeden Abend ein langes Telefongespräch mit Timo. Seit ihrer gemeinsamen Zeit in Afghanistan war der Kontakt nie abgerissen. Sie waren sich wichtig. Zuviel miteinander erlebt, um es anderen Menschen erklären zu können. Anderen, die nicht dabei gewesen waren.

Maik stand auf.

»Ich finde es wichtig, dass du eine geregelte Tagesstruktur hast«, sagte er.

Daniel schaute Maik skeptisch an.

»Hört sich an, als wäre ich ein Pflegefall. Für Demenzkranke ist Tagesstruktur wichtig.«

»Für alle ist Tagesstruktur wichtig«, antwortete Maik, als wäre er ein überzeugter Verfechter geregelten Lebens.

»Sagt der Meister aufgeräumten Daseins. Was steht auf deinem Dienstagsprogramm?«

»Du weißt, dass ich es lieber ein bisschen spontan angehe. Spontaneität ist meine Ordnung. Später muss ich noch ein paar Pakete zur Post bringen.«

Maik war Mitte vierzig und vertickte Vinyl-Schallplatten über diverse Auktionsplattformen im Internet. Deshalb trieb er sich regelmäßig in Secondhandläden, bei Wohnungsauflösungen und auf Flohmärkten herum, um den Leuten ein paar Schmuckstücke abzuluchsen, deren Wert unerkannt geblieben war. Er jagte Schnäppchen, die viel zu billig abgegeben wurden. Oder am besten gleich gratis. Am allerliebsten erwarb er ganze Schallplattensammlungen. Da war immer was dabei. Die meisten wollen irgendwann, dass Platz wird in ihrem Leben. Wenn es so weit ist, verkaufen sie als Erstes die Plattensammlung. Vinyl hat ein ganz schönes Gewicht. Maik trug es bereitwillig weg. Um es anschließend an Fetischisten zu verticken, die bereit waren, für die Original-*Heros*-LP von David Bowie einen dreistelligen Betrag zu investieren. Früher hatte Maik auch mit CDs gehandelt, aber seit jeder Hirni mit ein paar Mausklicks Musik aus dem Internet saugen konnte, war der Markt zusammengebrochen. Dank seines Wochenplans wusste Daniel, dass es ein Freitag gewesen sein musste, als Maik mit einem teuren Rum und Cola zu ihm kam und mit feierlicher Stimme proklamierte: »Das Zeitalter des digitalen Tonträgers ist vorbei!« Anschließend folgte ein gepflegtes Cuba-Libre-Besäufnis, das einen Schlussstrich unter Maiks Aktivitäten auf dem CD-Markt zog.

»Ich hab heute achtzig Euro eingenommen mit einer Picture-Vinyl-Platte von Rammsteins *Führe mich*«, sagte Maik stolz.

»Was ist auf dem Bild?«

»Ein Typ, ich glaub, ein Samurai. Er verprügelt eine Frau, mollig. Er schlägt ihr auf den nackten Arsch.« Maik zögerte. »Sie hat eine Tüte über dem Kopf. Tut mir leid.«

»Was tut dir daran leid?«

»Das mit der Tüte.«

Daniel verdrehte die Augen.

»Ich war ein Deutscher in Afghanistan, okay? Kein Ami in einem irakischen Folterknast.«

»Tut mir leid. Ich wollte dich nicht aufregen.«

»Du regst mich nicht auf«, schrie Daniel.

»Entschuldigung. Wenn man an eine Papiertüte denkt, die über den Kopf eines nackten Menschen gezogen wurde, hat man immer die Bilder aus Abu Ghraib im Kopf. Die Soldatin mit einem Gefangenen an der Hundeleine. Darauf hat Rammstein spekuliert. Auf die Bilder. Gutes Marketing.«

»Als Melanie noch nicht den Computer aus dem Haus geschleppt hatte, spielte ich am liebsten *Civilization*. Das war gut für mich. Ich war schon immer ein Geschichts-Fan. Zocken und Geschichte passt für mich. Weltwunder bauen. Hängende Gärten. Pyramiden. Freiheitsstatuen. Eine Nation von der Steinzeit bis zum Weltraumflug führen.«

»Ja, und wie kommst du jetzt da drauf?«, fragte Maik.

»Wegen dem Samurai. Meine Lieblingszivilisation waren die Japaner. Staatsoberhaupt: Tokugawa. Während des Tokugawa-Shogunats entfaltete Bushido, der Verhaltenskodex der Samurai, seine größte Blüte.«

»Du hast eindeutig zu viel Discovery Channel gesehen, als der Fernseher noch nicht durchgeweicht war.«

»Ein wahrer Samurai sollte frei von jeder Angst sein und keinen Grund haben, krampfhaft am Leben festzuhalten. Für ihn ist es gleich, ob heute oder morgen sein letzter Tag ist. Seine Bereitschaft zu töten sollte ebenso gefestigt sein wie seine Bereitschaft, selbst in den Tod zu gehen.«

Maik nickte.

»Gegen mich hast du *Civilization* aber mit den Ägyptern gespielt.«

»Damit es schneller geht.«

»Du hast meine ersten Siedlungen mit einem einzigen Streitwagen plattgemacht, weil die Ägypter auffrisierte Streitwagen mit einer fiesen Spezialfähigkeit hatten.«

»Das mit der Spezialfähigkeit hätte ich dir fairerweise sagen sollen. Allerdings stationiert man auch immer einen Krieger zum Schutz der Städte, da hast du gepennt.«

»Ich muss jetzt gehen. Die Rammstein-Platte verschicken.«

Maik stand auf. Mitten in den Brennnesseln drehte er sich noch mal um. Er lächelte und hob die Hand zum Gruß. Der Regen war unnachgiebig. Maiks Kleidung klebte an der Haut und ließ ihn noch dünner aussehen. Er sah vollkommen lächerlich aus. Daniel musste laut lachen. Maik schien sich darüber zu freuen. Er winkte stärker.

• • •